Evelyn James ist das Pseudonym von Sophie Jackson. Seit 2003 ist Sophie Schriftstellerin und hat als Journalistin angefangen, und Geschichtsbücher und Artikel verfasst. Mit dem ersten Clara-Fitzgerald-Roman betrat sie 2012 den digitalen Buchmarkt. Seitdem hat sie innerhalb der Reihe mehr als 30 Bücher sowie eine Spin-Off-Serie *The Gentleman Detective Mysteries* geschrieben.

Sie ist eine produktive Autorin, die in vielen verschiedenen Genres schreibt und sich stark von ihrer Leidenschaft für seltsame Geschichte inspirieren lässt. Sie lebt in Suffolk, England, und wenn sie nicht gerade schreibt, unternimmt sie meist lange Strandspaziergänge mit ihren Hunden.

Evelyn James

Ein Mord in Brighton

Ein Fall für
Miss Fitzgerald

Deutsche Erstausgabe August 2024

Copyright © 2024 dp Verlag, ein Imprint der
dp DIGITAL PUBLISHERS GmbH
Made in Stuttgart with ♥
Alle Rechte vorbehalten

Ein Mord in Brighton

ISBN 978-3-98998-462-2
E-Book-ISBN 978-3-98998-079-2
Hörbuch-ISBN: 978-3-98998-233-8

Copyright © 2012, Red Raven Publications
Titel des englischen Originals:
Memories of the Dead: A Clara Fitzgerald Mystery

Übersetzt von: Lennart Janson
Covergestaltung: Emily Bähr
Umschlaggestaltung: ARTC.ore Design
Unter Verwendung von Abbildungen von
shutterstock.com: © pixelklex, © KathySG, © Nature Peaceful,
© JittiNarksompong
Korrektorat: Katrin Ulbrich
Satz: dp DIGITAL PUBLISHERS GmbH
Druck und Bindung: Books on Demand GmbH, Norderstedt

Kapitel 1

Es war ein eisiger Januartag und eine Frau kauerte im Eingang zum Büro. Clara fiel auf, dass sie keine Handschuhe trug, und sie fragte sich, warum einer ansonsten so gut gekleideten Person bei diesem Wetter ein so notwendiges Kleidungsstück fehlen mochte. Clara trat näher heran und die Frau hob den Blick.

„Kann ich Ihnen helfen?", bot Clara an.

„Oh, nein, meine Liebe, ich warte auf Mr. Fitzgerald."

Clara verkniff sich einen beleidigten Gesichtsausdruck.

„Ich bin *Miss* Fitzgerald und dies ist mein Büro."

„*Sie* sind ein Privatdetektiv?" Die Frau wirkte verwirrt.

„In der Tat, und ich nehme an, Sie haben auf mich gewartet?"

Die Frau war immer noch verblüfft, dann entglitten ihr die Gesichtszüge.

„Bitte entschuldigen Sie. Ich hatte angenommen, Sie würden zu diesem Laden gehören." Sie richtete den Blick auf die Nachbartür, die zu einem Kurzwarenhändler führte. Clara hatte die Räume über dem Laden als ihr Büro angemietet, was in der Regel auch gut funktionierte, vor allem, da es einen eigenen Eingang gab. Doch manchmal führte die Situation zu Verwirrung, wie gerade jetzt bei der Fremden vor der Tür, die zunehmend verzweifelt wirkte.

„Sollen wir hinaufgehen und über das Anliegen sprechen, mit dem Sie zu mir gekommen sind?" Clara war an diesem Morgen schlecht gelaunt. Tommy hatte wieder eine schlechte Nacht gehabt und ihr war nicht danach, sich in der Kälte vor der Tür für ihre ungewöhnliche Berufswahl zu erklären. „Ich kann den Kessel aufsetzen, sobald wir oben sind, damit wir uns aufwärmen können. Ihre Hände sehen aus, als würden sie abfrieren."

„Oh, ja." Die Frau schien ihre Hände zum ersten Mal wahrzunehmen, während sie zur Seite trat, damit Clara die Tür aufschließen konnte. „Ich war so in Eile, dass ich meine Handschuhe vergessen haben muss. Es ist dringend, verstehen Sie?"

Clara verkniff sich die Anmerkung, dass Menschen nur selten mit Problemen zu ihr kamen, die nicht dringend waren, und bedeutete der Frau, hineinzugehen.

Die Treppe im schmalen Hauseingang war dunkel; niemand hatte es je für nötig erachtet, sie mit einem Gaslicht auszustatten, als all die anderen Räume modernisiert worden waren, daher bewahrte Clara eine kleine Kerze auf einem Regal in der Nähe der Tür auf, um damit ihren Weg zu erhellen. Clara holte Streichhölzer aus der Tasche, entzündete die Kerze und bedeutete dann ihrer Besucherin, vorauszugehen. Die Frau redete nervös vor sich hin, während sie die Treppe emporstieg.

„Ich bin Mrs. Wilton, entschuldigen Sie mein mangelhaftes Auftreten. Ich war noch nie bei einem Privatdetektiv und hatte keine Frau erwartet, wenngleich man dieser Tage wohl auf so etwas gefasst sein sollte. Ich habe Ihren Namen in den Geheimakten gefunden. Dort hieß es, Sie hätten dem Bürgermeister von Brighton gute Dienste geleistet und ich dachte mir, das muss doch etwas wert sein."

„Sollte man annehmen, Mrs. Wilton." Clara öffnete die erste Tür in der Nähe des Treppenabsatzes. Sie führte zum vorderen Teil der Wohnung, der ihr als Büro diente.

Vor dem Fenster stand ein großer, alter Schreibtisch – recht dominant für das Zimmer – und davor ein kleiner Stuhl für Klienten. Am anderen Ende des Raumes, gleich hinter der Tür, stand ein großes, altes Sofa, das Clara ihre „Grübel-Ecke" getauft hatte, doch es diente ihr auch als Tagesbett, um Schlaf nachzuholen, wann immer Tommy mit seiner Nachtangst eine schlimme Periode durchmachte. In Griffweite stand ein Bücherregal, das hauptsächlich als rudimentärer Aktenschrank diente, und in einer Ecke des Raumes befand sich ein kleiner Kaminofen mit Kochstelle, sodass Clara bei Bedarf einen Kessel aufsetzen konnte.

Clara zog ihren Regenmantel aus, legte den grauen Hut ab und hängte beides an einen Wandhaken. Sie versuchte, Mrs. Wilton ihren Mantel abzunehmen, doch die Frau war zu abgelenkt, um das mitzubekommen.

„Bitte setzen Sie sich." Clara deutete auf den Stuhl vor dem Schreibtisch und ließ Mrs. Wilton eine Weile dort herumstehen, während sie selbst das Feuer im Ofen entzündete und im Nebenraum verschwand, um den Kessel mit Wasser zu füllen. Als sie zurückkam, gab der Ofen bereits etwas Wärme ab und sie stellte den Kessel darauf, bevor sie sich auf ihren Platz hinter dem Schreibtisch setzte. Sie bemerkte, dass Mrs. Wilton das

einzige Gemälde an ihren sonst kahlen Wänden betrachtete.

„Ein Portrait meines Vaters. Er war Arzt", erklärte
Clara.

„Ich hätte erwartet, dass Sie ein so sentimentales Gemälde zu Hause aufhängen würden", merkte Mrs. Wilton neugierig an.

„Meinem Bruder ist es lieber, wenn es hier hängt. Wir
haben unsere Eltern im Krieg verloren und er tut sich
mit Bildern von ihnen schwer."

„Ich verstehe." Mrs. Wilton wirkte plötzlich ernst.
„Ich habe meinen Ehemann und meinen Sohn im Krieg
verloren."

„Mein Beileid."

„Oh, das ist dieser Tage nicht gerade ungewöhnlich,
oder? Man ist eher ein Unikat, wenn man niemanden
verloren hat."

„Dennoch ist es schwer."

Die beiden Frauen schwiegen für einen Augenblick,
während sie an ihre Verstorbenen dachten.

„Ich schätze, das ist auch der Grund für mein Kommen", sagte Mrs. Wilton und rüttelte damit die Stimmung auf. „Es hat alles mit meinem Ehemann zu tun."

„Ich fürchte, ich hatte bislang wenig Erfolg damit,
nachzuverfolgen, was Männern zugestoßen ist, die im
Kampf gefallen sind, obwohl ich oft darum gebeten
wurde."

„Das ist es nicht. Ich mag zwar nicht wissen, wo die
sterblichen Überreste meines Mannes und meines Soh-
nes liegen, doch ich weiß, dass ihre Seelen in Herrlich-
keit ruhen, darum geht es mir nicht."

„Das ist gut." Clara schenkte der Frau ihr bestes mitfühlendes Lächeln. „Es gibt zu viele Frauen, die glauben, nicht ruhen zu können, bis sie wissen, wo ein geliebter Mensch gestorben ist und wo er begraben liegt. Das kann einen Menschen zugrunde richten. Also, worum geht es bei Ihnen?"

„Nun ... darf ich davon ausgehen, dass was ich hier sage vertraulich behandelt wird?"

„Als wäre es im Beichtstuhl geäußert worden, wenngleich ich keine Absolution anbieten kann."

Mrs. Wilton grinste.

„Die Beichte liegt mir nicht, zumindest üblicherweise. Ich mache mir nichts aus all diesem katholischen Zeug. Ich bin Spiritistin. Haben Sie von uns gehört?"

„Sie glauben, dass es möglich wäre, mit den Toten zu kommunizieren."

„Eine recht krude Beschreibung unserer Überzeugungen, aber ja. Hören Sie, Miss Fitzgerald, ich muss wissen, dass Sie mir unvoreingenommen zuhören werden."

Clara spürte ihren aufsteigenden Argwohn; sie war nicht in der Stimmung für Spielchen und bekam das Gefühl, dass Mrs. Wilton nur ihre Zeit verschwendete.

„Ich bin recht aufgeschlossen, Mrs. Wilton, doch man sollte nicht den Fehler begehen, mich für leichtgläubig zu halten."

„Natürlich nicht! Es ist nur so, dass man von manchen Menschen ausgelacht wird, wenn man vom Jenseits und so weiter spricht."

„Ich würde nicht darüber lachen, doch ich brauche einen materiellen Fall, an dem ich arbeiten kann. Spirituelle Probleme liegen nicht in meinem Fachgebiet."

„Ich bin keine Närrin." Mrs. Wilton sträubte sich ein wenig gegen diese Worte, dann sackte sie sichtlich in sich zusammen. „Es geht um Geld, und das liegt gewiss in Ihrem Fachgebiet."

Clara fühlte sich beleidigt, war aber so klug, den Mund zu halten.

„Wenn Sie mir Ihre Situation schildern, werde ich sehen, was ich tun kann."

„Die Sache ist eigentlich recht simpel. Mein Ehemann war recht altmodisch im Denken und konnte Banken nicht ausstehen. Er versicherte mir, bevor er an die Front ging, dass er mir eine beachtliche Summe Geld hinterlassen habe, sollte es zum Schlimmsten kommen, damit meine Zukunft gesichert sei." Mrs. Wilton hielt inne und spielte nervös am Verschluss ihrer Handtasche herum. „Nur ist das nicht geschehen."

„Nicht geschehen?"

„Er hat mir kein Geld hinterlassen."

„Hat er kein Testament gemacht?"

„Meines Wissens nach nicht, und ich habe danach gesucht. Sie müssen wissen, dass er auch Anwälten nicht getraut hat. Wie Sie sich vorstellen können, hat mir das mein Leben schwergemacht. Ich musste die meisten meiner Bediensteten entlassen und habe mich über Wasser gehalten, indem ich alles verkaufte, wovon ich mich trennen konnte, doch selbst damit waren es schwere Zeiten."

„Ich verstehe Sie gut, Mrs. Wilton", sagte Clara, und sie meinte es auch so. Viele Familien litten Not, seit sie ihren Hauptverdiener im Krieg verloren hatten. Sie selbst war nur gerade so über die Runden gekommen, mit ihrem „kleinen Detektivbüro", wie manche Kritiker es grausamerweise nannten. „Doch ich bin mir immer noch nicht sicher, was Sie von mir erwarten."

„Es war sehr schwer für mich", fuhr Mrs. Wilton fort, als hätte sie Clara gar nicht gehört. „Und nach einer Weile kann man so etwas nicht mehr verstecken. Die Menschen bemerken es. Selbst Sie."

„Ich, Mrs. Wilton?"

„Ihnen ist aufgefallen, dass ich keine Handschuhe trage. Ich habe schlicht keine mehr ohne Löcher, und ich schätze, mein Stolz hat die Oberhand gewonnen, sodass ich mir lieber mitten im Winter die Finger abfriere, als Sie meine schäbigen Handschuhe sehen zu lassen."

Clara blickte unbewusst zu ihrem abgetragenen Regenmantel. Sie wünschte sich so sehr, einen neuen kaufen zu können, doch wenigstens war sie nicht zu stolz, um ihn noch zu tragen und nicht zu erfrieren.

„Meine Mutter sagte immer: ‚Stolz ist billig.'" Mrs. Wilton seufzte schwer. „Ich glaube, sie meinte damit, dass sich jeder ein wenig Stolz leisten kann, doch mittlerweile frage ich mich, ob sie damit falschlag. Tatsächlich kann Stolz sehr teuer werden."

„Eine Tasse Tee?", warf Clara dazwischen, als der Kessel leise pfiff. Sie beschloss, dass es an der Zeit war, die Unterhaltung voranzutreiben, bevor Mrs. Wilton zu rührselig werden konnte. Sie verspürte wachsendes Mitleid für die Frau und wusste, dass das kein gutes Zeichen war. Sie würde noch aus Sympathie ihr Honorar senken oder gar umsonst arbeiten, und wenn sie das täte, würde sie deswegen noch lange etwas von Tommy zu hören bekommen.

„Ja, gerne." Mrs. Wilton nickte.

Clara hantierte mit dem kochenden Wasser und einer alten, braunen Teekanne, deren Ausguss halb mit alten Teeblättern verstopft war. Sie zog einen gestreiften, gestrickten Teewärmer darüber, brachte sie zum Tisch und brauchte dann noch eine Weile, um zwei zueinander passende Tassen und Untertassen zu finden. Die ganze Prozedur dauerte knapp zehn Minuten, was Mrs. Wilton ausreichend Zeit ließ, um sich zu sammeln und sich an den Grund für ihr Kommen zu erinnern, während Clara den Tee einschenkte und schließlich eine Tasse des schwachen Gebräus vor Mrs. Wilton abstellte.

„Ignorieren Sie die Teeblätter, ich weiß nicht mehr, wo ich das Sieb gelassen habe."

„Danke." Mrs. Wilton wärmte sich die Hände an der Tasse.

„So", sagte Clara, während sie nachdenklich an ihrem Tee nippte, „lassen Sie uns dieses Problem mal erfassen. Warum sind Sie hier?"

Mrs. Wilton rührte mit ihrem Löffel in der Teetasse herum, als könnte sie so die Kraft finden, um über die Sache zu sprechen.

„Ich habe schon erklärt, dass diese Dinge den Menschen nicht entgehen, und Bedienstete – insbesondere entlassene Bedienstete – reden gern. Bei der Messe hat mich eine liebe Dame über neunzig zur Seite genommen. Sie ist eine inbrünstige Spiritistin, und, nun ja, ich schätze, ich war so unglücklich, dass mich ein paar freundliche Worte dazu brachten, mich an ihrer Schulter auszuweinen. Ich habe ihr erzählt, was ich auch Ihnen berichtete, und sie war der Meinung, eine private Sitzung könne mir weiterhelfen. In der folgenden

Woche hat sie mir diese Karte mitgebracht." Mrs. Wilton zog einen schmalen Streifen weißen Pappkartons aus ihrer Handtasche und reichte ihn sorgenvoll an Clara weiter.

Auf der Karte stand nur: Mrs. Martha Greengage, spiritistisches Medium, Chestnut Grove 261, Brighton. Clara las den Text und schaute dann ihre Klientin an.

„Ich weiß, Sie müssen mich für eine naive, alte Frau halten, die verzweifelt nach Antworten sucht und dabei nach Strohhalmen greift." Mrs. Wiltons Stimme bebte. „Doch glauben Sie mir, auch ich war skeptisch. In eine spiritistische Kirche zu gehen ist das Eine, aber Hellsehern gegenüber war ich immer argwöhnisch. Allein diese liebe, alte Frau hat mich überzeugt, daran teilzunehmen. Sie sagte mir, dass Mrs. Greengage sich auf verlorenen Besitz spezialisiert habe und bereits einer Person aus Adelskreisen dabei geholfen habe, ein kleines Vermögen wiederzufinden. Ich war zu diesem Zeitpunkt wirklich am Rande der Verzweiflung, und bin es noch."

Mrs. Wilton lachte schmerzerfüllt. Clara legte die Karte ab und empfand noch mehr Mitgefühl für diese arme Frau, die ihre letzte Hoffnung in eine Scharlatanin gelegt hatte (Clara hatte keinen Zweifel daran, dass Mrs. Greengage genau das war), die ihr gewiss ein Vermögen dafür abgenommen hatte. Sie dachte einen Augenblick darüber nach, was sie als nächstes sagen sollte, und sprach dann mit betont neutralem Gesichtsausdruck.

„Wie war Mrs. Greengage?"

„Alt und", Mrs. Wilton zögerte, „ein wenig zu ‚hexen-
haft' für meinen Geschmack. Sie trägt viel Schwarz, obwohl Mr. Greengage gesund und munter ist, wie ich
glaube, und hält sich einen weißen Papageien, der ihrer
Behauptung nach ebenfalls empfänglich ist und
manchmal von den Geistern besessen wird, die zu Besuch kommen. Bei meinem ersten Besuch hat sie nicht
gerade überzeugend auf mich gewirkt."

„Sie kommen mir nicht wie eine törichte Frau vor,
Mrs. Wilton, aber Ihrer Wortwahl nach zu urteilen haben Sie diese Dame mehr als einmal besucht?"

„Oh, ja, mindestens fünf Mal."

„Und wegen dieser Besuche sind Sie jetzt hier?"

Mrs. Wilton blinzelte.

„Oh je, ich glaube, ich habe mich nicht sehr verständ-
lich ausgedrückt. Wissen Sie, ich war bei meinem ersten Besuch sehr skeptisch, kam aber nicht umhin, diese
Einschätzung zu ändern, nach allem, was ich gesehen
habe. Mrs. Greengage hat tatsächlich eine Gabe."

Kapitel 2

„Ich verstehe immer noch nicht, wie ich Ihnen helfen soll."

Mrs. Wilton seufzte.

„Ich muss die ganze Sache ein wenig logischer erklären. Ich war vor etwa einem Monat an einem Freitagabend bei Mrs. Greengage, zusammen mit der lieben Dame, die mir die Karte gab. Ich muss Mrs. Greengage zugutehalten, dass sie mir für diesen ersten Besuch nichts berechnet hat, was mehr ist, als man von den meisten Unternehmen sagen kann."

„Meine Konsultation ist ebenfalls kostenlos", warf Clara sanft ein.

„Nun, das liegt daran, dass Sie eine Frau sind, meine Liebe, und Frauen wissen, dass nicht alles im Voraus bezahlt werden muss. Eine kurze Unterhaltung sollte immer kostenlos sein." Mrs. Wilton trank einen Schluck von ihrem Tee. „Wo war ich? Oh, ja, als Mrs. Greengage mir ihre Tür öffnete, sah sie aus wie die Hexe aus einem Märchenspiel und ich war sehr verblüfft. Erwähnte ich, dass sie eine rote Nelke im Haar trug?"

„Nein", sagte Clara, während es ihr sehr schwerfiel, ob des Bildes von Mrs. Greengage, das vor ihrem inneren Auge entstand, einen neutralen Gesichtsausdruck zu wahren.

„Das ist geradezu lächerlich für eine Frau ihres Alters. Ich schätze, das ist alles für den Schein", mokierte sich Mrs. Wilson. „Wie Sie sich vorstellen können, fragte ich mich, an was für einen Ort ich da gebracht worden war, doch sie war recht höflich und es kam mir rüpelhaft vor, nach der Einladung einfach fortzugehen."

Mrs. Wilton lehnte sich auf ihrem Stuhl nach vorn.

„Sie geleitete uns in ein Wohnzimmer, wie ich es seit den Tagen meiner Großmutter nicht mehr gesehen habe. Es war kein einziger moderner Gegenstand zu sehen, sämtliche Möbel waren dunkel und schwer und überall standen Statuen klassischer Persönlichkeiten herum. Manche waren in derart indiskreter Kleidung dargestellt, dass ich gar nicht wusste, wohin ich schauen sollte." Mrs. Wiltons Augen weiteten sich. „Und dann war da dieser Papagei. Er hockte auf einer Stange mitten auf diesem Tisch mit grünem Tischtuch und sah mich mit diesen schrecklichen Knopfaugen an. Ich war recht verunsichert, denn dieses Tier sah geradezu besessen aus."

„Ich fürchte, das ist bei Papageien nicht unüblich", merkte Clara an, bevor ihre Klientin fortfuhr.

„Mrs. Greengage ließ uns am Tisch Platz nehmen und erklärte mir, dass sie ein Medium sei und der Papagei manchmal Geister kanalisiere. Gerade als sie das sagte, blickte mir dieser entsetzliche Vogel direkt in die Augen und schrie: ‚Dorothy!' Nun, das ist mein Vorname und ich war so verblüfft, ihn zu hören, dass ich beinahe vom Stuhl gefallen wäre. Mrs. Greengage sah mich an und sagte: ‚Da ist ein Geist, der mit Ihnen sprechen will, Mrs. Wilton. Es ist ein Mann und sein Name ist Geoffrey.'"

„Ihr Ehemann", schlussfolgerte Clara.

„Oh, nein, ich kenne keinen Geoffrey. Nun, abgesehen von dem kleinen Jungen des Bäckers, aber der würde sich wohl kaum durch einen Papagei kanalisieren lassen!"

Clara hatte den Eindruck, die Grenze zu Dingen, die ‚wohl kaum' passieren würden, war längst eingerissen.

„Nein, nein, Geoffrey war eine Art Geistervermittler – Mittelsmann", fuhr Mrs. Wilton fort. „Geoffrey schien im Jenseits mit meinem Ehemann in Kontakt zu stehen. Mir ist immer noch ein wenig unklar, wie das alles passiert ist. Vielleicht gibt es dort eine Art großen Treffpunkt. Auf jeden Fall hat Geoffrey mit Arthur gesprochen, meinem Ehemann, und er versprach mir, dass Arthur bald persönlich in Kontakt treten würde, wenn ich mich an Mrs. Greengage halte. Bis dahin würde Geoffrey die Botschaften weiterleiten."

„Ah", sagte Clara, während sie langsam erkannte, welches Spiel da gespielt worden war. „Und Sie haben sich also an Mrs. Greengage ‚gehalten'?"

„Musste ich ja! Geoffrey sagte, Arthur wolle dringend mit mir sprechen, müsse dafür aber noch Kraft sammeln. Anscheinend dauert es eine Weile, bis sich ein Geist ganz von der materiellen Welt gelöst hat, und bis dahin ist die Kommunikation sehr schwierig."

„Wie viele Sitzungen hat Mr. Wilton gebraucht, um seine Kraft zu sammeln?" Clara vermutete, genug, um ein oder zwei Shilling zu verdienen.

„Ich glaube, es war die vierte Sitzung, als er zu uns gesprochen hat."

„Durch den Papageien?"

„Gewissermaßen. Wissen Sie, der Vogel hat nur ein begrenztes Vokabular, wie Mrs. Greengage sagen würde, deshalb hört sie dem Papageien auf psychischer Ebene zu und gibt die Worte an uns weiter."

„Aha, aber Mr. Wilton hat schließlich gesprochen?"

„Ja."

„Und was sagte er?"

„Er sei sehr aufgebracht über meine Situation und fühle sich schuldig, weil er nicht eindeutiger zum Ausdruck gebracht habe, wo das Geld sei. Er versprach, mir zu helfen, doch er werde Zeit brauchen, um ausreichend spirituelle Kraft zu sammeln, damit er mir diese Information überbringen kann. Ich war verzweifelt, wie Sie sich vorstellen können, konnte es kaum erwarten und dachte, dass all meine Gebete erhört werden würden." Mrs. Wilton zitterte mittlerweile, so emotional war sie. „Als ich dann gestern Abend dort ankam, war Mrs. Greengage ganz aufgeregt. Arthur hatte sie im Schlaf aufgesucht und ihr das lebhafte Traumbild einer Karte gesandt, die sie nach dem Aufwachen gleich aufgezeichnet hatte."

Mrs. Wilton kramte erneut in ihrer Handtasche herum und holte ein zusammengefaltetes Blatt Papier heraus. Clara öffnete das Blatt und sah eine fleckige Karte, die mit roter Tinte gezeichnet worden war und grob an die Vorstadt von Brighton erinnerte.

„Das ist mein Haus." Mrs. Wilton deutete auf ein ausgemaltes Quadrat. „Und das hier sind Orientierungspunkte: das Feld, die Kirche und der Ententeich. Arthur hat Mrs. Greengage gesagt, dass er all seinen Reichtum in einer Teekiste vergraben habe und diese Karte mich an die richtige Stelle führen werde."

Clara nahm sich die Karte und betrachtete sie. Die Zeichnung war rudimentär und es fehlten jegliche Andeutungen von Straßen oder Himmelsrichtungen. Sie sah wie die Kritzelei eines Kindes aus und dürfte der verzweifelten Frau, die ihr gegenübersaß, kaum eine Hilfe sein.

„Sie suchen nach Richtungsangaben? Arthur war sehr auf Sicherheit bedacht und hat Hinweise übermittelt, die mich zum Schatz führen sollen. Er hat neun davon verfasst und mir die ersten drei an dem Abend genannt, an dem Mrs. Greengage mir die Karte gab. Bei meinem Besuch nächste Woche wird er mir drei weitere Hinweise geben und in zwei Wochen die letzten. Das ist sehr eindeutig."

„Ist es." Clara nickte. Sie war beeindruckt von Mrs. Greengages Raffinesse, wenn auch nicht von ihrer Moral.

„Jetzt verstehen Sie vielleicht auch, wie Sie ins Bild passen." Mrs. Wilton lächelte hoffnungsvoll.

„Nicht ganz", antwortete Clara, obwohl sie einen starken Verdacht hatte.

„Nun, ich möchte, dass Sie diese Hinweise deuten und den Schatz für mich finden! Sie müssen wissen, dass es sich bei den Hinweisen um Rätsel handelt." Mrs. Wilton reichte ihr mehrere Zettel, jeder mit der gleichen auffälligen, roten Tinte beschrieben.

Clara unterdrückte ein Seufzen; sie hatte nicht wirklich viel für Rätsel übrig, oder für eine sinnlose Suche.

„Ich muss Sie das fragen, Mrs. Wilton: Sähe es ihrem Ehemann ähnlich, so etwas zu tun?"

Mrs. Wilton wirkte verwirrt.

„Was meinen Sie damit, meine Liebe?"

„Ich frage mich, ob er ein Mann war, der Freude an Rätseln und Schatzsuchen hatte."

„Spielt das eine Rolle?"

Clara biss sich auf die Lippe und blickte auf die Zettel. Sie spürte, dass dies ein heikler Moment war.

„Ich fragte mich nur, ob unsere spirituelle Persönlichkeit unserer materiellen Persönlichkeit gleicht."

Das war eine ungeschickte Antwort, doch Mrs. Wilton wirkte zufrieden.

„Er mochte akrostische Gedichte, wobei ich sagen muss, dass er nie sehr gut darin war, sie zu verfassen."

„Dann könnte es seinen ...", Clara schloss die Augen, während ihre Lippen unbeirrbar den zweiten Teil des Satzes formten, „... Geist erfreut haben, kleine Rätsel zu verfassen?"

„Ich denke, schon." Mrs. Wilton errötete plötzlich. „Ich weiß, dass mich die meisten Leute für eine Närrin halten, die einer Scharlatanin ins Netz gegangen ist. Doch ich habe Dinge gesehen, gehört, was sie gesagt hat, und kann keine logische Erklärung für diese Dinge finden, als die Tatsache, dass diese Frau mit den Toten in Kontakt steht. Wenn Sie zu einer Séance kommen würden, könnten Sie es selbst erleben. Das wäre doch gewiss nicht zu viel verlangt, bevor Sie diesen Fall ablehnen, oder? Denn Sie denken gewiss darüber nach, mich abzuweisen, nicht wahr?"

Clara sah die Verzweiflung in Mrs. Wiltons Gesicht und ihre Entschlossenheit bröckelte weiter. War es denn so abwegig, dass sich eine so von Trauer ergriffene und notleidende Frau an die einzige Quelle von Hoffnung wandte, die sie ausmachen konnte; selbst wenn es sich dabei um eine alte Dame mit einem Papageien handelte?

Doch Mrs. Greengage war eine Bauernfängerin, eine andere Möglichkeit gab es nicht, und sie nutzte den emotionalen Zustand einer Frau aus, um leichtes Geld zu verdienen. Schlimmer noch: Sie nutzte keine reiche Frau aus, die mehr Geld als Verstand besaß, sondern eine Person, die auf Kohle oder Brot verzichten musste, um sich noch eine weitere Séance leisten zu können. Aber wäre sie selbst besser, wenn sie den Fall basierend auf diesen Geisterrätseln annahm? Sie würde sich bezahlen lassen, um etwas Unmögliches zu vollbringen.

„Ich habe für morgen Abend eine spezielle Séance gebucht und dabei einen Platz für einen Gast reserviert. Werden Sie mich begleiten?", fragte Mrs. Wilton beharrlich.

„Sind Sie sich absolut sicher, dass Ihr Ehemann irgendeine Art von Vermächtnis hinterlassen hat?"

„Ja, natürlich!"

„Und Sie konnten kein Bankkonto ausfindig machen?"

„Nichts, wie ich es Ihnen bereits sagte."

„Sie müssen mir verzeihen", sagte Clara ernst, „aber dieser Tage ist es sehr unüblich, dass ein Mensch sozusagen seinen Goldschatz vergräbt."

„Und doch hat mein Ehemann genau das getan, davon bin ich überzeugt. Und jetzt versucht er, mit mir in Kontakt zu treten. Würden Sie mich bitte begleiten? Dann kann Mrs. Greengage sich Ihnen persönlich beweisen."

Clara seufzte.

„Ich muss darüber nachdenken, Mrs. Wilton. Dies ist, da werden Sie mir zustimmen, eine sehr ungewöhnliche Situation."

„Ich weiß, und ich bin Ihnen sehr dankbar dafür, mich ohne Gelächter und Spott angehört zu haben."

Jetzt fühlte Clara sich noch schlechter.

„Ich werde über alles nachdenken und Ihnen morgen meine Entscheidung mitteilen. Haben Sie Zugang zu einem Telefon?"

„Ich kann ein öffentliches Telefon in der Bäckerei von Mrs. Branbury an der Ecke nutzen. Sie gestattet nach Absprache Zugang zu dem Gerät; üblicherweise zwischen zwölf und eins."

„Dann rufe ich Sie zu dieser Uhrzeit an, wie lautet die Nummer?"

„Brighton 42", sagte Mrs. Wilton rasch. „Ich werde dort warten und auf eine positive Nachricht hoffen."

„Ich kann nichts versprechen, Mrs. Wilton." Clara erhob sich, um ihre Klientin hinauszugeleiten.

„Dann werde ich einfach an das Gute glauben müssen." Mrs. Wilton lächelte schwach. „Wir hören uns morgen."

„Natürlich, aber bitte machen Sie sich nicht allzu große Hoffnungen. Dies ist keiner meiner üblichen Fälle."

Sie verabschiedeten sich auf der Türschwelle und Mrs. Wilton eilte die Straße hinauf, die ungeschützten Hände unter die Arme gesteckt. Der Himmel hatte einen unheilvollen Grauton angenommen und leichter Schneefall legte sich wie ein Schleier über die Welt. Clara hoffte, dass es die glücklose Mrs. Wilton bis nach Hause schaffte, bevor das Wetter schlimmer wurde.

Sie kehrte in ihr Büro zurück und starrte auf die eigenartigen Zettel, die Mrs. Wilton zurückgelassen hatte, während hinter ihr leise die Schneeflocken gegen die Fensterscheibe fielen. Bei den Rätseln handelte es sich um ganz gewöhnliche Hinweise, wie Clara sie noch aus den Abenteuerromanen ihrer Kindheit kannte. Eines lautete:

Denk an mich, bevor du schläfst, ich lieg an der Erde tiefem Grund.

Ein anderes:

Du brauchst mich, jetzt da deine Welt verloren, find mich beim Kirchturm und beim Kreuz.

Und das letzte Rätsel war noch mysteriöser:

Drei Schritt nach Norden, drei Schritt nach Süden, der starrende Mann hat keinen Mund.

Clara malte sich aus, dass Mrs. Greengage einen vergnüglichen Nachmittag damit verbracht hatte, diese Rätsel zu formulieren. Wie die Frau diese Texte an Mrs. Wilton hatte übergeben können, ohne eine Miene zu verziehen, war ihr schleierhaft.

Plötzlich wurde sie sehr wütend. Was gab dieser „Wahrsagerin" und Hexe das Recht, der armen Mrs. Wilton einzureden, ihr Ehemann würde mit ihr in Kontakt stehen und bald ihre Geldsorgen beenden? Sie hatte schon beinahe Lust, der Séance allein dafür beizuwohnen, dieser Mrs. Greengage einmal deutlich die

Meinung sagen zu können. Doch damit würde sie Mrs. Wilton falsche Hoffnungen machen, und das kam nicht in Frage. Nein, sie würde die Frau am folgenden Tag anrufen und ihr sagen, dass sie den Fall nicht übernehmen konnte, dann wäre alles vorbei. Es würde keine angenehme Unterhaltung werden, doch es war moralisch betrachtet das einzig Richtige.

Sie packte die Rätsel und die Karte ordentlich in einen Umschlag, um sie Mrs. Wilton zurückgeben zu können, und suchte sich dann ausstehenden Papierkram, in dem verzweifelten Bedürfnis, sich abzulenken.

Kapitel 3

Tommy saß in seinem Rollstuhl am Esstisch und machte sich mit einer Schere über weißes Papier her. Der Krieg hatte seine Beine unbrauchbar gemacht und er griff immer häufiger auf kreative Arbeit zurück, um bei Verstand zu bleiben, wie er es ausdrückte. Clara kam in den Raum und gab ihrem großen Bruder einen liebevollen Kuss auf die Wange.

„Was ist das?" Sie hob ein zackiges Papiergebilde hoch, das mit unregelmäßigen Löchern übersät war.

„Weihnachtsdekoration", antwortete Tommy heiter. „Das hat man uns im Krankenhaus beigebracht. Hält den Verstand beschäftigt."

„Weihnachten ist über zwei Wochen her", rief Clara ihm ins Gedächtnis, während sie weitere Papierfetzen musterte, von denen manche vage als Schneeflocken erkennbar und andere nicht zu deuten waren.

„Ich bereite mich auf das nächste Jahr vor", sagte Tommy hochmütig. „Ich habe eine Engelsgirlande für das Geländer gemacht."

Er wühlte im Papierstapel herum und zog eine Reihe aus deformierten Figuren heraus.

„Oh, schön", sagte Clara argwöhnisch. „Aber hätten die nicht ein wenig engelsgleicher aussehen können und weniger ... dämonisch?"

Tommy musterte sie eindringlich, dann grinste er.

„So schlimm? Ich habe wohl ein wenig die Fetzen fliegen lassen. Ich musste mich in der Nacht ablenken." Er setzte einen zaghaften Gesichtsausdruck auf. „Das tut mir übrigens sehr leid."

„Du hast es ja nicht absichtlich getan." Clara zuckte mit den Schultern.

„Diese Träume sind schlimm genug, wenn sie nur mich wachhalten und nicht noch jemand anderen belästigen." Tommy spielte an einer krummen Schneeflocke herum. „Was ist denn eigentlich los? Du siehst aus, als würde dir das Gewicht der Welt auf den Schultern lasten."

Clara ließ sich in einen Polstersessel am Feuer fallen. „Was hältst du von Spiritismus, Tommy?"

„Ist das diese Sache, bei der man seine ganze Zeit damit verbringt, mit den Toten zu sprechen?"

„Ich glaube zwar nicht, dass man das den ganzen Tag tut, aber ja, das gehört zu ihren Überzeugungen."

„Ich fand die Idee immer interessant", sagte Tommy grüblerisch. „Stell dir vor, du könntest mit beliebigen Gestalten aus der Vergangenheit sprechen, wie zum Beispiel Aristoteles. Natürlich müsste man erst ein wenig Altgriechisch lernen."

„Sie scheinen nur mit den kürzlich Verstorbenen in Kontakt zu treten, und mit Menschen, die sie kennen ... kannten, meine ich." Clara zog ihre Schuhe aus und rieb sich die Zehen. „Ich hätte größere Skepsis von dir erwartet."

„Ja? Oh, ich weiß, dass manche die Erlebnisse in den Schützengräben als erstklassigen Beweis gegen die Existenz Gottes ansehen, doch ich gehöre nicht dazu.

Nicht dass ich mich jetzt gleich den Spiritisten anschließen würde, um mit Ma und Pa zu reden."

„Mir kommt das alles wie Wunschdenken vor." Clara seufzte.

„Da war ein Kerl in den Gräben, der behauptete, einen Engel gesehen zu haben. Er ist im Niemandsland auf eine Mine getreten und wir konnten nur noch seine obere Hälfte zurückschleifen. So hat er noch eine Stunde durchgehalten und gegen Ende sagte er, ein Engel sei gekommen, um ihn zu holen; er könne ihn sehen." Tommy hob seine Girlande aus deformierten Engeln hoch. „Wir haben ihn gebeten, den Engel zu beschreiben, doch das konnte er nicht. Niemand dachte auch nur daran, mit ihm über das zu streiten, was er da sah. In diesem Augenblick kam es uns allen völlig logisch vor. Jetzt, da wir zurück sind, bezeichnen wir solche Dinge natürlich als Halluzinationen."

Clara sah zu, während ihr Bruder die Engelsgirlande in winzige Schnipsel zerriss. Manchmal versuchte sie sich auszumalen, wie es war, von sterbenden Männern umgeben zu sein; manche so entsetzlich verstümmelt, dass kaum noch etwas von ihnen übrig war. Doch ihr Verstand bekam den Gedanken nicht zu fassen, was vielleicht auch gut so war, angesichts von Tommys Alpträumen.

„Worum geht es hier, Clara?" Tommy fixierte sie mit einem stechenden Blick.

„Ich hatte heute Vormittag eine neue Klientin im Büro. Sie geht zu einer Hellseherin, die behauptet, mit ihrem verstorbenen Ehemann in Kontakt zu stehen, der ihr ausgerechnet Rätsel gibt, die zu irgendeiner Art

Schatz führen sollen, den der Mann angeblich vergraben hat, bevor er in den Krieg zog."

„Wirklich? So leichtgläubig bin nicht einmal ich. Was wollte sie von dir?"

„Ich soll die Rätsel lösen, damit sie den Schatz finden kann." Clara kramte in ihrer Handtasche und zog den Umschlag mit den Zetteln heraus.

Tommy musterte jeden einzelnen gründlich.

„Wer schreibt denn mit roter Tinte?"

„Hellseherinnen ... anscheinend."

Nachdem Tommy die Zettel untersucht hatte, reichte er sie an seine Schwester zurück.

„Wirst du den Fall übernehmen?", fragte er.

„Natürlich nicht. Dieses Medium ist eine Hochstaplerin und ich wäre auch eine, wenn ich Hinweisen nachgehe, von denen ich weiß, dass sie fabriziert sind."

„Andererseits könntest du den Auftrag annehmen und die Hellseherin als Lügnerin überführen, während du gleichzeitig ermittelst, ob an der Sache mit dem Schatz des Ehemannes irgendetwas dran ist."

„Ich würde nur das Geld und die Zeit meiner Klientin verschwenden." Clara rieb sich die müden Augen. „Sie will so dringend daran glauben, dass ihr Ehemann irgendwo Geld für sie versteckt hat. Sie kommt kaum über die Runden und ich glaube, sie hat ihre letzte Hoffnung in diese Hellseherin und den erfundenen Schatz gelegt."

„Nun, dann ist es entschieden."

„Wie bitte?"

„Wenn du ihr nicht hilfst, wird sie jemand anderen finden, der keine Skrupel davor hat, ihr Geld mit einer sinnlosen Suche zu verschwenden. Und währenddessen wird sie immer noch für die Lügen eines Mediums zahlen. Du musst eingreifen, die Hellseherin als Scharlatanin überführen und herausfinden, ob noch irgendwelche legitimen Ersparnisse für die Frau übrig sind."

Das war ein überzeugendes Argument und Tommys Worte kamen Clara vernünftig vor. Außerdem wäre sie kaum besser als Mrs. Greengage, wenn sie zulassen würde, dass Mrs. Wilton noch länger hinters Licht geführt wurde.

„Ich habe noch ein Argument für dich", sagte Tommy, während er sie mit seinen braunen Augen fixierte. „Du brauchst Geld und ich brauche etwas Besseres als Papierengel, um meinen Verstand auf Trab zu halten. Der Fall des Bürgermeisters ist schon über einen Monat her."

Auch darin lag Wahrheit. Es war nicht einfach, als recht unbekannter Privatdetektiv an Fälle zu kommen; und als recht unbekannte, weibliche Privatdetektivin erst recht nicht.

Clara hatte ihre Detektei aus den Trümmern des Weltkrieges emporgezogen; teils aus praktischen Gründen, teils als Mittel zum Zweck. Wie Tommy gerade schon angemerkt hatte, halfen die Fälle ihrem Bruder dabei, beschäftigt zu bleiben. Es hatte damit angefangen, Freundinnen und Nachbarinnen zu helfen, die damit zu kämpfen hatten, sämtliche Männer der Familie verloren zu haben. Manche suchten immer noch nach Antworten auf die Frage, was ihren Angehörigen zugestoßen war, andere versuchten, an verlorene Sparkonten zu gelangen, oder an Kriegsrenten. Ehe sie es sich versah, war Clara zu der Person geworden, an die man sich wandte, wenn man etwas aufklären wollte.

Während sie einen Ruf erlangte, stieg die Menge der Aufträge, wie auch die Schwierigkeit der Fälle. Sie hatte sich überwältigt gefühlt, gerade als Tommy zutiefst depressiv aus dem Militärkrankenhaus entlassen worden war. Sie hatte ihm Recherchen übertragen, damit sein Verstand beschäftigt war, während sie nicht zu Hause sein konnte, und bald war er ganz fasziniert vom neuen Leben seiner Schwester gewesen und hatte mehr wissen wollen.

Jetzt, zwei Jahre später, waren sie richtige Partner geworden, doch Tommy war immer noch derjenige, der am schlimmsten litt, wenn sie keine Arbeit hatten.

„Sieh es doch mal so", sagte Tommy jetzt. „Wenn sie nach einem vermissten Familienmitglied in Frankreich suchen würde, müsstest du ihr sagen, dass es sich um eine beinahe unmögliche Aufgabe handelt, aber versuchen würdest du es dennoch. Ist das hier so anders?"

„Sie ist sich sicher, dass ihr Ehemann ihr irgendwo Geld hinterlassen hat", räumte Clara ein.

„Dann finde das Geld und stell den Betrug des Mediums bloß!"

Clara schloss kurz die Augen und ließ zu, dass die Gedanken durch ihren Kopf wirbelten. Mrs. Wilton brauchte Hilfe, daran bestand kein Zweifel, und sie in den Fängen von Mrs. Greengage allein zu lassen, war undenkbar. Sie öffnete die Augen, als die Entscheidung gefallen war.

„Ich werde sie morgen anrufen und ihr mitteilen, dass ich ihren Fall übernehmen werde."

„Gut.“

„Aber ich werde kein Honorar von ihr verlangen, es sei denn, ich kann die verlorenen Ersparnisse ihres Ehemannes finden.“

„Clara“, ächzte Tommy. „Du kannst doch deine Hilfe nicht derart verschenken. Wie müssen auch an unsere eigenen Finanzen denken.“

„Papas Investitionen werden uns durchbringen, wo ist also das Problem?“

Tommy sah sie an und schüttelte den Kopf.

„Was sagtest du noch gleich über Leichtgläubigkeit?“

„Ich nenne das moralisches Handeln. Nun denn, sie hat eigens für mich morgen Abend eine Séance gebucht. Ich nehme an, du willst dabei sein?“

„Absolut!“

„Dann werde ich dafür sorgen, dass für dich auch ein Platz vorgesehen ist. So. Und jetzt sollte ich mal nachsehen, ob Annie es geschafft hat, irgendein Abendessen anzurichten.“

Tommy grinste sie an.

„Das wird unterhaltsam“, sagte er.

„Ich hoffe nicht. Ich erinnere mich noch an den letzten Fall, den du als unterhaltsam bezeichnet hast. Danach habe ich mich nach stumpfen und langweiligen Aufgaben gesehnt.“

„Erschrecke dich bloß nicht, wenn morgen Abend irgendwelche Geister oder Ghule auftauchen“, spottete Tommy.

„Pah!“, sagte Clara, während sie die Tür öffnete. „Mach dir keine Sorgen um mich, großer Bruder. Es ist Mrs. Greengage, die sich morgen Abend wird in Acht nehmen müssen!“

Mrs. Wilton war hocherfreut, als Clara am Telefon zustimmte, die Séance zu besuchen. Sie beschwerte sich nicht einmal, als Clara auf eine weitere Einladung für ihren Bruder bestand.

Clara hatte gerade aufgelegt und fühlte sich mies, ob der ganzen Situation, als die Haustür geöffnet wurde und das Hausmädchen Annie Tommy in seinem Rollstuhl hereinschob.

„Wo wart ihr? Es ist bitterkalt draußen." Clara hörte den scharfen Ton ihrer Stimme und bereute ihn sofort. Sie hatte sich Tommy gegenüber sehr beschützend verhalten, seit er nach Hause gekommen war, doch sie wusste, dass sie mittlerweile alle verrückt machte, inklusive sich selbst.

„Immer mit der Ruhe, Schwesterchen." Tommy grinste. „Annie hat mich altes Wrack bloß zur Bibliothek geschoben, das war alles. Die ist mittwochs nur wenige Stunden lang geöffnet, erinnerst du dich?"

Clara verfluchte sich innerlich. Tommy hatte ihr am vergangenen Abend gesagt, dass er in die hiesige Leihbücherei gehen würde, um dort nach Büchern über Spiritismus zu suchen.

„Hattest du denn Glück?", fragte Clara, während sie Annie entschuldigend anlächelte. Die Frau war ihre einzige Bedienstete, ein Mädchen für alles und eine loyale Freundin, die einen Großteil ihrer Zeit damit verbrachte, sicherzustellen, dass Tommy alles hatte, was er brauchte. Sie zwinkerte Clara zu; eine Erinnerung daran, dass sie lange genug befreundet waren. Annie wusste, dass da bloß die strapazierten Nerven ihrer Herrin gesprochen hatten.

„Hast du etwas Gutes gefunden?", fragte Clara in einem entschlossenen Versuch, das Thema zu wechseln.

„Zwei Bücher: *Von der Dunkelheit ins Licht: eine Neubewertung von Christentum und Spiritismus* und *Abhandlungen über die Spiritistische Kirche und ihre Rolle im Mediumismus.*"

„Klingt fesselnd."

„Nun, wenigstens habe ich etwas zu lesen, wenn ich nicht schlafen kann, und ich habe in Mrs. Eatons Buchladen zwei Hefte über Hellseherei gekauft."

Tommy reichte ihr die beiden dünnen Werke.

„*Die Kunst des Mediumismus* und *Dreißig kurze Lektionen zur Stärkung des Verstandes und zur Förderung hellseherischer Fähigkeiten.* Sollte ich mir Sorgen machen?"

„Wohl kaum. Es scheint hauptsächlich darum zu gehen, wiederholt ‚Ist jemand da?' zu rufen."

Clara gab ihm die Hefte zurück.

„Nun, unsere Plätze sind wider besseren Wissens gebucht."

„Freust du dich nicht darauf, eine potenzielle Scharlatanin auszumerzen?"

„Potenziell? Sie ist ganz sicher eine Scharlatanin."

„Nicht notwendigerweise. Auf Seite fünf der *Dreißig Lektionen* heißt es, dass Gewissheit nur ein relativer Zustand des Geistes ist, und wir unseren Verstand den Unmöglichkeiten öffnen müssen, um zu begreifen, dass nichts an der Gewissheit gewiss ist."

Clara warf ihm einen vernichtenden Blick zu und Tommy lachte los.

„Wenn Mrs. Greengage anfängt, solchen Unsinn von sich zu geben, werde ich vielleicht nur schwer den Mund halten können.“

„Bleib stark, Schwesterchen.“ Tommy gluckste. „Wir tun das alles für eine verzweifelte Witwe.“

„Ja, ja. Nun, eine Gewissheit habe ich für dich: Ich brauche dringend eine Tasse Tee“, entgegnete Clara.

„Dem kann ich nur zustimmen.“

Kapitel 4

Bei Mrs. Greengages Haus handelte es sich um ein mittleres Reihenhaus mit schweren, grünen Vorhängen und einem rostigen Türklopfer in Form eines Löwenkopfes. Clara und Tommy trafen ein paar Minuten vor sieben ein und warteten höflich vor der Tür, bis die von einer stämmigen, ganz in Schwarz gekleideten Dame geöffnet wurde. Sie schielte leicht und musterte den Besuch durch eine Brille mit goldenem Rahmen.

„Clara und Thomas Fitzgerald." Clara streckte eine Hand aus, doch Mrs. Greengage rührte sich nicht.

„Sie sind ein wenig früh dran", schnaubte sie.

Clara widerstand dem Drang, auf ihre Uhr zu schauen, da sie wusste, dass sie fünf vor sieben zeigen würde. Sie war sich nicht ganz sicher, wie sie antworten sollte, doch zum Glück füllte Mrs. Greengage die Stille.

„Sie kommen wohl lieber herein. Wir sind in dem Wohnzimmer hinten links." Mrs. Greengage eilte den Flur hinunter und ließ Clara allein mit der Aufgabe zurück, mit Tommys Rollstuhl die Vortreppe des Hauses zu bewältigen.

„Ich mag sie jetzt schon nicht", knurrte Clara.

„Wirklich? Dabei wirkt sie doch so aufgeschlossen."

Als sie es endlich durch die Haustür geschafft hatten, schob Clara Tommy zu dem Zimmer, das ihnen beschrieben worden war. Sie betraten einen Raum wie aus einem Dickens-Roman. Jede verfügbare Oberfläche war mit Samt bedeckt, hauptsächlich in Schwarz oder Dunkelgrün, und jedes Stück Stoff hatte einen Fransensaum. Der Kaminsims, die Anrichte und das Bücherregal waren mit allerlei Krimskrams vollgestellt. Der Boden war mit einem stark gemusterten Perserteppich bedeckt, der mit der aufwändig dekorierten Velourtapete um Dominanz rang. Clara dachte, sie könnte sich nicht noch überwältigter fühlen, bis sie den Papageien entdeckte.

Der Vogel saß neben dem runden Tisch auf einer hohen Stange und war ganz weiß, bis auf seine Brust, die einen strahlenden Gelbton aufwies. Er stellte angesichts der Neuankömmlinge leicht drohend die Kammfedern auf, ehe er sagte:

„Willkommen, Clara und Thomas Fitzgerald.“

„Gütiger Himmel!“ Tommy starrte das Tier verblüfft an. „Wie hat sie ihm das beigebracht?“

Clara schaute den Papageien argwöhnisch an, doch er gab kein weiteres Wort von sich.

„Sie können sich setzen.“ Mrs. Greengage war hinter ihnen aufgetaucht, gefolgt von einer optimistisch wirkenden Mrs. Wilton.

Clara wurde mulmig zumute, als sie den hoffnungsvollen Gesichtsausdruck ihrer Klientin sah. Sie wollte Mrs. Greengage den Hals umdrehen, dafür dass sie auf so grausame Weise mit der Trauer und Verzweiflung eines Menschen spielte, doch sie erinnerte sich an Tommys Worte und schaffte es, den Mund zu halten, während sie ihre Plätze am Tisch einnahmen.

Mrs. Greengage nahm auf einem Stuhl Platz und drapierte einen Schleier strategisch um ihren Hals.

„Das ist Augustus", sie deutete auf den Papageien. „Er ist ein wiedergeborener druidischer Priester aus dem fünften Jahrhundert."

„Wirklich?", fragte Clara und erntete dafür einen Stoß von ihrem Bruder.

„Augustus nutzt die Kraft der Urahnen, um Geister zu mir zu kanalisieren. Er ist eine Verbindung ins Jenseits und verdient daher ein wenig Respekt, Miss Fitzgerald."

Das Medium fixierte Clara mit ihrem leicht schiefen Blick, und sie war überraschend verärgert, weil ihrem Kommentar so scharfsinnig begegnet worden war.

„Meine üblichen Sitzungen mit Mrs. Wilton beinhalten die Kommunikation mit ihrem verstorbenen Ehemann, doch da wir heute Gäste haben, hat sie großzügigerweise angeboten, ihre eigenen Bedürfnisse zurückzustellen, damit ich die Geister kontaktieren kann, die mit Ihnen in Verbindung stehen, Miss Fitzgerald."

Clara warf Tommy einen unbehaglichen Blick zu.

„Sie müssen mir einen Augenblick der Vorbereitung geben." Mrs. Greengage zog sich den Schleier über den Kopf, sodass ihr Gesicht fast vollständig verhüllt war, dann legte sie die Arme auf den Tisch, Handflächen nach oben, und presste die Daumen und Zeigefinger aneinander.

„Würden Sie sich bitte alle die Hände geben und sich entspannen", flüsterte sie von hinter dem Schleier.

Mrs. Wilton streckte Tommy eifrig ihre Hand entgegen, der sie ergriff und im Gegenzug Clara seine Hand anbot. Sie hatte die Hände in ihrem Schoß zu Fäusten geballt, doch da alle sie ansahen, lockerte sie zögerlich eine Faust und nahm Tommys Hand.

„Atmen Sie tief durch", befahl Mrs. Greengage und nahm selbst einen tiefen Atemzug. „Befreien Sie Ihren Geist und denken Sie an die Person, mit der Sie in Verbindung treten wollen."

Clara tat wie ihr geheißen, wenn auch nur widerwillig, und als ihr Verstand befreit war, dachte sie an ihren Kater Roger, der gestorben war, als sie zwölf Jahre alt gewesen war. Es war ein belangloser Akt des Ungehorsams, doch es fühlte sich gut an.

Mrs. Greengage atmete immer tiefer durch, sodass sich ihr üppiger Busen hob und senkte und die Perlen an ihrem Hals klimperten. Tommy zog eine Grimasse in Claras Richtung.

„Da ist ... ein Mann ... der an mich herantritt", flüsterte Mrs. Greengage in angespannter Stimmlage.

„Ist es Arthur?", fragte Mrs. Wilton aufgeregt.

„Nein." Mrs. Greengage sprach jetzt in einem Singsang. „Er nennt sich ..."

„Albert!", schrie der Papagei.

Tommy warf Clara einen besorgten Blick zu, doch sie war zu sehr damit beschäftigt, den Papageien anzustarren, wobei sie die Lippen zu einer dünnen, blutleeren Linie zusammengepresst hatte.

„Kennt jemand von Ihnen einen Albert?", fragte Mrs. Greengage.

Mrs. Wilton schüttelte enttäuscht den Kopf. Tommy warf seiner Schwester einen Seitenblick zu und sagte dann:

„Mein Vater hieß Albert."

Clara warf ihm einen stechenden Blick zu, doch er weigerte sich, darauf zu reagieren. Mrs. Greengage sprach erneut mit schläfriger Stimme und ließ den Kopf auf die Brust sinken.

„Albert hat einen starken Charakter. Er hat mich sehr schnell erreicht. Er trägt einen Tweedanzug und hat einen kleinen Schnurrbart. Klingt das vertraut?"

„Ja", gab Tommy zu.

„Er hat eine goldene Armbanduhr in der Hand und deutet darauf. Versucht er vielleicht, auf die Zeit hinzuweisen? Nein, es ist der Name, der Name auf der Uhr."

„Edwards and Sons", sagte Tommy leise.

„Ja, das ist es. Doch er wirkt unzufrieden. Er versucht, mir die Uhr zu geben. Ist sie vielleicht verloren gegangen?"

„Nein, nicht verloren", sagte Tommy mit Unbehagen. „Sie ist in einer Schublade weggeschlossen, das ist alles."

„Ah, das erklärt es. Er zeigt mir die Uhr und legt sie sich dann an. Er möchte, dass Sie sie tragen."

„Wirklich?" Tommy schluckte unbeholfen.

„Er glaubt, das wird helfen." Mrs. Greengage atmete rasselnd. „Jetzt sucht er nach Clara. Clara, bist du hier?"

Mrs. Wilton und Tommy drehten sich beide erwartungsvoll zu Clara um. Sie funkelte die beiden an und schwieg hartnäckig.

„Sie ist hier", antwortete Mrs. Wilton für sie.

„Clara gefällt das hier nicht, sie hält es für Unsinn." Mrs. Greengages Stimme hatte eine kindliche Qualität angenommen und jetzt sagte sie spöttisch: „Clara, Clara, Papas kleines Mädchen, jetzt ganz erwachsen und mit eigenem Verstand. Ein Verstand, auf den sie stolz ist, doch was hält ihr Papa davon, dass sie herumrennt und Detektivin spielt?"

„Wagen Sie es nicht!", zischte Clara durch zusammengebissene Zähne.

„Albert heißt das nicht gut. Es ist nicht sonderlich damenhaft, nicht wahr? Er möchte, dass Sie das ganze Geschäft aufgeben, Clara."

Tommy drückte fest die Hand seiner Schwester, während sie vor unterdrückter Wut bebte.

„Sie legen meinem Vater Worte in den Mund", sagte Clara so ruhig wie möglich.

„Nein, meine Liebe, er legt mir diese Worte in den Mund." Mrs. Greengage schien unter dem Schleier zu lächeln. „Warum kannst du nicht wie ein braves Mädchen heiraten, Clara? Das will er wissen. Er möchte sehen, dass Sie sesshaft werden. Dieses Geschäft wird nur Kummer bringen, und wozu? Um davongelaufenen Hunden und vermissten Verwandten hinterherzurennen? Albert ist sehr unglücklich."

„Wenn Sie glauben, dass ich mich von diesen Lügen täuschen lasse ...", hob Clara an, doch Tommy kniff ihr in die Hand und warf einen betonten Blick in Richtung Mrs. Wilton.

„Albert zieht sich zurück", flüsterte Mrs. Greengage. „Zurück ... zurück in den Nebel. Auf Wiedersehen, Albert. Er schickt seinen Kindern seine Liebe, und jetzt ist er fort, der Nebel lichtet sich."

„Fort!", krächzte der Papagei heiter.

Mrs. Greengage zog sich den Schleier aus dem Gesicht und blinzelte, als würde sie gerade aus einem Traum erwachen.

„Hat Arthur uns erreicht?", fragte sie unschuldig.

„Nein", seufzte Mrs. Wilton, „dabei hatte ich gehofft, mit ihm über die Bezahlung des Gemüsehändlers zu sprechen."

Tommy starrte sie verwirrt an, wurde aber abgelenkt, als Clara aufstand.

„Es stehen Erfrischungen bereit." Mrs. Greengage deutete auf einen Beistelltisch. „Viele meiner Gäste brauchen beim ersten Mal einen Sherry."

„Ich bleibe nicht, vielen Dank." Clara zog so rasch wie möglich ihre Handschuhe an.

„Clara!", zischte Tommy sie an. „Vergiss nicht, warum wir hier sind!"

Clara hielt mit einer behandschuhten Hand inne und riss sich sichtlich zusammen.

„Vielleicht ein kleiner Schluck Sherry", sagte sie mit Mühe.

Mrs. Greengage sprang auf und machte sich daran, Getränke auszuschenken. Clara kehrte steif zum Tisch zurück.

„Das war interessant, nicht wahr?", flüsterte Mrs. Wilton über den Tisch hinweg.

„Geradezu erleuchtend", sagte Clara trocken.

„Unglaublich, dass Ihr Vater schon beim ersten Mal durchgedrungen ist", fuhr Mrs. Wilton fort. „Das ist etwas Besonderes."

„Es war ein wenig furchteinflößend", räumte Tommy ein.

„Haben Sie keine Angst." Mrs. Greengage war mit den Getränken zurückgekehrt. „Es ist, als würde man durch eines dieser neuen Telefone mit jemandem sprechen."

„Nur dass der Anrufer tot ist", sagte Tommy unverblümt. „Und diese Sache mit der Uhr?"

„Geister haben wie wir Lebenden ihre eigenen Wünsche und Begierden. Ihr Vater will nur das Beste für Sie."

„Wie lange sind Sie schon eine Hellseherin?", warf Clara ein, doch Tommy stellte erleichtert fest, dass sie ruhig wirkte und bereit zu sein schien, dieses Rätsel zu lösen.

„Seit meiner Kindheit", sagte Mrs. Greengage langsam und leicht zögerlich. „Ich habe die Gabe von meiner Großmutter geerbt. Sie stammte von einer Roma-Familie ab."

„Hat sie auch Séancen durchgeführt?", fragte Clara ganz ohne Häme.

Mrs. Greengage ließ sich eine Weile Zeit, ehe sie antwortete.

„Das war zu ihrer Zeit so nicht üblich", antwortete sie schließlich.

„Also wirklich, Spiritismus ist jetzt nicht gerade neu", sagte Clara beharrlich.

„Auf manche Menschen wirkt die Fähigkeit, mit Toten zu sprechen, ein wenig beunruhigend. Meine Großmutter hat diese Dinge lieber geheim gehalten."

„Und jetzt?"

„Jetzt?"

„Sie halten Séancen."

Mrs. Greengage hielt inne.

„Die Zeiten ändern sich", sagte sie geheimnisvoll.

Tommy trank mit einem Stirnrunzeln einen Schluck von seinem Sherry und beobachtete seine Schwester aus dem Augenwinkel. Er war sich nicht sicher, was er von dieser ganzen Sache halten sollte; die Nachricht bezüglich der Uhr hatte ihn verunsichert. Wie konnte irgendjemand davon wissen, abgesehen von Clara und ihm?

„Haben Sie noch weitere Fragen?", fragte Mrs. Greengage Clara jetzt direkt.

„Nur eine. Kommt es häufig vor, dass Geister über Rätsel kommunizieren, statt mit eindeutigen Botschaften?"

Mrs. Greengage wirkte kurz ein wenig perplex, dann fiel ihr Blick auf Mrs. Wilton und sie verstand.

„Nicht häufig, nein. Aber jeder Mensch ist anders, ob im Leben oder im Tode."

Genau in diesem Moment gab der Papagei einen erstickten Schrei von sich, fiel von seiner Stange und landete mit einem dumpfen Schlag auf dem Boden.

„Augustus?", fragte Mrs. Greengage und streckte besorgt eine Hand nach dem Vogel aus.

„Stockbetrunken", flüsterte Tommy Clara ins Ohr und deutete auf Mrs. Greengages Sherryglas. „Er hat sich reichlich bedient."

„Augustus?" Mrs. Greengage hielt den Papageien in beiden Händen und schüttelte ihn sanft.

„Oh je, sollten wir einen Tierarzt hinzuziehen?", fragte Mrs. Wilton aufgeregt.

Das Medium legte ein Ohr an die Brust ihres Vogels. Augustus' Kopf fiel schlaff nach hinten und seine schmale, graue Zunge hing aus seinem Schnabel.

„Er ist tot!", klagte Mrs. Greengage.

„Lassen Sie mich mal sehen." Tommy streckte eine Hand aus und die aufgelöste Hellseherin reichte ihm den Vogel.

Tommy breitete sanft die Flügel des Tieres aus und tastete am Brustkorb nach einem Herzschlag. Stille legte sich über den Raum, während alle auf sein Urteil warteten. Nachdem Tommy keinen Herzschlag ausmachen konnte, betastete er die Zunge des Vogels. Sie war kalt und trocken. Er suchte noch einige Minuten nach irgendwelchen Lebenszeichen, dann schaute er Mrs. Greengage an und schüttelte missmutig den Kopf.

Das Medium brach in Tränen aus und Clara überwand ihre vorherigen Gefühle, streckte die Arme aus und umfasste eine Hand der Frau.

„Solche Dinge geschehen", sagte sie tröstend.

„Oh je." Mrs. Wilton blickte voller Unbehagen von einer Person zur nächsten. „Oh je."

Tommy drapierte den toten Papageien sachte in der Mitte des Tisches und legte ihm die Flügel wieder ordentlich an.

„Mein herzliches Beileid", sagte er.

„Er war in seinen besten Jahren", schluchzte Mrs. Greengage. „Ich habe ihn vor dem Krieg gekauft. Er hat die deutschen Bombenangriffe überlebt, auch wenn er durch die Belastung einen Großteil seiner Federn gelassen hat. Er hatte gerade erst sein vollständiges Federkleid zurückerlangt!"

Jemand klopfte zaghaft an die Tür.

„Verschwinde, Ernie!", blaffte Mrs. Greengage.

Doch die Tür wurde trotzdem geöffnet und ein kleiner Mann mit beginnender Glatze und Schnurrbart kam hereingeschlichen.

„Ich habe den Krach gehört", sagte er leise. „Was ist passiert?"

„Augustus ist tot!", klagte Mrs. Greengage.

Der Mann namens Ernie schlurfte um den Tisch herum und tätschelte der angespannten Hellseherin sanft den Rücken.

„Ist schon gut", sagte er geistesabwesend.

„Ist schon gut!", ahmte Mrs. Greengage ihn wütend nach. „Hast du mich nicht verstanden? Augustus ist tot!"

„Ja, ja … natürlich, meine Liebe." Ernie beäugte beklommen die Gäste.

„Ich glaube, das ist Mr. Greengage", flüsterte Clara ihrem Bruder zu. „Vielleicht wäre es an der Zeit, sich zurückzuziehen."

„Definitiv", sagte Tommy.

Clara erhob sich von ihrem Stuhl und hüstelte höflich in ihre Hand.

„Vielleicht sollten wir lieber gehen?", schlug sie vor.

Ernie nickte.

„Ja, das wäre vielleicht das Beste."

Mit der perplexen Mrs. Wilton im Schlepptau ließen die Fitzgeralds den Trubel im Reihenhaus hinter sich und traten in die relativ ruhige Nacht hinaus.

„Nein, so was", sagte Mrs. Wilton, während sie auf dem Gartenweg stehenblieb und zum Haus zurückschaute. „Glauben Sie, die Geister haben ihn geholt?"

„Wie bitte?", fragte Clara.

„Die Geister! Es kann gefährlich sein, mit ihnen zu verkehren. Sie können einem Medium die gesamte Lebenskraft rauben."

„Ja, ich habe davon in einem dieser Bücher aus der Bücherei gelesen. Das stand ganz oben auf der Liste der Warnungen", fügte Tommy hinzu.

„Also wirklich!" Clara bedachte die beiden mit einem finsteren Blick. „Was für ein Unsinn! Vögel sterben ständig. Unsere Großtante hat regelmäßig einen neuen Kanarienvogel gekauft, weil der vorherige den Löffel abgegeben hat, nachdem er vielleicht einen Monat lang im Wohnzimmer gesungen hat."

„Das sind kleine Vögel", protestierte Mrs. Wilton. „Größere Tiere wie Papageien können mehrere Jahrzehnte alt werden."

„Dennoch ist es viel wahrscheinlicher, dass der Vogel an einer natürlichen Ursache gestorben ist, wie zu viel Sherry; nicht an ‚Geistern'", sagte Clara beharrlich.

„Die Sache gefällt mir trotzdem nicht." Mrs. Wilton erschauderte.

„Es ist zu kalt, um hier herumzustehen und das zu diskutieren." Clara hatte entschieden, dass es Zeit war, Abstand zu Séancen und toten Vögeln zu gewinnen. „Wir sollten uns auf den Heimweg machen."

„Aber Sie haben mir noch nicht gesagt, ob Sie meinen Fall übernehmen werden", warf Mrs. Wilton hastig ein.

Clara wollte jetzt auf keinen Fall erklären müssen, warum sie sich so schnell wie möglich von dieser Sache zurückziehen musste, während sie draußen in der Kälte standen.

„Wenn Sie morgen in meinem Büro vorbeikommen würden, Mrs. Wilton, können wir das alles besprechen", sagte Clara. „Egal wann."

„Oh. Nun gut." Mrs. Wilton wirkte ein wenig verärgert, doch Clara konnte sich nicht hier und jetzt auf dieses Debatte einlassen.

„Ich muss Tommy nach Hause bringen, damit er aus der Kälte herauskommt." Mit diesen Worten entschuldigte sich Clara und schob den Rollstuhl ihres Bruders schnellstmöglich aus dem Garten und den Bürgersteig entlang.

„Du wirst sie abweisen, nicht wahr?", fragte Tommy deprimiert.

„Mrs. Greengage ist eine Betrügerin, deshalb sind auch ihre Rätsel Betrug."

„Wie konnte sie von der Uhr wissen?"

Clara zögerte.

„Ich weiß es nicht, aber wenn du glaubst, dass diese Sache echt war, glaubst du dann auch, Papa würde wollen, dass ich meinen Beruf aufgebe?"

Tommy kratzte sich am Kopf und seufzte.

„Nein, natürlich glaube ich das nicht. Mir kam die Sache mit der Uhr nur seltsam vor, das ist alles."

„Und es gibt schon genug seltsame Dinge auf dieser Welt, auch ohne dass Mrs. Greengage dazu beisteuert." Clara schob ihren Bruder zu ihrer Haustür und es war klar, dass die Diskussion beendet war.

„Schade", murmelte Tommy vor sich hin.

Kapitel 5

Clara stapelte Holzscheite im alten Backsteinkamin ihres Büros. Es war so bitterkalt im Raum, dass sich bereits Eiszapfen an der Innenseite des Fensters gebildet hatten. In Handschuhen brach sie jeden einzelnen ab und warf ihn nach unten auf die Straße. Der Winter hatte die Welt fest im Griff, über allem lag eine dicke Schicht Schnee und die Arbeiter mussten kämpfen, um mit ihren Karren voranzukommen. Clara fragte sich, welcher Wahnsinn sie an einem solchen Tag ins Büro getrieben hatte. Wenn sie Mrs. Wilton nicht versprochen hätte, sie zu empfangen, wäre sie versucht gewesen, zu Hause zu bleiben.

Sie hatte nicht gut geschlafen, da ihr die Nachrichten im Kopf herumgespukt hatten, die Mrs. Greengage ihnen von ihrem Vater überbracht hatte. Tommy hatte sich gleich nach der Rückkehr durch die Schubladen gewühlt, um die Armbanduhr ihres Vaters zu suchen, und trug sie nun stolz am Handgelenk. Das ließ Clara nur wieder an die harschen Worte denken, die gegen sie gerichtet worden waren. War es wirklich ihr Vater gewesen, der von ihr verlangte, ihre Arbeit aufzugeben, oder waren diese Worte nur der Bosheit von Mrs. Greengage entsprungen? Ihre rationale Seite war von Letzterem überzeugt, doch irgendwo tief in ihr schwelte eine Sorge, die sie zweifeln ließ. Es half auch nicht, dass sie in diesem kalten Büro saß und nichts zu tun hatte, als darauf zu warten, Mrs. Wiltons Fall abzulehnen, wenn sie auftauchte.

Clara nahm sich eine alte Zeitschrift und blätterte sich mürrisch zum Modeabschnitt durch. Die Schwarzweißbilder brachten Erinnerungen an die Zeiten zurück, zu denen sie mit größter Freude zusammen mit ihrer Mutter einkaufen gegangen wäre. Jetzt deprimierten sie all diese Mäntel und Hüte, nicht zuletzt, weil sie wusste, dass sie sich die meisten dieser Kleidungsstücke nicht leisten konnte.

Deshalb arbeitete sie. Oh, die Investitionen ihres Vaters unterhielten das Haus, beglichen die Rechnungen und sorgten dafür, dass Essen auf den Tisch kam, doch es blieb nichts übrig für Luxus, und dieser Tage gehörte selbst ein neuer, warmer Mantel in diese Kategorie. Clara warf wütend die Zeitschrift beiseite und nahm ein altes Buch über Kriminalpsychologie aus dem Regal. Es stammte aus der Bibliothek ihres Vaters und hatte ein faszinierendes Kapitel über Phrenologie. Natürlich war das nur ein Haufen Unsinn, doch es regte Claras wehmütige Seite an, sich auszumalen, man müsste nur den Mann mit den richtigen Beulen am Kopf finden, um ein Verbrechen aufzuklären.

Sie las, bis die Uhr Mittag schlug. Sie rieb sich die müden Augen und fragte sich, wo Mrs. Wilton bleiben mochte. Vielleicht hatte sie den Gedanken aufgegeben, Clara überzeugen zu können. Sie hatte ihre Meinung zum Spiritismus am vergangenen Abend recht deutlich zur Schau gestellt.

Clara suchte in ihrer Handtasche nach dem Käsebrot, das Annie ihr am Morgen gemacht hatte. Das Brot war alt und der Käse so hart wie Marmor, doch an einem kalten Tag war ihr jedes Essen recht. Sie arbeitete sich gerade durch die dicke Kruste, als jemand klingelte.

„Endlich, Mrs. Wilton!", sagte Clara erleichtert und dachte, sie würde endlich nach Hause gehen können, sobald sie sich um die Frau gekümmert hatte.

Sie eilte die Treppe hinunter, öffnete die Tür und stand einem Mann in einem dunklen Mantel gegenüber.

„Oh", sagte Clara, als sie mit Entsetzen feststellte, dass hinter dem Fremden ein uniformierter Polizist stand.

„Mrs. Fitzgerald?", fragte der Mann im Mantel.

„Miss", korrigierte Clara unwillkürlich, während sie die angebotene Hand schüttelte.

„Inspector Park-Coombs, Miss. Darf ich hereinkommen?"

„Natürlich." Clara trat noch verdutzter und besorgter als zuvor von der Tür zurück und führte den Inspector nach oben.

„Ist irgendetwas passiert?", fragte sie und dachte augenblicklich an Tommy.

Wie oft hatte sie sich in ihren dunkelsten Momenten schon ausgemalt, er könnte etwas Dummes tun.

„Wir ermitteln in der Regel nicht, wenn nichts passiert ist", sagte Inspector Park-Coombs phrasenhaft. „Ich glaube, Sie kennen eine Mrs. Greengage?"

Clara drehte sich der Magen um. Hatte die Polizei herausgefunden, dass Mrs. Greengage eine Betrügerin war, und glaubte nun wegen Mrs. Wilton, dass Clara irgendwie mit ihr zusammenarbeitete?

„Ich habe sie gestern Abend erst kennengelernt", sagte sie.

„Sie waren bei einer ihrer Séancen?"

„Ja, unter Protest, wenn ich das hinzufügen darf.“

„Sie glauben nicht an solche Dinge?“

„Nein, nicht wirklich. Der aufregendste Teil des Abends war, als der Papagei von seiner Stange fiel.“

„Papagei? Welcher Papagei?“

„Augustus“, sagte Clara mit Unbehagen. „Er hatte einen Herzanfall oder so etwas und ist tot zu Boden gestürzt.“

„Ah, nun, dann kann er jetzt mit seiner Besitzerin wiedervereinigt werden.“ Der Inspector zuckte mit den Schultern.

„Was meinen Sie damit?“ Clara warf einen besorgten Blick auf den Polizisten, der in der Bürotür stand.

„Mrs. Greengage wurde vergangene Nacht ermordet.“

Clara war sprachlos.

„Erschossen, wie es scheint“, fuhr der Inspector fort. „Wann haben Sie ihr Haus verlassen?“

Clara brauchte einen Augenblick, bis die Frage zu ihr durchdrang, doch selbst dann gelang es ihr nicht, eine Antwort zu formulieren.

„Ermordet?“

„Ja. Also, wann waren Sie dort?“

Clara riss sich zusammen.

„Wir sind um kurz vor sieben dort eingetroffen und gegen neun wieder gegangen. Ich habe nicht wirklich auf die Uhr geschaut, deshalb bin ich mir nicht ganz sicher.“

Der Inspector zog gelassen ein Notizbuch aus seiner Tasche und schrieb für einige Minuten eifrig hinein. Clara ertappte sich dabei, unkontrolliert mit ihren Fingern zu spielen. Sie konnte immer noch nicht glauben, was sie gehört hatte.

„Sind Sie sich sicher?", bekam sie schließlich heraus.

Der Inspector warf ihr einen fragenden Blick zu.

„Dass sie ermordet wurde. Vielleicht war es ein Unfall?" Clara hörte die Verzweiflung in ihrer Stimme.

„Es ist recht schwer, sich aus Versehen direkt in den Kopf zu schießen", entgegnete der Inspector. „Außerdem haben wir keine Waffe gefunden. Jemand hat sie mitgenommen."

Der Inspector blickte sich in dem kleinen Büro um und blieb am Porträt von Claras Vater hängen.

„Sie sind die Tochter von Professor Fitzgerald?"

Clara war kurz überrascht.

„Ja."

„Unser Mediziner auf der Wache schwärmt immerzu von ihm. Er war vor dem Krieg einer seiner Studenten." Der Inspector hielt nachdenklich inne. „Er wurde in London getötet, von einer dieser Bomben, die die Zeppeline abgeworfen haben, nicht wahr?"

„Ja, sie waren auf einen Besuch dort. Niemand hat mit solch einem Angriff gerechnet."

„So verschlagen ist der Hunne." Der Inspector tippte sich mit seinem Stift an die Lippen. „Ein tragischer Verlust. Haben Sie noch Familie?"

„Ja, einen Bruder."

„Er muss im Krieg gedient haben, oder?"

Jetzt tippte er mit dem Stift geistesabwesend an die Kante seines Notizbuches.

„Ja."

„Hat er seine Waffe behalten?"

Diese Frage aus heiterem Himmel überrumpelte Clara. Sie begriff, dass sie sich von diesem Inspector in

falscher Sicherheit hatte wiegen lassen, die er ihr dann
ebenso geschickt wieder entrissen hatte.

„Ich glaube, ja. Viele der Männer haben Andenken behalten."

„Und wo bewahrt er sie auf?"

„Woher soll ich das wissen?", antwortete Clara wüten-
der als beabsichtigt. Sie wollte ihm eigentlich nicht zeigen, wie sehr er sie aus der Fassung brachte. „Wenn Sie
andeuten wollen, dass Tommy Mrs. Greengage erschossen haben könnte, dann irren Sie sich gewaltig. Tommy
ist an einen Rollstuhl gefesselt. Er kann seine Beine
nicht mehr benutzen, seit er im Niemandsland von einer Maschinengewehrsalve erwischt wurde. Er könnte
nicht einmal lange genug stehen, um auf eine leere Flasche zu schießen, ganz zu schweigen von einem Menschen."

„Wenn ich einen geliebten Menschen beschuldige, erzählen mir die meisten Leute, dass die Person niemals
auf einen Menschen hätte schießen können, weil das
nicht in ihrem Wesen liegt. Sie hingegen erheben prak-
tische Einwände." Der Inspector lächelte. Clara entwickelte ein entschiedenes Missfallen an dem Mann.

„Ich würde niemals Ihren Verstand beleidigen", sagte
sie kühl. „Tommy hat zehn Jahre lang in den Schützengräben gekämpft. Natürlich ist er in der Lage, in einer
Notsituation jemanden zu erschießen. Sie hätten mir
nicht geglaubt, hätte ich etwas anderes behauptet, und
dann wäre alles was ich sage verdächtig."

„Sehr klug, Miss Fitzgerald, aber Sie haben mich nicht
ganz richtig verstanden. Jeder in Ihrem Haushalt hätte

diese Waffe benutzen können. Sie waren eine der letzten vier Personen, die Mrs. Greengage lebend gesehen hat." Der Inspector schmunzelte.

„Was ist mit dem Ehemann?" Clara war fest entschlossen, sich nicht mit einem Mord in Verbindung bringen zu lassen, ganz egal, was der Inspector sagte.

„Er behauptet, ein Schlafmittel genommen zu haben, das ihn für mehrere Stunden ausgeschaltet hätte. Außerdem hat er kein Motiv."

„Aber ich schon?", fragte Clara verblüfft.

„Ich weiß aus verlässlicher Quelle, dass Sie Mrs. Greengage für eine Hochstaplerin hielten, die naive Menschen ausnutzte."

„Wer hat das gesagt?"

„Das ist vertraulich, Miss. Außerdem wurde mir mitgeteilt, dass Sie am vergangenen Abend recht wütend wurden, ob der Informationen, die Mrs. Greengage Ihnen gab."

Clara war fassungslos. Die ganze Welt schien sich gegen sie zu verschwören, nur weil sie ein Gewissen hatte.

„Mrs. Greengage hat einige boshafte Dinge zu mir gesagt, aber ich erschieße doch keine Frau, nur weil sie etwas Verletzendes gesagt hat." Clara wurde von Verlegenheit und Wut erfüllt. „Unfreundliche Worte sind doch kein Mordmotiv."

„Oh, sie können es sein", sagte Inspector Park-Coombs mit einem Funkeln in den Augen. „So manches Dienstmädchen hat ihrer Herrin schon wegen eines bösen Wortes ein wenig Gift in den Tee gemischt."

„Nun, ich bin kein Dienstmädchen", sagte Clara verärgert. „Und ich glaube, Sie klammern sich hier an Strohhalme, Inspector. Sie wissen nicht weiter, also rütteln Sie an einigen Bäumen und schauen, ob faule Äpfel herunterfallen.“

„Wie ich schon sagte, Miss“, der Inspector grinste, „Sie sind sehr klug. Ich werde heute Abend vorbeikommen, um mit Ihrem Bruder zu sprechen. Ich bin mir sicher, Sie wollen dabei sein, angesichts Ihres Beschützerinstinkts.“

Der Inspector fasste sich an den Hut und verließ ohne ein weiteres Wort das Büro. Clara folgte ihm die Treppe hinunter und schloss die Tür hinter ihm und dem schweigsamen, uniformierten Polizisten.

Kapitel 6

„Was für ein schrecklicher Mann", ächzte Clara, während sie sich auf die unterste Stufe sinken ließ und den Kopf in die Hände legte. „Wie kann er es wagen?"

Sie hatte noch kaum eine Minute dort gesessen, als jemand an die Tür klopfte. Sie rührte sich nicht. War der Inspector zurückgekehrt? Wieder ein Klopfen, dieses Mal energischer. Clara starrte die Tür an.

„Wer ist da?", rief sie zögerlich.

„Mrs. Wilton, meine Liebe. Bitte lassen Sie mich ein."

Clara dachte, dass der Vormittag wohl kaum schlimmer werden konnte, während sie sich erhob und die Tür öffnete. Mrs. Wilton stand zitternd auf der Schwelle.

„Ich habe darauf gewartet, dass dieser grausige Inspector wieder geht. Ich bin bis auf die Knochen durchgefroren", sagte sie.

„Hier drinnen ist es nicht viel besser." Clara trat zurück und ließ sie ein. „Woher wussten Sie, dass es der Inspector war?"

„Er hat mich heute Morgen besucht." Plötzlich schien Mrs. Wilton den Tränen nahe zu sein. „Es ist schrecklich!"

„Ja, sehr traurig." Clara führte sie die Treppe hinauf.

„Ich meine, wer wird denn jetzt für mich mit Arthur in Verbindung treten?"

Clara versteckte ihren finsteren Blick und bot Mrs. Wilton einen Stuhl an, den sie vors Feuer gestellt hatte, um das Beste aus dem Feuer zu machen.

„Vielleicht sollte die Sorge um eine gerade erst Verstorbene unsere höchste Priorität haben", sagte Clara so höflich wie möglich.

„Oh je, oh je. Da haben Sie natürlich recht. Ich bin ganz aufgebracht wegen dieser Sache und kann mit niemandem darüber sprechen." Mrs. Wilton schluchzte leise und kramte in ihren Taschen nach einem Taschentuch.

Clara lehnte sich an die Kante ihres Schreibtisches und blickte taktvoll zur Seite, während Mrs. Wilton sich die Augen abtupfte.

„Wer könnte so etwas getan haben?", fragte Mrs. Wilton.

„Ich weiß es nicht." Clara schüttelte den Kopf. „Sie kannten Mrs. Greengage besser als ich. Hatte jemand einen Groll gegen Sie?"

„Groll? Sie meinen, ob sie sich mit jemandem gestritten oder über jemanden aufgeregt hat?"

„Exakt. Immerhin war sie in einem sehr kontroversen Feld tätig. Vielleicht hat sie jemandem etwas gesagt, was die Person nicht hören wollte."

„Sie hat nie über andere gesprochen und die Mitglieder der spiritistischen Kirchen haben sie in höchsten Tönen gelobt."

Clara blickte durch das vereiste Fenster nach draußen. Es würde eine frostig kalte Beerdigung für Mrs. Greengage geben.

„Nun, das bedeutet wohl, dass der Inspector nur vier Verdächtige hat: mich, Sie, Tommy und Mr. Greengage."

„Sie meinen den Mann, der gestern Abend hereingeplatzt ist? Ich habe ihn da zum ersten Mal gesehen." Mrs. Wilton hielt inne. „Ich muss mich bei Ihnen entschuldigen, Miss Fitzgerald."

Clara schaute sie an.

„Wofür?"

Mrs. Wilton wrang das Taschentuch in ihrem Schoß.

„Ich habe etwas Schreckliches getan und befürchte, dass Sie sehr verärgert sein werden und mir nur schwer vergeben können."

Clara schwieg und wartete darauf, dass sie fortfuhr.

„Als der Inspector heute Morgen zu mir kam, hat er mir mit all seinen Fragen ganz schön zu schaffen gemacht. Ich war ganz aufgeregt und dann schien es, als würde er mir vorwerfen, sie getötet zu haben!" Mrs. Wilton warf Clara einen fassungslosen Blick zu. „Anscheinend hatte Mrs. Greengage einen gewissen Ruf bei der Polizei. Sie soll einen Mord vorhergesagt und die Polizei darüber unterrichtet haben, glaube ich. Ziemlich außergewöhnlich."

„Würde ich auch sagen", steuerte Clara bei, da sie wusste, dass sich Mrs. Wiltons Geständnisse ein wenig ziehen konnten.

„Anscheinend interessiert sich die Polizei seitdem für ihre Arbeit und hat sogar Beweise dafür gesammelt, dass sie eine Betrügerin ist! Nun, es läuft alles darauf hinaus, dass ich technisch gesehen die letzte Person war, die Mrs. Greengages Haus verlassen hat. Sie waren schon losgegangen, als ich mich endlich gesammelt hatte, und das bedeutet, dass Sie mir kein Alibi geben können, denn ich hätte ja zurückbleiben können, um diese schändliche Tat zu begehen." Für einem Moment klang Mrs. Wilton beleidigt. „Und es ist niemand bei mir zu Hause, der hätte bezeugen können, wann ich zurückkam. Die Polizei unterstellt mir, dass ich erfahren hätte, einer Betrügerin aufgesessen zu sein, die mir mein letztes Geld gestohlen hatte, und dann aus Verzweiflung die Dienstpistole meines lieben Arthur genommen und die Frau damit erschossen hätte!"

„Sie greifen nach Strohhalmen", wiederholte Clara.

„Aber dieser schreckliche Mr. Greengage sagte ihnen, dass ich Sie angeheuert habe, und behauptete dann, dass ich das getan hätte, weil ich seine Frau für eine Hochstaplerin halte, obwohl ich Mrs. Greengage deutlich gemacht habe, dass Sie mir mit den Rätseln helfen sollten, die mein Ehemann mir schickte!" Mrs. Wilton schniefte erneut und tupfte sich die Augen ab.

„Sie können nichts beweisen, Mrs. Wilton. Das ist alles ein Haufen Unsinn."

„Aber es schmerzt, zu wissen, dass jemand so über einen denken könnte, selbst wenn es nur ein Polizist ist."

„Sie sind von Berufs wegen argwöhnisch", sagte Clara beruhigend.

Mrs. Wilton richtete den Blick zu Boden.

„Aber, Sie müssen verstehen, dass mich das schrecklich aus der Fassung gebracht hat ... und da dachte ich: Wie können sie es wagen, wo ich doch die Einzige war, die Mrs. Greengage uneingeschränkt geglaubt hat. Dann dachte ich daran, wie offensichtlich sie Ihnen missfallen hat, und ich war wütend, weil ich annahm, Sie hätten schon entschieden, meinen Fall abzulehnen, obwohl ich so dringend Hilfe brauche, und ... nun ja ... ich platzte einfach damit heraus, dass sie lieber mit Ihnen als mit mir sprechen sollten, nachdem Mrs. Greengage Sie mit ihren Worten so sehr verärgert hatte." Mrs. Wilton war ganz außer Atem, so schnell hatte sie gesprochen, doch sie war noch nicht fertig. „Ich fürchte, ich habe die Polizei direkt zu Ihnen geschickt, und das war boshaft und unchristlich von mir. Sobald der Inspector fort war, fühlte ich mich schlecht und bin hergeeilt, um Sie zu warnen, doch ich kam zu spät."

„Machen Sie sich nichts daraus, Mrs. Wilton", sagte Clara und stellte überrascht fest, wie großmütig sie dieser Sache begegnete. „Wie Sie bereits sagten, hatte Mr. Greengage meinen Namen schon erwähnt, also wären sie ohnehin hierhergekommen."

„Dann vergeben Sie mir?"

„Natürlich."

Mrs. Wilton sank erleichtert in sich zusammen. Dann blickte sie Clara mit neuer Entschlossenheit im Gesicht an.

„Was werden wir dann unternehmen?"

„Gibt es denn irgendetwas zu unternehmen?", fragte Clara verdutzt.

„Natürlich! Wir sind für die Polizei Hauptverdächtige. Wenn wir nichts tun, um unsere Namen reinzuwaschen, wird der Inspector unser Leben auseinandernehmen und all unsere Geheimnisse ans Licht holen, egal wie banal sie auch sein mögen, bis man Anklage gegen uns erheben kann."

„Er hat keine Beweise. Er kann eigentlich gar nichts tun." Clara hatte Mitleid mit der verängstigten Frau. Sie selbst hatte wenigstens Tommy und Annie, die bezeugen konnten, dass sie die ganze Nacht zu Hause war, doch Mrs. Wilton hatte niemanden.

„Selbst wenn er nichts beweisen kann, wird der Skandal, den er damit entfacht, schlimm genug sein. Glauben Sie, jemand wird Sie noch um Hilfe ersuchen, wenn Sie mit einem Mord in Verbindung stehen?"

Clara zögerte.

„Das hatte ich noch nicht bedacht."

„Doch, es ist wahr. Vor drei Jahren wurde Mr. Parson, der Bankier, der Veruntreuung verdächtigt. Er wurde entlastet, doch das fehlende Geld und der echte Täter wurden nie gefunden, sodass niemand mehr seiner Bank vertrauen wollte. Er musste wegziehen."

„Das war aber während des Krieges. Da blieben viele Verbrechen unaufgeklärt." Clara erinnerte sich mit Unbehagen an Mr. Parson. Sie selbst hatte nach dem Skandal seine Bank gemieden, ohne je darüber nachzudenken, welche Auswirkungen das haben könnte.

„Irgendwas bleibt immer hängen", sagte Mrs. Wilton mit Nachdruck. „Und dieser Inspector hat es auf uns abgesehen. Sie sind Privatdetektivin, Miss Fitzgerald. Ermitteln Sie, wer es war."

„Ich bin keine Polizistin", entgegnete Clara.

„Umso besser. Männliche Privatdetektive machen ständig solche Arbeit."

Clara entging die Stichelei nicht.

„Ich kann mich nicht in eine Polizeiangelegenheit einmischen."

„Können Sie nicht oder wollen Sie nicht?" Mrs. Wilton starrte Clara herausfordernd an. „Es ist ernst, Miss

Fitzgerald. Ich glaube, das begreifen Sie noch nicht. Irgendjemand wird für dieses Verbrechen angeklagt werden. Die Polizei hat alle Hände voll zu tun. Wie Sie sagten, sind im Krieg viele Verbrechen unaufgeklärt geblieben, und jetzt versucht die Polizei hart durchzugreifen, um sich zu beweisen. Ich denke, der Inspector hat sich etwas in den Kopf gesetzt, was uns angeht."

„Das kann ich nicht abstreiten", grummelte Clara. „Er schien darauf zu brennen, Vermutungen zu diesem Fall anzustellen. Ich schätze, es wäre nur vernünftig, wenn ich mir diese Sache selbst anschaue."

„Gut. Gut!" Mrs. Wilton entspannte sich ein wenig. „Ich bin mir sicher, dass Sie die Geschichte in Windeseile aufklären werden. Mir ist egal, was andere behaupten. Ich denke, Frauen haben einen ausgezeichneten Verstand für Ermittlungen, und ich würde meine Probleme keinem männlichen Detektiv anvertrauen wollen, oh nein!"

Clara beschloss, Mrs. Wilton nicht daran zu erinnern, dass sie bei ihrer ersten Begegnung fest davon überzeugt war, sie würde mit Mr. Fitzgerald sprechen.

„Ich werde um unser beider willen mein Bestes geben", versprach sie stattdessen.

„Ausgezeichnet!"

Clara wartete höflich, doch Mrs. Wilton schien nicht allzu dringend wieder gehen zu wollen. Es entstand ein unbehagliches Schweigen, das Clara schließlich brechen musste.

„Gibt es sonst noch etwas?"

„Jetzt, da Sie es erwähnen ... eine Sache noch."

Clara ächzte innerlich.

„Und die wäre?"

„Meine Rätsel. Mrs. Greengage hat mir das letzte nie gegeben, doch ich denke, sie dürfte es notiert oder ihrem Ehemann davon erzählt haben. Die Geister können jederzeit kommunizieren, und mein Arthur hatte gewiss die Weitsicht, all seine Botschaften zu überbringen, bevor uns Mrs. Greengage ... so brutal genommen wurde."

Das musste Clara für einen Augenblick sacken lassen.

„Mrs. Wilton ..."

„Ich weiß, dass Sie die ganze Sache für dummes Zeug halten, genau wie diese Polizisten", blaffte Mrs. Wilton, „aber ich glaube, dass Mrs. Greengage mit den Toten sprechen konnte, und ich *bin* Ihre Klientin."

Clara biss sich auf die Zunge, um nicht auszustoßen, dass Mrs. Wilton noch alles andere als ihre Klientin war.

„Das könnte unangenehm werden", sagte sie stattdessen.

„Ich bitte Sie nur darum, den Ehemann zu fragen. Ich habe keine gute Ausrede, um zu ihm zu gehen, doch während Sie den Mord untersuchen, können Sie mit ihm sprechen. Was soll ich denn tun, wenn ich das Geld meines Ehemannes nicht finden kann?"

Plötzlich lag ein zerbrechliches Zittern in Mrs. Wiltons Stimme und Clara hätte sich treten können, weil sie vergessen hatte, wie verzweifelt die Frau war.

„Ich werde sehen, was ich tun kann", willigte sie schließlich ein, „aber Sie müssen mir meine Skepsis zugestehen. Die macht mich zu einer guten Detektivin."

Sie lächelte schelmisch.

„Natürlich!" Mrs. Wilton lächelte ebenfalls. „Ich wusste, dass Sie die richtige Person für diesen Fall sind, schon an dem Tag, als ich Ihre Anzeige in der Zeitung fand.“

„Ich werde dem Problem auf den Grund gehen und Sie auf dem Laufenden halten.“

„Gott sei Dank. Hetzen Sie sich nicht, aber beeilen Sie sich bitte. Ich sollte jetzt lieber nach Hause zurückkehren.“ Mrs. Wilton erhob sich und streckte eine Hand aus. „Ich bin so froh, Ihnen begegnet zu sein.“

Clara begleitete sie zur Tür und sah zu, während Mrs. Wilton in den Schnee hinausstapfte. Erst nachdem sie gegangen war, wurde Clara bewusst, dass sie sich gar nicht über ihr Honorar unterhalten hatten.

„Oh, verdammt!“

Kapitel 7

Es war verdächtig wenig los vor Mrs. Greengages Haus, als Clara sich näherte. Der Großteil der Polizeibeamten war anscheinend schon wieder fort und nur ein einsamer Constable war zurückgeblieben, um das Haus zu bewachen. Doch es war ein kalter Tag und eine Frau, die zwei Häuser weiter lebte, hatte Mitleid mit ihm gehabt, ihm die eisigen Finger gewärmt und ihn auf einen Tee hereingebeten. Also war niemand mehr da, als Clara den Gartenweg entlangeilte und durch die Haustür eintrat.

Mrs. Greengages Haus war so, wie sie es in Erinnerung hatte, auch wenn im unerbittlichen Tageslicht die Tapete alt und ausgebleicht aussah, der Teppich schmutzig und die Möbel mit den Messingtüren, als wären sie seit Jahren nicht mehr poliert worden. Die Hellseherin schien nicht die stolze Art Hausfrau gewesen zu sein.

Clara hielt im Flur inne. In ihrem Bauch rumorte eine Mischung aus Nervosität und Grauen. Sie hatte keine Ahnung, wie sie darauf reagieren würde, Blut in einem Raum zu sehen, in dem ein kaltblütiger Mord begangen worden war. Im Krieg hatte sie ein wenig Pflegearbeit geleistet, war aber mehr als einmal nach Hause geschickt worden, nachdem sie beim Anblick von Blut ohnmächtig geworden war. Das passierte ihr nicht jedes Mal, sie konnte entsetzliche Wunden verbinden, ohne mit der Wimper zu zucken, aber dann tauchte jemand mit einer kleinen Schnittwunde am Finger auf, sie warf einen Blick darauf und verlor das Bewusstsein. Das war überaus peinlich und sie gab sich größte Mühe, dieses Problem zu überwinden. Manche der anderen Krankenschwestern hatten sie ausgelacht und einige wenige hatten sie verächtlich als schwach bezeichnet. Clara wusste, dass sie nicht schwach war. In einem Notfall konnte sie sich bestens zusammenreißen, nur manchmal hatte der Anblick von Blut eine sehr seltsame Wirkung auf sie.

Jetzt stand sie in Mrs. Greengages Flur und fragte sich, ob sie den Mut hatte, weiterzugehen.

„Hallo."

Clara wäre beinahe aus ihrer Haut gefahren, als sie die freundliche, aber unerwartete Stimme hörte. Vor ihr stand ein junger Mann, der gerade aus der Küche gekommen war. Er trug ein Hemd, ohne Weste oder Jackett, und trocknete gerade eine kleine, runde Glasscheibe mit einem Tuch ab.

„Hat der Constable Sie hereingelassen?", fragte sie.

„Ja", log Clara. „Ich bin im Auftrag meiner Klientin hier."

„Klientin?"

„Ja, ich bin Privatdetektivin."

„Oh, ich wusste nicht, dass auch Frauen diesen Beruf ausüben." Der Mann trug ein lästiges Lächeln im Gesicht und Clara knirschte mit den Zähnen.

„Frauen tun dieser Tage viele Dinge. Wir leben in einem neuen Jahrhundert, wissen Sie?"

„Ich wollte Sie nicht verärgern", grinste der junge Mann und kam mit ausgestreckter Hand auf sie zu.

„Oliver Bankes, zu Ihren Dienstens. Oder darf ich das dieser Tage nicht mehr sagen?"

Clara gab Oliver höflich die Hand, obwohl sie ihm lieber eine Ohrfeige gegeben hätte. Er war etwa in Tommys Alter, hatte dunkles, nach hinten geglättetes Haar und haselnussbraune Augen. Er hielt ihre Hand ein wenig länger, als ihr lieb war.

„Clara Fitzgerald", sagte sie. „Sie sind kein Polizist."

„Ganz recht." Oliver hob die Glasscheibe in die Höhe. „Ich bin der Fotograf."

„Es ist wohl kaum der richtige Tag, um Porträtfotos von Mrs. Greengage zu machen."

„Polizeifotograf", korrigierte Oliver. „Ich fotografiere Tatorte."

„Warum?", fragte Clara bestürzt.

„Nicht aus makabren Gründen." Oliver lachte. „Als Beweis. Sehen Sie, manchmal wird etwas, das zunächst irrelevant wirkt, später sehr wichtig. Doch dann wurde der Tatort vielleicht schon gesäubert oder verändert, daher greift die Polizei auf Fotografien zurück. Außerdem hilft es den Beamten, sich daran zu erinnern, wo die Leiche lag. Ich dachte, das müssten Sie als Detektivin wissen."

Clara ging beinahe an die Decke.

„Ich ermittle normalerweise nicht in Mordfällen", sagte sie recht hochmütig.

„Ah, dann sind Sie eher im Geschäft von fremdgehenden Ehemännern und Betrug im Bridge-Club?"

„Nein!", sagte Clara entsetzt. „Ich ermittle in echten Fällen, richtigen Verbrechen, bloß normalerweise ohne Leichen."

„Warum sind Sie dann hier?", fragte Oliver nüchtern.

„Meine Klientin ist eine Verdächtige in diesem Fall“, sagte Clara mit Unbehagen. „Sie hat es natürlich nicht getan.“

„Natürlich!“, stimmte Oliver nur mit einem Hauch Sarkasmus zu.

„Auf jeden Fall bin ich hier, um Hinweise auf den echten Mörder zu finden.“

„Kann die Polizei das nicht übernehmen?“

„Die wird von voreiligen Schlüssen geblendet“, blaffte Clara. Ihr ging die Geduld mit diesem ärgerlichen Fotografen aus, der sie immer noch anschaute wie eine Grinsekatze.

„Dann sollten Sie sich am besten den Tatort ansehen.“ Oliver streckte ihr seinen Arm hin, als höfliches Angebot, sie ins Wohnzimmer zu führen. „Meine Linse war vom Morgen ein wenig verschmiert, deshalb habe ich sie gewaschen. So scheint es immer zu laufen, wenn ich Kleinkinder fotografiere.“

„Jemand hat ein Kind umgebracht?“, keuchte Clara. Ihr Verstand beschwor schreckliche Bilder von winzigen Leichen herauf.

„Nein, nein!“, sagte Oliver hastig. „Echte Kinder, ich meine, lebendige. Ich betreibe ein Fotostudio an der Hauptstraße. Hier.“

Er reichte ihr eine dünne, cremefarbene Karte, auf die sein Name und die Adresse seines Geschäfts gedruckt worden waren.

„Die Tatortfotografie ist nur ein Nebenverdienst. So viele Morde gibt es in Brighton nun auch wieder nicht.“

„Das ist schön zu hören.“ Clara steckte die Karte in ihre Handtasche, fest entschlossen, sie als Beweismittel abzuheften, sobald sie wieder zu Hause war, oder irgendetwas in der Art.

„Ich möchte nicht, dass Sie mich für makaber halten." Oliver wirkte ein wenig verlegen. „Es kann seltsam klingen, wenn man sagt, dass man Tote fotografiert."

„Wirklich?" Jetzt war es an Clara, sarkastisch zu klingen.

„Gehen Sie ruhig vor, ich habe meine Linsenhalterung in der Küche vergessen. Ich brauche nur einen Moment." Oliver verschwand und ließ Clara an der Wohnzimmertür zurück.

Sie atmete tief durch, während sich ihr Magen überschlug, öffnete die Tür und trat ein.

Der Raum hatte sich seit dem vergangenen Abend nicht verändert. Der Sherry stand noch auf dem Beistelltisch, ein Glas war immer noch voll. Es lag ein leichter Rosenduft in der Luft und auf dem Tisch sah sie die Karten einer nicht zu Ende gespielten Patience; dazwischen eine einzelne, weiße Feder.

Was hatte Clara erwartet? Ihr Blick wanderte durch den Raum und sie bekam ein schlechtes Gewissen. Was war ein Hinweis und was nicht? Sie könnte die wichtigste Spur zum Aufspüren des Täters direkt anschauen ohne es zu wissen. Das war schrecklich frustrierend und sie fühlte sich wie ein Fisch auf dem Trockenen.

Sie lief vorsichtig um den Tisch herum und betrachtete die Karten, als könnten die ihr irgendeine Bedeutung vermitteln. Hatte Mrs. Greengage allein gespielt oder mit jemandem? Die Frage gefiel Clara, auch wenn sie keine Antwort darauf hatte. Sie klang wie der Gedanke einer echten Detektivin.

Sie trat noch einen Schritt weiter um den Tisch herum und versuchte, nicht zu Boden zu blicken, ehe sie sich gänzlich für den Anblick von Blut gewappnet hatte. Sie würde nicht ohnmächtig werden! Das sagte sie sich fest entschlossen. Erst recht nicht vor Oliver. *Der Geist triumphiert über die Materie*, wiederholte sie in ihrem Kopf. *Stell dir einfach vor, es wäre verschüttete, rote Tinte.* Sie unterdrückte ihre Angst und verschloss sie hinter einer Tür in ihrem Geist, sodass sie ihr nicht in die Quere kommen konnte, und sagte sich, dass sie stärker war als die Hysterie.

Dann stieß sie mit dem Fuß gegen etwas und blickte nach unten.

Oliver kam gerade ins Zimmer zurück, als Clara den Schrei unterdrückte, der in ihrer Kehle aufstieg. Sie stand reglos da und spürte beinahe, wie die Wärme aus ihrem Gesicht wich.

„Alles in Ordnung?" Oliver nahm sie sanft am Arm. „Sie sind ganz blass geworden. Ich hätte Sie warnen sollen. Wir haben die Leiche noch nicht bewegt."

Irgendwie schaffte er es, sie zu einem Stuhl zu bugsieren, obwohl sie sich ob des Schocks völlig versteift hatte.

„Möchten Sie etwas Wasser trinken?", fragte er.

Clara schüttelte den Kopf. Sie glaubte nicht, dass sie etwas schlucken könnte, ohne sich zu übergeben. Mrs. Greengages Leiche lag ihr zu Füßen. Das Gesicht der Hellseherin hatte eine grässliche, graue Farbe angenommen, ihre Augen waren weit aufgerissen und sie starrte an die Decke. In ihrer Brust klaffte ein feuerrotes Loch.

Sie trug Pantoffeln. Clara merkte, dass sie sich auf dieses Detail fixierte, vielleicht weil ihr das leichter fiel, als über die ganze Leiche nachzudenken, oder weil sie mit dem Fuß genau gegen diese Pantoffeln gestoßen war.

„Ich hätte Sie warnen sollen", wiederholte Oliver entschuldigend.

„Es ist alles in Ordnung." Clara schaffte es, ihre Stimme wiederzufinden. „Ich hätte damit rechnen müssen."

„Ihre erste Leiche?", fragte Oliver.

„Ich habe im Krieg die eine oder andere gesehen", räumte Clara ein, „aber nicht so. Wenn jemand tot in einem Krankenhausbett liegt, ist das etwas ganz anderes."

„Nun, Sie machen sich prächtig. Nachdem ich meine erste Leiche gesehen hatte, konnte ich stundenlang nicht aufhören zu zittern, und viele junge Constables müssen sich bei ihrer ersten Leiche übergeben."

„Ich habe nicht vor, mich zu übergeben", sagte Clara entschlossen.

„Sehr gut. Was wollen Sie jetzt tun? Ich könnte den Constable bitten, Sie nach Hause zu geleiten."

„Nein!", sagte Clara eilig. „Nein, ich habe hier eine Aufgabe und werde mich nicht von einem kleinen Schrecken davon abhalten lassen."

„Beachtlich." Oliver klopfte ihr unbeholfen auf die Schulter.

„Könnten Sie aufhören, so etwas zu sagen? Sie klingen wie mein alter Sportlehrer."

„Oh." Oliver wirkte verunsichert. „Soll ich dann einfach mit meiner Arbeit weitermachen?"

„Sehr gern."

Clara atmete tief durch, während Oliver sich daran machte, sein Kamerastativ aufzustellen und seine Linse wieder anzubringen. Sie stellte fest, dass sie sich unerklärlicherweise unwiderstehlich dazu hingezogen fühlte, Mrs. Greengages Leiche zu betrachten. Die Hellseherin hatte ihren Schmuck und ihr schwarzes Halstuch abgelegt und schien gerade dabei gewesen zu sein, sich bettfertig zu machen.

„Sie hat keinen weiteren Besuch mehr erwartet", sagte Clara plötzlich.

„Meinen Sie?", fragte Oliver, während er das Blitzpulver nachfüllte.

„Man empfängt einen Gast nicht halb bettfertig." Clara schaute sich im Raum um. „Da liegt ein Morgenmantel auf dem Sessel."

„Dann hat sie den Mörder also nicht erwartet." Oliver zuckte mit den Schultern. „Ist das so wichtig?"

„Ich weiß es nicht. Aber das bedeutet, dass nach der Séance etwas Zeit vergangen war. So viel Zeit, dass Mrs. Greengage dabei war, zu Bett zu gehen."

„Augen zu", warnte Oliver vor dem Blitz, bevor der Raum strahlend hell erleuchtet wurde.

„Was hält die Polizei von der Sache?", fragte Clara, während sie sich die Augen rieb, bis sie wieder klar sehen konnte.

„Glauben Sie, man erzählt mir irgendetwas?" Oliver lachte. „Ich mache nur die Fotografien. Die meisten Ermittler denken, ich sei nicht besser als die Jungs, die den Polizeistall ausmisten!"

„Wirklich?" Clara war ehrlich überrascht.

„Die meisten von ihnen verstehen das Konzept nicht." Oliver seufzte. „Verstehen Sie mich nicht falsch, manche verstehen es. Inspector Park-Coombs hat einen scharfen Verstand, auch wenn er gerne vorgibt, so dumm wie der Rest von ihnen zu sein."

Clara versuchte, ihr Unbehagen zu verbergen, als er diesen gefürchteten Namen aussprach.

„Vielleicht habe ich alles gesehen, was es hier zu sehen gibt." Sie konnte an nichts anderes denken, als diesen Raum zu verlassen.

„Haben Sie irgendetwas entdeckt? Vielleicht einen Hinweis, der Ihrer Klientin helfen wird?", fragte Oliver.

„Nein, nicht wirklich", gab Clara zu. Sie schaute sich noch einmal hoffnungsvoll im Raum um. „Eigenartig ..."

„Was denn?"

„Wenn der Schock abgeklungen ist, hört man auf, über die Leiche im Raum nachzudenken. Sie ist, nun, einfach nur da."

„Ich weiß." Oliver schaute sie eindringlich an. „Das ist, wie wenn man so sehr mit seiner Arbeit beschäftigt ist, dass man ganz vergisst, die hübsche Frau im Raum zu bemerken."

Clara erwiderte seinen Blick.

„Ich bezweifle, dass Sie so etwas je vergessen würden, Mr. Bankes", sagte sie mit scharfem Unterton.

Oliver grinste.

„Wenn Sie die Bilder sehen wollen, sobald Sie entwickelt sind – natürlich nur, um Ihrer Klientin zu helfen –, kommen Sie doch in einigen Tagen in meinen Laden", er hielt ihr eine Karte hin.

„Sie haben mir schon eine gegeben."

„Oh, ja, na dann." Oliver zog eilig seine Hand zurück und errötete ein wenig. „Aber kommen Sie gern vorbei. Ich bewahre Kopien sämtlicher Fotos auf, für den Fall, dass die Polizei die Originale verliert, was häufiger passiert, als man glauben möchte."

„Ich werde es im Kopf behalten", antwortete Clara. „Oh, Sie wissen vermutlich nicht, wo ich Mr. Greengage finden kann?"

„Auf der anderen Straßenseite, Hausnummer 84." Oliver folgte ihr in den Flur. „Er brauchte einen Ort, wo er sich sammeln konnte."

„Das kann ich ihm nicht zum Vorwurf machen." Clara öffnete langsam die Tür und versuchte beiläufig einen Blick nach draußen zu werfen, um zu sehen, wo der Constable war.

„Der Constable hat Ihnen gar nicht erlaubt, hereinzukommen, oder?", fragte Oliver hinter ihr.

Sie konnte am Klang seiner Stimme hören, dass er schon wieder grinste.

„Guten Tag, Mr. Bankes", sagte sie, ohne zurückzuschauen, und eilte dann zum Gartentor.

Sie trat gerade hindurch, als der Constable aus dem übernächsten Haus kam. Sie ließ das Tor zufallen und überquerte die Straße, als wäre sie nicht gerade im Haus einer Toten herumgeschlichen. Doch der Constable war zu sehr mit seinen kalten Fingern beschäftigt, als dass er ihr viel Beachtung geschenkt hätte.

Kapitel 8

Clara klingelte am Haus mit der Nummer 84 und versuchte, sich einen guten Grund für ein Gespräch mit Mr. Greengage einfallen zu lassen. Ein Dienstmädchen öffnete die Tür.

„Guten Tag, man sagte mir, dass Mr. Greengage hier sei."

Das Dienstmädchen wirkte verunsichert und eilte ins Haus, nachdem sie Clara bedeutet hatte, zu warten. Wenige Augenblicke später kam eine streng aussehende Frau an die Tür.

„Darf ich fragen, was Ihr Anliegen ist?", fragte sie in einem Ton, der zu ihrem grimmigen Auftreten passte.

Clara wappnete sich.

„Ich gehöre zur spiritistischen Kirche. Ich nehme an, Sie wissen, dass Mrs. Greengage ebenfalls ein Mitglied war?"

Die Frau hob eine Augenbraue, was Clara als Zustimmung deutete.

„Ich bin im Namen von Mrs. Greengages vielen Freunden und Freundinnen hier und so schnell wie möglich hergekommen, als ich die Neuigkeit hörte, um zu sehen, ob ihr Ehemann etwas braucht; insbesondere eine vorübergehende Unterkunft. Aber wie ich sehe, hat er die bereits hier gefunden, also möchte ich nur mein Beileid bekunden und werde gleich wieder gehen."

Clara drehte sich um, in der Hoffnung, die Frau richtig eingeschätzt zu haben.

„Warten Sie."

Clara wandte sich ihr wieder zu.

„Wie Sie vielleicht wissen, sind Platz und Verpflegung für eine Witwe wie mich begrenzt." Das ernste Auftreten der Frau wirkte jetzt nachdenklicher. „Ich biete Mr. Greengage gern die Möglichkeit eines kurzen Aufenthalts an – eines sehr kurzen Aufenthalts –, aber geteiltes Leid ist halbes Leid, wie man so sagt, und ich wüsste nicht, warum nicht auch andere aushelfen könnten. Immerhin kannte ich die Greengages kaum ... Nicht dass er eine Last wäre", fügte sie rasch hinzu.

„Ich verstehe Sie gut." Clara gab sich so mitfühlend wie möglich. „Und ich weiß, dass gerade Männer damit zu kämpfen haben, solche Umstände zu verarbeiten."

„Exakt! Und sie nennen uns das schwache Geschlecht!" Die Frau schnalzte vorwurfsvoll mit der Zunge. „Kommen Sie doch herein."

Die Frau ließ sie in ihren schmalen, von Brauntönen dominierten Flur ein. Das Dienstmädchen stand ganz in der Nähe und knickste, als sie Claras Mantel entgegennahm.

„Er ist gleich hier im Wohnzimmer." Die Frau deutete zu einer geschlossenen Tür in der Nähe. „Ich lasse Sie beide allein."

Die Frau machte sich nicht die Umstände, Clara vorzustellen, und verschwand mitsamt dem Dienstmädchen den Flur hinunter.

Clara öffnete vorsichtig die Wohnzimmertür. Mr. Greengage saß in einem Sessel, hatte die Hände auf die Knie gelegt und starrte mit glasigen Augen ins Nichts.

Er war ohnehin kein sehr großer Mann, doch in diesen mächtigen Sessel gesunken wirkte er noch kleiner.

Clara kam langsam näher und riss ihn damit aus seinen Gedanken. Er sah aus wie ein Mann, der sich leicht von einem forschen Menschen wie Mrs. Greengage dominieren ließ. Sein dunkles Haar war an den Seiten bereits grau und sein rundes Gesicht schien vor allem aus seiner Brille mit dicken, runden Gläsern zu bestehen.

„Kann ich Ihnen helfen?", fragte er in einem traurigen Tonfall, als wäre er ein Verkäufer und Clara gerade in seinen Laden gekommen.

Plötzlich wurde Clara schlecht, weil sie sich einem trauernden Mann derart aufdrängte.

„Mein herzliches Beileid wegen Ihrer Frau", sagte sie unbeholfen.

„Waren Sie eine Freundin?"

Clara schluckte. Offensichtlich hatte er sie nicht vom vergangenen Abend wiedererkannt und jetzt schnürte sich ihr der Hals zu, während sie eine Lüge formulierte.

„Ja, aus der spiritistischen Kirche."

„Das alles war nie mein Fall." Mr. Greengage starrte nachdenklich auf den Wohnzimmerteppich. „Ich bin seit dem Krieg Atheist, aber Martha hat mit ganzem Herzen daran geglaubt. Ich hoffe, sie hat ihren Himmel gefunden."

„Ganz gewiss." Clara setzte sich auf einen Sessel und versuchte, sich behaglich zu geben. „Und Sie würde sich gewiss Sorgen darum machen, ob es Ihnen gutgeht."

„Oh, alles bestens." Mr. Greengage zog eine Grimasse. „Nun ja, offensichtlich nicht bestens, aber ich werde es überleben."

„Ich kann mir Ihren Schock nur vorstellen." Clara schüttelte traurig den Kopf. „Schlimm genug, dass diese Leute in unsere Häuser einbrechen, aber dass sie auch bereit sind zu töten ..."

„Entschuldigen Sie, aber was meinen Sie damit?" Ein verängstigtes Lächeln zeichnete sich auf Mr. Greengages Gesicht ab.

„Eigentlich gar nichts. Ich nahm nur an, dass sie von einem Einbrecher erschossen wurde, der auf der Suche nach Wertgegenständen war."

„Es wurde nichts gestohlen", sagte Mr. Greengage nüchtern. „Nein, sie kamen ihretwegen."

Es war kein Schauspiel mehr, als Clara kurz in fassungsloses Schweigen verfiel.

„Sie glauben wirklich, dass es eine gezielte Tat war, kein Unfall?"

Mr. Greengage betrachtete seine Hände, als hätte er ihre Existenz gerade erst bemerkt.

„Sie hatte Feinde."

„Nicht doch!"

„So sicher, wie ich hier sitze und Ihnen sage, dass sie gezielt ermordet wurde", sagte Mr. Greengage scharfzüngig, doch dann wurde er wieder milder. „Es war diese Sache in Eastbourne. Sie hat sich selbst zu ernst genommen. All diese Unterhaltungen mit den Toten, nichts für ungut, Madam."

„Schon in Ordnung. Doch ich verstehe nicht, wie man als Medium so starken Hass auf sich ziehen könnte, dass jemand einen Mord begehen würde."

„Sie war überzeugt, mit einer ermordeten Frau in Kontakt zu stehen", schnaubte Mr. Greengage. „Sie hat mich so manche Nacht damit wachgehalten, unablässig davon zu erzählen, dass ihr Gewissen nicht ruhen würde, bis sie der Polizei davon berichtet hätte. Und ich Narr sagte ihr irgendwann, sie solle doch zur Polizei gehen, als mir das alles zu viel wurde. Ich war überzeugt, dass man sie fortscheuen würde, wie einen Floh im Ohr, und die Sache damit erledigt wäre. Aber nein! Sie haben ihr tatsächlich geglaubt!"

„Wurde jemand verhaftet?"

„Die Beweise waren nicht triftig genug, aber sie haben reichlich Wirbel um die Sache gemacht, und meine liebe Martha war mittendrin. An diesem Tag hat sie sich definitiv einen Feind gemacht, das kann ich Ihnen sagen."

„Wer war es?", fragte Clara, während sie ihr Glück kaum fassen konnte.

Mr. Greengage zögerte.

„Er hieß Bumble oder so ähnlich. Ich habe mich da rausgehalten. Am Ende führten die Ermittlungen zu nichts und dann hat uns dieser Kerl um Schadenersatz verklagt. Wir hatten keine andere Wahl, als zu verschwinden und hierherzukommen."

Clara lehnte sich in ihren Sessel zurück. Diese Geschichte raubte ihr regelrecht den Atem.

„Aber würde dieser Bumble sie wirklich umbringen?"

„Oh, ich weiß es doch auch nicht." Mr. Greengages Stimme brach plötzlich und er legte den Kopf in die Hände. „Ich hätte dort sein sollen. Ich hätte nicht schlafen dürfen. Ich hätte sie beschützen müssen."

Clara streckte eine Hand aus und berührte sanft seinen Arm.

„Sie können nichts dafür."

„Das ist dieses verdammte Schlafmittel, das ich nehme." Mr. Greengage ballte wütend die Hände zu Fäusten. „Seit dem Krieg sind meine Alpträume sehr schlimm geworden und ohne die Pulver komme ich einfach nicht zur Ruhe."

„Das ist nicht Ihre Schuld", sagte Clara beruhigend.

„Ich hätte wach sein müssen!"

„Und glauben Sie, der Mörder wäre davor zurückgeschreckt, Sie auch noch umzubringen?"

Er hielt inne.

„Wenn jemand eine Schusswaffe hat und töten will, dürfte es der Person egal sein, ob sie ein oder zwei Menschen umbringen muss." Clara drückte seinen Arm. „Mir kommt es so vor, als wären Sie mit Glück dem Tod entronnen, und vielleicht wird das der Polizei helfen, den Mörder zu fassen."

„Wie das?"

„Nun, Sie müssen überlegen, ob Sie sich an etwas Nützliches aus der vergangenen Nacht erinnern."

„Ich habe geschlafen", sagte Mr. Greengage klagend.

„Ereignisse in unserer Nähe können den Weg in unsere Träume finden. Erinnern Sie sich vielleicht an ein Detail eines Traumes, das relevant sein könnte?", hakte Clara nach. „Ist Ihnen vielleicht ein Geräusch aufgefallen?"

„Nein! Nein!" Mr. Greengage legte wieder die Hände an den Kopf. „Ich erinnere mich an gar nichts."

Clara seufzte innerlich. Das war eine Sackgasse.

„Vielleicht sollte ich gehen." Da Greengage nicht antwortete, erhob sie sich, um zu gehen.

„Eine Sache noch." Sie tat, als wäre ihr gerade noch etwas Wichtiges eingefallen. „Eine Frau hat mich angesprochen. Oh je, wie hieß sie noch gleich? Sie war recht aufgelöst wegen Ihrer lieben Frau und hat ständig von irgendwelchen Rätseln geredet. Sie wollte Sie aufsuchen, doch das habe ich ihr ausgeredet. Mit ihr wollen Sie sich gerade gewiss nicht herumschlagen."

„Das klingt nach Mrs. Wilton."

„Ja! So hieß sie ... Wilton. Sie schien mir ehrlich gesagt ein wenig lästig zu sein."

„Ist sie", ächzte Mr. Greengage. „Meine Frau hatte Kontakt zu Mrs. Wiltons verstorbenem Ehemann aufgenommen und ihr immer wieder diese Rätsel gegeben. Es waren Hinweise, die zu den verschwundenen Ersparnissen des Mannes führen sollten, oder so etwas. Ich hielt das alles für Unsinn."

„Sie wirkte recht hartnäckig, doch was könnte sie von Ihnen wollen?"

„Oh, verdammt. Das hatte ich ganz vergessen. Meine Frau hat einige der Rätsel zurückgehalten. Obwohl sie alle besaß, tat sie so, als wäre das nicht der Fall." Mr. Greengage besaß den Anstand, beschämt zu wirken. „Sie müssen verstehen, dass Sie immer noch versuchte, sich Kundschaft aufzubauen, und das Geld war knapp. Mrs. Wilton war eine vielversprechende Stammkundin und meine Frau versuchte, sie so lange wie möglich bei der Stange zu halten. Ich weiß, dass das nicht moralisch war."

Clara wahrte einen neutralen Gesichtsausdruck.

„Das erklärt, was Mrs. Wilton wollte. Ich denke, sie wird versuchen, Sie aufzusuchen."

„Das würde ich nicht ertragen." Er rieb sich die Schläfen. „Vielleicht ... möglicherweise ... Würden Sie ihr die Rätsel überbringen? Dann müsste ich sie nicht treffen."

Clara gab vor, ein wenig genervt zu sein und dann einzulenken.

„Ich schätze, das könnte ich tun. Ich bin immerhin hier, um meine Hilfe anzubieten."

„Sehr gütig." Mr. Greengage bekam ein Lächeln zustande, als er sich erhob. „Die Rätsel sind drüben im Haus. Sie können mich begleiten."

„Schaffen Sie das denn? Ich meine ..."

„Ja, ja." Mr. Greengage wischte die Frage harsch beiseite. „Die Rätsel liegen in meinem Arbeitszimmer und ich möchte ohnehin so bald wie möglich nach Hause zurückkehren. Ich mag es nicht, allzu lange aus dem Haus zu sein."

Clara musterte ihn neugierig, doch sie hatte, was sie wollte (oder eher, was Mrs. Wilton wollte), also beschloss sie, den Frieden zu wahren.

Mr. Greengage ging voraus und stellte sich dem Constable vor. Binnen Sekunden waren sie im Haus. Clara stellte erleichtert fest, dass Oliver gegangen war. Irgendwie verlor sie in seiner Gegenwart ihr ganzes Selbstvertrauen. Leider würde sie ihn irgendwann aufsuchen müssen, wenn sie die Fotografien des Tatorts sehen wollte.

Mr. Greengage führte sie an der geschlossenen Wohnzimmertür vorbei, hinter der noch immer seine tote Frau auf dem Teppich lag, und dann in den nächsten Raum. Das Arbeitszimmer wurde von einem großen Schreibtisch dominiert, und von einem Sessel, der dicht an eine Wand gequetscht stand.

„Ich habe die Aufzeichnungen aufbewahrt“, sagte Mr. Greengage geistesabwesend, während er Unterlagen durchwühlte. „Hier, bitteschön.“

Er reichte ihr einen dicken Umschlag mit einem Stapel von Zetteln. Clara überflog sie und drehte sich dann zu dem verzweifelten Witwer um.

„Was werden Sie jetzt tun?“, fragte sie mit aufrichtiger Sorge.

Mr. Greengage schlurfte durch den Raum, nahm verschiedene Bücher oder Unterlagen in die Hand und legte sie wieder ab. „Martha hat für unseren Unterhalt gesorgt. Sie müssen wissen, dass ich es seit dem Krieg nicht mehr lange an offenen Orten aushalte.“

Clara verstand nicht, nickte aber.

„Martha half mir dabei, mein Selbstvertrauen zurückzuerlangen, aber ich schätze, das ist jetzt vorbei.“

Clara empfand plötzlich so starkes Mitleid mit diesem bedauernswerten Mann vor ihr, dass sie sich wünschte, etwas für ihn tun zu können.

„Wenn Sie irgendetwas brauchen, können Sie mich jederzeit anrufen.“ Clara griff nach ihrer Handtasche, in der sie stets Visitenkarten mitführte, bremste sich dann aber. Wenn er die Karte sah, würde er erfahren, dass sie Privatdetektivin war, und ihr Deckmantel der „Nächstenliebe“ wäre ruiniert. Außerdem wollte sie nicht, dass er glaubte, sie sei nur zu ihm gekommen, um Fragen zu stellen, auch wenn das der Wahrheit entsprach.

„Ich werde Ihnen meine Telefonnummer aufschreiben.“ Sie nahm sich einen Zettel vom Schreibtisch und notierte die Zahlen.

„Danke", sagte Mr. Greengage mit schwacher Stimme. „Und wenn es Ihnen nichts ausmacht, wäre ich hier jetzt gerne für eine Weile allein."

„Natürlich." Clara schob den Zettel in sein Sichtfeld und verließ dann das Arbeitszimmer. Als sie den Flur entlanglief, hörte sie ihn leise schluchzen.

Draußen verabschiedete sie sich höflich von dem Constable, um keinen Verdacht zu erregen, und trat auf die Straße hinaus. Der Abend nahte rasch und Clara stellte gegen die Kälte ihren Kragen auf. Sie hoffte, Annie würde ein warmes Mahl für sie bereithalten, wenn sie nach Hause kam.

Sie erreichte gerade das Ende der Straße, als sie die Schritte hinter sich bemerkte. Es war nichts Ungewöhnliches dabei, und doch stellten sich bei dem Geräusch ihre Nackenhaare auf.

Sie blieb am Bordstein stehen. Die Schritte stoppten. Sie überquerte die Straße und bog in eine andere ein, und die Schritte folgten. Sie hielt wieder an, dieses Mal sehr viel plötzlicher, und die Schritte taten es ihr gleich. Jetzt war sich Clara sicher, dass etwas Seltsames vorging. Sie drehte sich abrupt um und sah nur wenige Meter entfernt, jenseits des Lichtkegels einer Straßenlaterne, die dunkle Silhouette eines Mannes. Als sie ihn anstarrte, drehte er sich um und lief davon.

Clara fiel auf, dass sie zitterte. Ihr Herz pochte. Sie verdoppelte ihr Tempo und eilte so schnell sie konnte nach Hause.

Kapitel 9

Annie bemerkte, dass Clara außer Atem war, als sie ihr den Mantel abnahm.

„Alles in Ordnung?"

Clara blickte in den sorgenvollen Gesichtsausdruck der jungen Frau und spürte, wie die Angst langsam von ihr abfiel.

„Alles gut, Annie, ich habe mich nur beeilt", sagte sie.

Sie hatte Annie während des Krieges im Krankenhaus kennengelernt. Nachdem Annie bei einem Luftangriff beide Eltern und ihre Schwester verloren hatte, hatte sie als emotionales Wrack auf dem Bett gesessen, während man ihr Glas aus Armen und Beinen zog.

Irgendetwas an ihr hatte Clara augenblicklich vereinnahmt. Annie hatte bei der Behandlung ihrer Wunden nicht einmal gezuckt, doch sobald sie allein zu sein glaubte, hatte sie sich die Augen ausgeweint. Annie hatte nie von ihrer Familie gesprochen und den Ärzten und Krankenschwestern stets eine heitere Fassade präsentiert. Ihre Einstellung, man müsse einfach weitermachen, war Clara immer erzwungen vorgekommen. Dann hatte ihr eine andere Patientin etwas Besorgniserregendes anvertraut. Annie hatte in einem finsteren Moment gestanden, dass sie sich das Leben nehmen wollte, sobald sie entlassen wurde. Sie konnte es nicht ertragen, allein durchs Leben zu gehen. Die Zukunft kam ihr schlicht zu beängstigend vor.

In diesem Moment hatte Clara sich bereits entschieden. Bevor Annie entlassen werden sollte, fragte Clara, ob sie daran interessiert wäre, für sie zu arbeiten. Sie ließ es klingen, als würde Annie ihr damit einen großen Gefallen tun, und das war auch nicht ganz unwahr. Tommy sollte nach Hause zurückkehren und angesichts seiner Verletzungen hatte Clara regelrecht Angst davor, alles im Haus allein meistern zu müssen. Eigenartigerweise erzählte sie all das bei ihrem Gespräch mit Annie. Sie hatte noch nie so offen mit jemandem gesprochen, doch im Rückblick war es der richtige Weg gewesen, um Annie für sich zu gewinnen. Die hatte von Natur aus ein fürsorgliches Wesen und der Gedanke, jemandem nützlich sein zu können, gab ihr einen Lebenszweck, an den sie sich klammern konnte. Die beiden Frauen hatten über die Angst vor der unbekannten Zukunft zusammengefunden.

Jetzt schüttelte Annie den Kopf, da sie nicht ganz glaubte, was sie gerade gehört hatte, und Clara ging in den Salon, um ihren Bruder zu suchen.

„Guten Abend, Schwesterchen", rief Tommy von dem Tisch aus, an dem er umgeben von Büchern saß.

„Hast du es schon gehört?", fragte Clara.

„Dass Mrs. Greengage verstorben ist? Ja, die ganze Stadt redet darüber. Annie hat es mir erzählt, als sie mit den Kartoffeln nach Hause kam."

„Ich fürchte, ich stehe auf der Liste der Verdächtigen."

„Wirklich?"

„Ja. Der Inspector meint, ich hätte die Tat mit deiner alten Dienstwaffe begehen können."

„Damit hättest du deine Schwierigkeiten gehabt." Tommy zuckte mit den Schultern. „Ich war mit dem

Teil im Niemandsland. Sie war eine Weile halb im Schlamm versunken, bevor man mich fand und zurückgeholt hat. Die Waffe war innen voll von dem schwarzen Zeug und mir war nicht wirklich danach, sie zu reinigen. Der ganze Mechanismus ist blockiert."

Clara ließ sich in einen Sessel sinken.

„Nun, das ist eine Erleichterung!"

„Warum? Glaubst du, du hättest die Tat beim Schlafwandeln begehen können, ohne dich daran zu erinnern?" Tommy grinste.

„Sei nicht albern", schnaubte Clara.

„Dann bleibt nur noch Mrs. Wilton übrig."

„Sie kann es nicht getan haben." Clara zögerte. „Oder?"

„Scheint mir nicht der Typ Mensch dafür zu sein."

„Gibt es da einen Typ?"

Tommy dachte einen Augenblick nach und zuckte dann mit den Schultern.

„Wie auch immer. Sie war immer noch an den Rätseln interessiert, die ihrer Überzeugung nach per spiritistischem Telegramm von ihrem Ehemann kamen", grübelte Clara. „Sie ließ mich die restlichen Rätsel besorgen, also muss sie wohl immer noch an Mrs. Greengages Fähigkeiten glauben."

„Das heißt nicht, dass sie sie nicht umgebracht hat, falls sie glaubte, ausgenutzt zu werden." Tommy rieb sich das Kinn. „Du sagtest, es gebe noch weitere Rätsel?"

„Ja."

„Darf ich mal sehen?"

Clara zog den Umschlag aus ihrer Handtasche und reichte ihn weiter.

„Sie hat Mrs. Wilton definitiv zappeln lassen."

„Ja. Aber wenn Mrs. Wilton sie getötet hätte, weil sie sich um ihr Geld betrogen fühlte, hätte sie dann nicht dafür gesorgt, erst alle Rätsel zu bekommen?" Tommy öffnete den Umschlag mit dem Daumen.

„Ich weiß es nicht. Du warst es, der angedeutet hat, sie könnte ein Motiv haben, wenn sie sich ausgenutzt fühlte." Clara kniff die Augen zu. Diese ganze Sache bereitete ihr schlimme Kopfschmerzen.

„Man muss eine Theorie testen und sie auf Fehler überprüfen, bevor man sie als valide betrachtet. Das steht in diesem Buch eines ehemaligen Scotland-Yard-Ermittlers, das ich gefunden habe."

„Warum ist er ein ehemaliger Ermittler?", fragte Clara und öffnete ein Auge.

„Vielleicht wollte er sich seiner Autorenkarriere widmen", antwortete Tommy sarkastisch. „Hey, woher hast du diese Rätsel?"

„Mr. Greengage gab sie mir. Er hatte sie in seinem Schreibtisch."

„Nun, ich glaube, Mrs. Wilton ist nicht die Einzige, die man zappeln lässt. Das sind alles leere Blätter."

Clara schoss in die Höhe.

„Wie bitte?"

Tommy zeigte ihr die Zettel, die er gerade aus dem Umschlag geholt hatte. Sie waren alle weiß.

„Mr. Greengage, nehme ich an?"

„Nein, nein", Clara nahm sich einen der Zettel und starrte ihn an. „Dazu hätte er keinen Grund. Woher hätte er wissen sollen, dass ich nach den Rätseln fragen würde? Er hatte keine Zeit, um einen falschen Umschlag vorzubereiten. Außerdem, was hätte er damit zu gewinnen, außer die andauernde Belästigung von Mrs. Wilton?"

Tommy antwortete nicht.

„Es sind nur Rätsel." Clara drehte eines der Papiere im Lampenschein hin und her, als könnte sie so irgendein Geheimnis enthüllen. „Wenn Mrs. Greengage keine weiteren Rätsel hatte, warum hat er mir das dann nicht einfach gesagt?"

„Vielleicht wusste er es nicht. Er dachte fälschlicherweise, seine Frau hätte die restlichen Rätsel aufgeschrieben."

„Das ergibt auch keinen Sinn." Clara blickte verzweifelt auf die Zettel. „Nichts davon ergibt Sinn."

Ein Klopfen an der Tür hinderte Tommy an einer Antwort.

Annie trat ein.

„Da steht ein Inspector vor der Tür, der sagt, er müsse Sie sprechen."

„Park-Coombs." Clara warf Tommy einen bedeutungsvollen Blick zu, doch er wirkte einfach nur verwundert. „Schicken Sie ihn herein, Annie."

Der Inspector wirkte beim Hereinkommen ein wenig erschöpfter als am Vormittag. Clara fragte sich, ob seine Befragungen weniger ergebnisreich gewesen waren, als er gehofft hatte.

„Miss Fitzgerald. Mr. Fitzgerald."

„Inspector Park-Coombs, dies ist mein Bruder Tommy", stellte Clara die beiden einander vor. „Tommy, das ist der Inspector, der mich für eine kaltblütige Mörderin hält."

„Berufsrisiko, Miss." Der Inspector zog eine Grimasse.

„Nun, ich glaube, ich kann Sie beruhigen, Inspector; zumindest was Clara angeht“, verkündete Tommy und genoss den triumphalen Augenblick. „Sie müssen wissen, dass meine Dienstpistole völlig funktionsunfähig ist.“

„Verstehe“, sagte der Inspector verhalten.

„Ich werde sie holen, wenn Sie möchten.“ Tommy schob sich mit seinem Rollstuhl vom Tisch zurück, doch der Inspector hielt ihn auf.

„Ich werde sie holen, wenn es Ihnen nichts ausmacht. Es geht darum, sicherzustellen, dass die Beweismittel nicht manipuliert werden. Das verstehen Sie gewiss.“

„Ich war den ganzen Tag hier. Hätte ich meine eigene Pistole kaputt machen wollen, wäre ich längst fertig.“

„Durchaus, aber dennoch ...“

Tommy winkte ab.

„In Ordnung, Inspector, aber ich versichere Ihnen, dass ich das Teil nicht in der letzten halben Stunde mit Schlamm aus Flandern gefüllt habe, nur um meine Schwester zu entlasten.“

„Würden Sie mir den Weg weisen?“

„Mein Schlafzimmer ist den Flur hinunter, die letzte Tür rechts. Es war früher das Gartenzimmer. Sie finden die Pistole in der Kommode, zweite Schublade von oben, unter einigen Westen. Annie könnte Sie hinführen.“

„Nicht nötig.“ Der Inspector verließ den Raum und verschwand.

Clara und Tommy saßen eine Weile schweigend da, dann schaute Clara ihren Bruder an.

„Ist es eigenartig, dass ich zwar um meinetwillen erleichtert aber für Mrs. Wilton wütend bin?“

„Ganz und gar nicht“, antwortete Tommy. „Das ist ganz natürlich.“

„Ich wünschte, ich könnte mehr für sie tun, aber ich bin völlig ratlos. Ich bin dieser Sache nicht gewachsen.“

„Gib nicht auf, Schwesterchen, nicht jetzt.“

Clara seufzte und warf die unbeschriebenen Rätselzettel in den Kamin.

„Könnte Mrs. Wilton begriffen haben, dass sie betrogen wurde, bevor sie mich eingeschaltet hat?“, überlegte sie.

„Wenn das so war, warum hätte sie dich dann anheuern sollen?“

„Ich muss die Möglichkeit in Betracht ziehen, dass sie mich für zu unfähig hielt, um die Wahrheit herauszufinden, und sich deshalb sicher fühlte, als sie mich bat, das Verbrechen zu untersuchen. So hätte sie sich selbst ein Alibi gegen ein Mordmotiv verschaffen können.“

„Du gehst zu hart mit dir ins Gericht“, sagte Tommy ernst. „Außerdem haben wir noch nicht einmal angefangen, über den Papageien nachzudenken.“

Clara brauchte einen Augenblick, bis bei ihr ankam, was er gesagt hatte.

„Der Papagei?“

„Mrs. Greengages weißer Nymphensittich, der in der Nacht der Séance den Löffel abgegeben hat.“

„Augustus?“

„Ja. Ich habe in Vaters alten Enzyklopädien nach sprechenden Vögeln gesucht.“ Tommy zog ein großes, schweres Buch zu sich.

„Ich dachte, der arme Augustus wäre an einem Herzanfall gestorben“, sagte Clara, die immer noch versuchte, mitzukommen.

„Schon möglich, aber Mrs. Greengage hatte durchaus recht damit, dass er in seinen besten Jahren war. Für einen Papageien war er noch ein junger Vogel, was es umso eigenartiger macht, dass er am gleichen Abend wie seine Besitzerin starb."

„Ganz recht, Mr. Fitzgerald." Der Inspector kehrte ins Zimmer zurück. „Ich war ebenso beunruhigt und ließ den Vogel von unserem Labor testen. Die ersten Ergebnisse deuten darauf hin, dass Augustus an einer hohen Dosis Strychnin gestorben ist. Bleibt die Frage, wie das geschehen ist."

Clara fühlte sich, als würde sich alles um sie herum drehen.

„Jemand hat den Papageien umgebracht?"

„Es könnte ein Versehen gewesen sein. Das Gift war vermutlich für seine Besitzerin bestimmt, was bedeutet, dass wir nach einem sehr entschlossenen Mörder suchen, der das Verbrechen sorgfältig geplant hat." Der Inspector legte Tommys Dienstpistole auf den Tisch. „Wie Sie sagten, Sir, völlig unbrauchbar."

„Danke, Inspector. Wollten Sie sonst noch etwas?"

„Nein, ich bezweifle, dass ich Sie erneut behelligen muss. Ich verabschiede mich." Der Inspector lüftete seinen Hut und ging, ohne darauf zu warten, von Annie hinausgeführt zu werden.

„Das gefällt mir nicht, Tommy", sagte Clara, sobald er fort war. „Würde ein Giftmörder plötzlich zur Schusswaffe greifen, um sein Opfer zu töten? Die eine Methode bietet Abstand zum Verbrechen, für die andere muss man nah dran sein, das ist sehr persönlich. Woher kommt diese dramatische Veränderung?"

„Vielleicht war der Täter verzweifelt?"

„Aber der Griff zur Schusswaffe kommt mir so ... plötzlich vor. Das passt einfach nicht zusammen."

„Es gibt noch etwas anderes, das keinen Sinn ergibt." Tommy runzelte die Stirn, als er die Verwirrung noch verschlimmerte. „Weiße Nymphensittiche sind Nachahmer. Sie sprechen nur, indem sie wiederholen, was sie gehört haben, und es dauert ewig, ihnen längere Ausdrücke beizubringen. Dresseure arbeiten monatelang mit diesen Vögeln, um sie dazu zu bringen, ein paar simple Sätze zu sagen. Doch Augustus konnte augenblicklich Namen sagen und Botschaften wiedergeben."

„Du liebe Güte!", sagte Clara.

„Exakt! Das hätte gar nicht möglich sein dürfen."

„Es sei denn, er war ein ganz außergewöhnlicher Vogel? Aber irgendwie bezweifle ich das. Es war ein Trick, wie alles andere auch."

„Und wie hilft uns das weiter?"

Clara schüttelte den Kopf.

„Es gibt zu viele offene Fragen und ich habe schreckliche Kopfschmerzen." Clara spürte den anschwellenden Schmerz unter ihrer Schädeldecke. „Ich glaube, ich sollte mich eine Weile hinlegen."

Kapitel 10

Clara lag in ihrem Bett, doch es war nicht erholsam. Ihre Gedanken rasten. Erst das Strychnin und dann erschossen? Das gefiel ihr nicht, es fühlte sich seltsam an. Ein Giftmord war so viel subtiler, als jemanden mit einer Schusswaffe anzugreifen, aber versuchte sie vielleicht zu angestrengt, einen Grund zu finden, wo es keinen gab? In einer Geschichte würde das keinen Sinn ergeben, aber im echten Leben waren die Dinge oft chaotischer. Mörder taten unerwartete Dinge, insbesondere, wenn die Zeit drängte. Doch das warf die Frage auf: Warum diese Dringlichkeit? Und überhaupt, warum sollte jemand, abgesehen von diesem mysteriösen Bumble, von dessen Existenz sie noch nicht überzeugt war, Mrs. Greengage töten wollen?

Sie zerbrach sich den Kopf, um etwas zu finden, womit sie dieses Ereignis vergleichen konnte, doch ihr kamen nur die Geschichten in den Sinn, die sie in der Schule über die Borgias gehört hatte. Ihre Lehrer hatten ihr damals ein ungesundes Interesse an dieser italienischen Dynastie aus der Vergangenheit attestiert, die dafür berüchtigt war, unerwünschte Verwandte und Rivalen mit Gift aus der Welt zu schaffen. Doch ihr Vater hatte sich weniger Sorgen darum gemacht und darin vielversprechende, natürliche Neugier gesehen. Allerdings bezweifelte Clara, dass er sich je vorgestellt hatte, sie könnte dieses Wissen nutzen, um in einem echten Mord zu ermitteln.

Aber vielleicht waren all diese Gedanken an die Borgias in ihrem Kopf auch eher ein Hindernis. Vielleicht ließ sie sich davon blenden. Sie kam wieder darauf zurück, dass sich der Wechsel der Mordmethode falsch anfühlte. Irgendetwas ergab keinen Sinn. Wenn sie doch nur herausfinden könnte, wie das Gift verabreicht worden war.

Da war noch ein Gedanke, der ihr zusetzte. War Gift nicht üblicherweise die Mordwaffe einer Frau? Die meisten Giftmörder waren Frauen, wie der Fall von Lucrezia Borgia bestätigte. Das wiederum lenkte ihren Verdacht entschieden auf Mrs. Wilton ... Niemand sonst hatte ein Motiv oder die Mittel gehabt, um dieses Verbrechen zu begehen.

Das alles war das reinste Durcheinander. Clara gab es auf, sich erholen zu wollen, und ging zum Abendessen nach unten.

Annie hatte gerade einen Schweinebraten aufgetischt, als Clara eintraf. Tommy saß bereits an seinem üblichen Platz am Kopf des Tisches.

Annie lächelte ob eines Komplimentes und eilte dann davon. Einen Augenblick später kehrte sie mit einem Teller leicht verkochten Rosenkohls zurück.

„Das waren die letzten in der Speisekammer", verkündete sie, ohne zu bemerken, dass Tommy die Nase rümpfte. „Ich hole nur noch die Kartoffeln."

„Wirklich, schon wieder Rosenkohl?", fragte Tommy.

„Der ist gut für Sie", rief Annie ihm ins Gedächtnis.

„Aber ich hasse ihn." Tommy zog eine Grimasse.

„Sie sind doch kein Kind, das beim Abendessen einen Trotzanfall bekommt. Sie sind ein erwachsener Mann, der sein Gemüse isst", tadelte Annie.

„Kommen Sie schon." Tommy wandte sich ihr mit einem breiten Lächeln zu. „Erdulden Sie einen armen Krüppel beim Abendessen."

„Sie sind kein Krüppel, Tommy", sagte Annie so emotional, dass es Clara überraschte.

Sie wusste, dass ihr Bruder ein Faible für Annie hatte, doch bis zu diesem Augenblick hatte sie diese Zuneigung für sehr einseitig gehalten.

Annie verschwand und kehrte mit den Kartoffeln zurück. Es war auffällig, dass sie Tommy nur einen Rosenkohl auftat; offensichtlich ihr Kompromiss. Das stetige Klirren des Bestecks begleitete das Schweigen und das Pochen in Claras Schädel. Sie beschloss, dass sie wohl lieber eine Unterhaltung anfangen sollte.

„Was habt ihr beide heute gemacht?"

„Nun, ich wollte eigentlich noch einmal zum Buchladen gehen, aber das hat mein Kindermädchen mir verboten", sagte Tommy mit einem schelmischen Grinsen in Annies Richtung.

„Sie haben gestern über Halsschmerzen geklagt und ich möchte nicht dafür verantwortlich sein, wenn Sie sich eine Lungenentzündung einfangen", sagte Annie fromm, wenngleich der Anflug eines Lächelns ihre Lippen umspielte.

„Ah, das Buch des ehemaligen Ermittlers?"

„Gut geraten. Annie hat es für mich abgeholt."

„Ja, als ich das Schweinefleisch gekauft habe, und das war ein Erlebnis." Annie wurde plötzlich sehr lebhaft, als sie ihren Tratsch teilen konnte. „Dieses neue Dienstmädchen aus dem Haus von Mrs. Pembroke war dort und hat Theater gemacht, weil sie eine Karte von Brighton nicht für weniger als fünf Pence bekommen konnte."

„Ich nehme an, sie kennt sich noch nicht in der Stadt aus", sagte Tommy.

„Die meisten Leute fragen einfach nach dem Weg", merkte Clara an.

„Sie ist sehr fein", spöttelte Annie. „Man könnte meinen, sie hätte der Queen gedient, so wie sie sich gibt. Sie rümpft ständig die Nase, als wäre Brighton nicht gut genug für sie."

„Eine Bedienstete, die eine Karte kauft, also wirklich! Mrs. Pembroke kann doch nicht zulassen, dass sie derart aus der Reihe tanzt, oder?"

„Und als sie endlich beschlossen hatte, die fünf Pence zu bezahlen, machte sie noch mehr Wirbel darum, dass die Karte nicht das gesamte Umland und die Ortschaften rings um die Stadt zeigte. Ich dachte mir, dass sie eher einen Atlas will und keine Karte, so wie sie sich benimmt."

Clara lächelte, während sich ihr Verstand entspannte und sich Annies Alltagsgeschichten widmete, bei denen es nicht um Tote ging. Sogar ihre Kopfschmerzen schienen nachzulassen.

„Sie ist eng mit der kleinen Elaine befreundet, die für Mrs. Wilton arbeitet. Das hatte ich Ihnen längst erzählen wollen. Ich dachte, vielleicht könnten Sie Mrs. Wilton davon erzählen, bevor die Frau Elaine den Kopf verdreht, mit all dem Gerede davon, was sie tun würde, wenn sie Geld übrighätte. Sie gefällt sich selbst überaus gut, diese Frau."

„Siehst du, was ich alles verpasse, wenn ich nicht raus darf?", beschwerte Tommy sich mit einem teuflischen Lächeln.

„Also wirklich, Thomas Fitzgerald, ich habe doch nur Ihre Gesundheit im Sinn", schmollte Annie.

„Und darüber bin ich sehr glücklich, aber ich habe es satt, im Haus festzusitzen."

„Nun, das Wetter wird besser und dann können Sie wieder umherziehen", sagte Annie, während sie versuchte, einen zerfallenden Rosenkohl mit der Gabel aufzuspießen. „Das sagte zumindest der Junge, der für Mr. Bankes arbeitet."

„Mr. Bankes?", fragte Clara schroff.

„Der Fotograf an der Hauptstraße. Er arbeitet ein wenig experimentell, wie ich hörte; ist bei seinen Bildern anscheinend sehr auf ‚natürliche Beleuchtung' bedacht, weshalb er das Wetter so genau im Blick behält, damit er den besten Zeitpunkt für Porträtaufnahmen bestimmen kann, oder so etwas. Das erzählte zumindest sein Laufbursche. Ich glaube, die Hälfte davon ist Unsinn, den sich der Junge ausgedacht hat. Er meint, Mr. Bankes würde seine Wettervorhersagen von einem Mann in London bekommen!"

Diese Unterhaltung rief Clara eine Aufgabe in Erinnerung, die sie am folgenden Tag erledigen musste und auf die sie sich nicht freute. Annie räumte die Teller ab und sprach über Pudding, doch Clara beklagte sich über ihre Kopfschmerzen und sagte, sie werde früh zu Bett gehen.

Oben lag sie dann in ihrem dunklen Zimmer und ihre Gedanken zuckten hin und her, zwischen dem heiteren Geräusch von Annies und Tommys Gelächter und dem Besuch, den sie Bankes am folgenden Tag würde abstatten müssen, um seine Tatortfotografien zu sehen.

Kapitel 11

Bankes' Fotostudio lag zwischen einem Bäcker und einem Metzger, was Clara an einen wohlklingenden Reim erinnerte. Sie wünschte sich, Oliver wäre Kerzenzieher, um besser zu seinen Nachbarn zu passen.

Der Laden war hübsch, aber nicht prächtig. Die Fassade war grün bemalt und darauf stand in goldenen Lettern der Name. Die Fenster waren von schweren Vorhängen verhangen, wie bei einem Bestatter. Doch statt Särgen oder Grabsteinen hatte Bankes auf Staffeleien mehrere große Familienfotos und Portraits im Schaufenster ausgestellt. Der erste Blick gab keinerlei Hinweis auf die düstere Seite von Olivers Arbeit.

Clara öffnete die schwere Ladentür und fand sich in einem kleinen Empfangsbereich wieder, in dem es leicht nach Chemikalien roch. Dort stand ein Tresen mit einer Glocke. Sie wartete einen Augenblick, dann läutete sie.

„Komme!" Eine gehetzt wirkende Frau mit zerzaustem Haar trat durch eine Seitentür ein. „Sind Sie eine Kundin?"

„Nicht ganz, aber Mr. Bankes erwartet mich."

„Dürfte ich den Namen erfahren, meine Liebe?" Die Frau griff mit einer Hand nach einem Zettel und mit der anderen nach einer Brille. „Ich habe ein Gedächtnis wie ein Sieb, deshalb schreibe ich lieber alles auf. Ich mache diese ganzen Dämpfe dafür verantwortlich. Also, welchen Namen darf ich ihm nennen?"

„Miss Clara Fitzgerald."

„Ich sage ihm sofort Bescheid, aber er wird einen Augenblick brauchen. Die Katze hat wieder einmal etliche Flaschen umgestoßen. Die Flüssigkeiten haben sich über den Boden und den armen Mr. Bankes ergossen. Manche dieser Chemikalien können ätzend sein, müssen Sie wissen. Aber er lässt keinerlei Kritik an der Katze zu. Würden Sie bitte einfach hier warten?"

Die Frau eilte wieder davon und Clara machte sich daran, die vielen Fotografien an den Wänden zu betrachten. Ihr schauten Gentlemen mit dicken Schnurrbärten entgegen, und elegante Damen mit schweren Kleidern und finsteren Blicken. Doch dazwischen hingen auch modernere, künstlerischere Aufnahmen von jungen Frauen in Glockenhüten und formlosen Kleidern, die den Wandel der Zeit und der Mode zeigten.

„Manche davon sind die Werke meines Vaters."

Clara zuckte zusammen, als Oliver unerwartet hinter ihr auftauchte, und ärgerte sich augenblicklich über sich selbst.

„Ich dachte schon, dass manche davon vor Ihrer Zeit entstanden sein müssen, es sei denn, Sie sind deutlich älter als Sie aussehen", sagte sie.

„Ich nehme das mal als Kompliment." Oliver grinste, als Clara aus Verärgerung errötete. „Mein Vater hat diesen Laden nach dem Krieg angemietet, weil er meinte, dass im alten Studio zu viele Erinnerungen liegen. Doch er zieht es dieser Tage vor, künstlerische Fotografien zu machen, und überlässt das Tagesgeschäft mir.

Möchten Sie mit nach hinten kommen und eine Tasse Tee trinken?"

Ohne auf eine Antwort zu warten, führte der eifrige Fotograf Clara durch einen Vorhang in ein unordentliches Hinterzimmer, das ihm als Büro diente. An den Wänden reihten sich schwere, hölzerne Aktenschränke auf und man hatte einen alten Schreibtisch zwischen zwei dieser Schränke gequetscht, auf dem Papiere, einzelne Fotos, die Zeitungen einer ganzen Woche und ein kleiner Teller mit den kalten Resten eines Toasts herumlagen. Das Büro wirkte eindeutig wie der Arbeitsplatz eines Mannes, und das nicht nur wegen des herumliegenden Huts, der Jacke oder des Tabakgeruchs. Es war ein Raum, den nur selten eine Frau betrat, wie Clara vermutete; vielleicht nicht einmal die vergessliche Empfangsdame.

Oliver nahm einen Stapel ungenutzter Fotoplatten von einem grünen Ledersessel und bedeutete Clara, sich zu setzen. Dann hob er eine wohlgenährte, getigerte Katze von seinem hölzernen Schreibtischstuhl. Die Kreatur gähnte verstimmt und verschwand aus dem Raum.

„Mrs. Grimby, eine Kanne Tee bitte", rief Oliver, bevor er sich mit einem Lächeln an seinen Tisch setzte. „So, womit habe ich diese Freude verdient?"

Clara kam gerade wieder zur Ruhe, jetzt da sie in diesem Fotostudio saß, umgeben vom Gerümpel des alltäglichen Lebens.

„Sie haben mich eingeladen, herzukommen, um Ihre Fotos aus Mrs. Greengages Haus anzuschauen."

„In der Tat." Oliver nickte und sein Lächeln verblasste ein wenig. „Sind Sie sich sicher, dass Sie die Bilder sehen wollen?"

„Es kann wohl kaum schlimmer sein, als die echte Leiche zu sehen", antwortete Clara mit falschem Wagemut.

„Stimmt wohl." Oliver stand auf und trat an einen der Aktenschränke. „Inspector Park-Coombs hat natürlich Kopien erhalten."

Er brachte eine Auswahl von Schwarzweißfotos mit.

„Ich habe sehr viele Aufnahmen gemacht, für den Fall, dass manche nicht gut geworden sind", sagte Oliver entschuldigend, angesichts der Menge von Fotografien. „Außerhalb des Studios kann die Beleuchtung sehr mühsam sein."

Clara arbeitete sich durch den Stapel: Aufnahmen von Mrs. Greengages Wohnzimmer aus allen Winkeln und Richtungen zogen vor ihren Augen vorbei, Nahaufnahmen des Tisches, des Teppichs und der Anrichte mit aufgestapelten Gläsern.

„Es fehlt etwas." Clara tippte auf die Fotografien und sah Oliver bedeutungsschwer an. Mit einem Seufzen reichte er ihr die Aufnahmen, die er bewusst zurückgehalten hatte.

Clara betrachtete die Fotografien von Mrs. Greengages Leiche. Oliver war hier sehr gründlich gewesen, wie auch bei den anderen Motiven, und hatte Aufnahmen aus verschiedenen Blickwinkeln und Entfernungen gemacht.

„Sie sieht nicht aus wie eine Frau, die erschossen wurde", merkte Clara an und überraschte sich selbst mit dieser Aussage.

„Wie meinen Sie das?"

„Sie wirkt so friedlich. Vielleicht ein wenig überrascht, aber nicht verängstigt oder verzweifelt."

„Das trifft auf die meisten Mordopfer zu", antwortete Oliver. „Es ist ein Mythos der Fiktion, dass Menschen mit entsetzlichen Grimassen sterben. Die meisten sehen ... nun ja, einfach nur tot aus."

Clara ging erneut die Fotografien durch, wobei ihr auffiel, dass der Anblick sie nicht mehr störte. Diese Mrs. Greengage fühlte sich unbekannt an; nicht wie eine Frau, der sie begegnet und die auf entsetzliche Weise ermordet worden war. Nicht wie eine Frau, mit der sie noch vor zwei Abenden zusammengesessen und Sherry getrunken hatte.

Sherry!

Sie blätterte noch einmal die Fotografien durch, bis sie die Aufnahmen der Anrichte und des Barschranks fand. Da standen all die Gläser, alle leer, bis auf eines. Wer hatte an diesem Abend Sherry getrunken? Sie selbst, Tommy und Mrs. Wilton. Das würde drei der Gläser erklären, doch das vierte war für Mrs. Greengage bestimmt gewesen; sie hatte es wegen all dem Wirbel um Augustus' plötzlichen Tod bloß nicht angerührt. Das Gift, das man im Papageien gefunden hatte, ließ sie alle annehmen, dass jemand Mrs. Greengage hatte töten wollen, doch hatte irgendjemand das Sherryglas untersucht? Das Gift musste in diesem Glas gewesen sein, oder? Nicht in der Flasche, sonst wären sie alle tot. Nein, es war genau dieses eine Glas gewesen.

„Wir müssen den Sherry in diesem Glas untersuchen, Mr. Bankes", sagte Clara laut, gerade als Mrs. Grimby mit dem Teetablett hereinkam.

„Miss Fitzgerald ist eine begeisterte Amateurfotografin, Mrs. Grimby", sagte Oliver, während er wie aus Versehen einige Zettel über die Greengage-Fotografien schob.

Mrs. Grimby lächelte Clara an und stellte das Tablett auf einem Stapel alter Fotografiezeitschriften ab.

„Sie mag die Aufnahmen von Mordopfern nicht", sagte Oliver, als sie wieder fort war. „Tut mir leid, das hätte ich früher erwähnen sollen. Aber was war das mit dem Glas?"

„Die Polizei hat herausgefunden, dass Augustus vergiftet wurde, und als ich das hörte, habe ich den naheliegenden Schluss gezogen, dass dieses Gift eigentlich für Mrs. Greengage bestimmt war. Ich wusste nur nicht, wie es verabreicht werden sollte, doch dann sah ich das Bild und fand es offensichtlich. Das Gift muss im Sherry gewesen sein, doch nicht in der Flasche, sonst wären wir alle gestorben. Es war nur in einem Glas, und zwar in dem vollen Glas auf diesem Bild. Augustus hat daraus getrunken. Der Mörder ist ein schockierendes Risiko eingegangen. Ich nehme an, er wusste, wie die Gläser aufgestellt und verteilt wurden, sodass er mutmaßen konnte, welches Glas in Mrs. Greengages Händen enden würde, doch es hätte auch leicht bei jemand anderem landen können. Natürlich setzen all diese Mutmaßungen voraus, dass überhaupt Gift in dem Glas ist; das Gift, das Augustus getötet hat."

Oliver musterte sie verwirrt.

„Sie meinen ... das könnte zum Mörder führen?"

„Ja ... ich meine ... vielleicht. Tatsächlich bin ich mir nicht sicher, aber es muss doch etwas bedeuten. Ich werde auf der Stelle mit dem Inspector sprechen müssen." Clara sammelte ihre Sachen zusammen, ohne den Tee überhaupt angerührt zu haben. Oliver versuchte, sie aufzuhalten.

„Sie gehen schon?"

„Was du heute kannst besorgen ..."

„Vielleicht stecken noch weitere Hinweise in den Fotografien. Werfen Sie doch noch einen Blick darauf."

„Nein, ich habe genug gesehen. Vielen Dank für Ihre Hilfe, Mr. Bankes."

„Nennen Sie mich bitte Oliver. Und wenn Sie die Bilder noch einmal sehen wollen, kommen Sie jederzeit her. Ich bin fast immer zugegen."

Sie waren wieder im Empfangsbereich und Clara setzte sich hastig ihren Hut auf, während sie aus der Tür eilte.

„Vielen Dank noch mal, Oliver. Auf Wiedersehen."

Sie winkte im Gehen.

„Wiedersehen", rief Oliver ihr hinterher.

Er sah zu, wie sie mit wehendem Haar die Straße hinaufrannte, den Hut nur halb auf dem Kopf. Er stellte sich vor, sie durch eine Kameralinse zu sehen und diesen Augenblick der Aufregung und Eile einzufangen. Während sich die Tür langsam schloss, fragte Oliver sich, wie es wohl wäre, mit einer Frau wie Clara ins Varieté zu gehen.

Kapitel 12

Der Sergeant am Empfangstresen der Polizeiwache hätte nicht weniger hilfreich sein können, wenn er es darauf angelegt hätte.

„Sie können nicht einfach reinplatzen und den Inspector sprechen, das entspricht nicht dem Protokoll."

„Aber es ist extrem dringend", drängte Clara.

„Das gilt für die meisten Angelegenheiten, mit denen die Leute herkommen", entgegnete der Sergeant überaus sarkastisch.

„Er wird mit mir sprechen wollen", beharrte Clara, doch der Sergeant hatte einen der großen Ordner auf seinem Tisch aufgeschlagen und ignorierte sie angestrengt.

„Ehrlich!" Clara keuchte verzweifelt und sah sich in der Polizeiwache nach Inspiration um. Sie sah nur einen alten Trinker, der auf einer Holzbank schlief, was ihr keine Hilfe war.

„Es geht um einen Mord", zischte Clara dem Sergeant zu, doch er hob nicht einmal den Blick. „Wie wollen Sie jemals Verbrechen aufklären, wenn Sie niemandem zuhören?"

„Welches Verbrechen wäre das, Miss Fitzgerald?"

Clara hob den Blick und war ob des Gesichts, in das sie schaute, augenblicklich zwischen Hoffnung und Frustration hin und her gerissen. Der Name des Mannes war Percy Boyle, ein abstoßender, junger Mann, mit dem Clara unglücklicherweise zur Schule gegangen war. Er war ein typischer Raufbold gewesen, obwohl Clara seine unangenehmeren Quälereien erspart geblieben waren, da sie einen älteren Bruder hatte, der recht gut mit seinen Fäusten umzugehen wusste. Tommy hatte Percy mehr als einmal zu Boden geschickt.

Die Tatsache, dass Percy es zur Polizei geschafft hatte, war nach dem Krieg eher dem Mangel an Männern im Vollbesitz ihrer Extremitäten zu verdanken, als irgendeinem Talent seinerseits. Da er so stark schielte, dass man stets glaubte, er würde sich mit der linken Schulter seines Gegenübers unterhalten, war er nicht zum Militärdienst eingezogen worden. In die Polizeitruppe zu kommen, war für ihn ein Glücksgriff gewesen, und jetzt vielleicht auch für Clara. Percy mochte ein Idiot sein, doch sein gesunder Respekt vor Tommy (der gewissermaßen auf seine Schwester überging) mochte vielleicht dazu führen, dass er ihr helfen würde, mit dem Inspector zu sprechen.

„Ich habe entscheidende Informationen zu einem Fall von Inspector Park-Coombs, aber der Sergeant will mich nicht zu ihm lassen", erklärte sie Percy knapp.

„So ist das Protokoll", wiederholte der Sergeant, verärgert von der Notwendigkeit, sich einem schlichten Constable zu erklären.

„Nun, Sie könnten die Informationen mir geben, dann leite ich sie weiter." Percy strahlte und Clara sah das Funkeln in seinen Augen, auf das sie gehofft hatte. So wie sie Percy kannte, war er immer auf der Suche nach einer Möglichkeit, sich beim Inspector gutzustellen, und ein Hinweis in einem Fall war genau das Richtige dafür.

„Das wird nicht gehen, Percy", sagte Clara und ließ ihre Stimme verzweifelt klingen. „Tommy ließ mich versprechen, dass ich nur direkt mit dem Inspector sprechen würde."

Ein düsterer Ausdruck trat auf Percys Gesicht.

„Tommy, ja?" Percy schien überall gleichzeitig hinzustarren, was für einen jungen Mann mit seinem Leiden nicht schwer war. „Ich hörte, er sei zurück, aber nicht in allzu guter Verfassung. Das kann den Kopf eines Mannes durcheinanderbringen, all das Blut und die Gewalt. Tommy geht es doch gut, oder?"

Clara spürte seine Beklemmung.

„Er kommt zurecht, recht gut sogar, angesichts der Umstände."

„Dann ist er mobil?"

„Oh, ja, er ist ständig unterwegs. Er macht mir nur manchmal Sorgen, wenn ihn diese Wut erfasst."

„Wut?" Percy schien sich unbehaglich zu fühlen.

„Es ist recht furchteinflößend, wenn ihn eine seiner Launen erfasst und er sie gegen jemanden richtet. Dann kann ihn niemand davon abhalten, die Person zu finden und alles an ihr auszulassen. Er hat dann diese Entschlossenheit in den Augen. Ich muss manchmal ganz Brighton nach ihm absuchen." Clara genoss ihre Kreation des „monströsen Tommy" und die Wirkung, die sie offensichtlich auf Percy hatte.

„Doch ich schätze, er kann in seinem Zustand nicht viel Schaden anrichten", sagte Percy in einem Ton, der nahelegte, dass er sich zu beruhigen versuchte.

„Nun, nicht *allein*, nein“, sagte Clara betont. „Allerdings hatte er schon immer viele Freunde.“

„Oh ja, Tommy hatte immer viele Freunde.“ Percy war beunruhigt. „Und er sagte, ähm, dass Sie nur mit dem Inspector sprechen dürfen?“

„Ja, aber ich schätze, er wäre nicht allzu verärgert, wenn ich Ihnen alles erzähle. Ich meine, Sie können die Nachricht weitergeben, und Sie waren ja auch einer von Tommys Freunden, nicht wahr?“

„Definitiv.“ Percys Blick wirkte trüb, als würde er sich an den Anblick des wütenden Tommy Fitzgerald erinnern, nachdem er Clara einst zum Weinen gebracht hatte.

Dann fasste er einen Entschluss.

„Hören Sie, Sergeant. Ich glaube, der Inspector sollte hören, was die junge Frau zu sagen hat. Ich werde sie nach oben begleiten und die Verantwortung übernehmen, wenn Sie möchten.“

Der Sergeant zuckte unverbindlich mit den Schultern. Der Blick, mit dem er Clara bedachte, war etwas zu scharfsinnig, sodass sie sich bemühen musste, nicht zu lächeln.

„Wie Sie wollen.“

Und so führte Percy sie nach oben.

„Sie sagen Tommy doch, dass ich Ihnen geholfen habe, oder?“, fragte er, als sie einen dunklen Flur mit Türen zu beiden Seiten betraten.

„Natürlich. Ich werde ein Loblied auf Sie singen, und er würde sich gewiss darüber freuen, einen alten Freund zu besuchen. Er weiß doch, wo das Haus Ihrer Mutter steht, oder?“

„Oh, ich wohne dort nicht mehr", sagte Percy rasch, als er an eine Bürotür klopfte und Clara hineinführte. „Hier ist Miss Fitzgerald für Sie, Inspector."

Percy rannte beinahe wieder zur Tür hinaus und schloss sie fest hinter sich.

„Schüchtern Sie häufiger Polizeibeamte ein, Miss Fitzgerald?", fragte der Inspector trocken, als er von seinen Unterlagen aufschaute.

„Nicht absichtlich", log Clara.

„Sie tun nie irgendetwas absichtlich, Miss Fitzgerald", entgegnete der Inspector und bedeutete ihr, sich auf einen Stuhl zu setzen. „Ich wurde darüber informiert, dass Sie gestern die Greengage-Residenz aufgesucht haben. Möchten Sie mir das vielleicht erklären?"

Claras Gedanken wanderten zu Oliver; verstört, weil er sie verraten hatte.

„Ich habe nur mein Beileid bekundet."

„Versuchen Sie es noch einmal. Die Nachbarin sagte, Sie hätten behauptet, einer spiritistischen Gesellschaft anzugehören, und mit Mr. Greengage sprechen wollen. Miss Fitzgerald, darf ich Sie daran erinnern, dass Sie kein Detective der Polizei sind und sich aus den Angelegenheiten von Männern heraushalten sollten?"

Clara kochte vor Wut. Ihre ganze Haut kribbelte ob dieser Beleidigung. Sie musste tief durchatmen, ehe sie ihm ruhig antworten konnte.

„Jetzt da Sie mir Ihren Rat zuteilwerden ließen, können wir vielleicht darüber sprechen, warum ich hergekommen bin."

„Ich könnte auch gegen eine verd...", der Inspector unterbrach sich. „... gegen eine verflixte Wand reden."

„Das ist Ihre Sache. Es ist absolut zulässig, dass ein Privatdetektiv für einen Klienten in einem Fall ermittelt. Genau das tue ich. Mein Geschlecht spielt dabei keine Rolle."

„Sie sind die erste weibliche Privatdetektivin, von der ich je gehört habe."

„Ich bezweifle nicht, dass ich mich Ihnen und vielen anderen werde beweisen müssen, Inspector." Clara war ernst geworden. „Das wusste ich schon in dem Augenblick, als ich das Geschäft aufnahm. Doch es gibt sehr wenig im Leben, bei dem sich eine Frau nicht beweisen muss. Selbst als ich während des Krieges Krankenschwester war, haben sich die männlichen Ärzte wie herablassende Idioten aufgeführt, die glaubten, wir jungen Frauen seien aus dem nächstbesten Tanzlokal zu ihnen geschleift worden."

Der Inspector lächelte schwach und lehnte sich auf seinem Stuhl zurück.

„Sie haben Ihren Standpunkt dargelegt", versicherte er ihr. „Vielleicht haben Sie recht und Frauen werden gute Detektivinnen abgeben. Ihr Geschlecht ist weiß Gott neugierig genug."

Clara schluckte den Köder nicht. Das war unter ihrer Würde.

„Sie wollen also über diesen Fall sprechen?" Der Inspector legte ihr nahe, ihr steinernes Schweigen zu brechen. „Ich habe Sie übrigens offiziell von der Liste der Verdächtigen gestrichen."

„Hervorragend. Und was ist mit Mrs. Wilton?"

„Die alte Katze steht noch an erster Stelle. Es ist verdammt verdächtig, seine ganze Zeit mit der Suche nach einem verlorenen Schatz zu verbringen, von dem einem angeblich der verstorbene Ehemann mittels einer Hellseherin erzählt hat."

„Ich bestreite nicht, dass das eigenartig ist, aber manche Menschen glauben an Frauen wie Mrs. Greengage. Insbesondere seit dem Krieg."

„Mrs. Wilton ist eine seltsame Gestalt, aber ich nehme an, Sie versuchen, ihre Unschuld zu beweisen?" Der Inspector legte die Fingerspitzen an seinem Kinn aneinander.

„Genauer gesagt, suche ich nach Mrs. Greengages Mörder; was in der Tat Mrs. Wiltons Unschuld beweisen könnte."

„Sie sind sich also selbst nicht sicher?"

„Ich bleibe unvoreingenommen, was der übliche Ansatz der Polizei ist, wie ich meine."

„Durchaus." Der Inspector hielt inne. „Ich hätte erwartet, eine Frau wäre ..."

„Emotionaler?", bot Clara an.

„Eher geneigt, für eine der Ihren einzutreten."

„Wir Frauen sind kein Club und keine Geheimgesellschaft, Inspector, und ich nehme meine Arbeit sehr ernst."

„Das sehe ich. Also, worüber wollten Sie sprechen?"

Clara war erleichtert, weil sie endlich wieder zur Sache kamen.

„Sie haben den Papageien Augustus auf Gift untersucht und dabei Strychnin nachgewiesen. Darf ich fragen, warum Sie ihn überhaupt untersucht haben?"

„Es war nur eine Ahnung. Einfach so kurz vor der eigenen Besitzerin tot umzufallen, kam mir recht verdächtig vor. In meinem Beruf sind Zufälle weitaus seltener als Fehler, die wie Zufälle aussehen sollen."

„Aber Mrs. Greengage wurde nicht vergiftet."

„Nein, aber unser Arzt hier hat schon einmal einen vergifteten Vogel so sterben sehen. Daher beschloss er, das tote Tier auf Chemikalien zu untersuchen."

„Das steht also fest, aber sagen Sie mir: Haben Sie auch den Sherry getestet?"

Ungewissheit zuckte über das Gesicht des Inspectors.

„Wie Sie bereits sagten, wurde die Frau erschossen", sagte er, während er nach einem Stapel brauner Pappordner griff. „Selbst wenn wir das Gift fänden, würde das den Mörder nicht überführen, es sei denn, Sie wollen die Angelegenheit an die Tierschutzvereinigung übergeben."

„Sie wissen so gut wie ich, Inspector, dass es ein wichtiger Hinweis sein könnte, zu wissen, wie das Gift in den Papageien gelangt ist."

„Es muss im Sherry gewesen sein, da besteht keine andere Option." Der Inspector blätterte jetzt seine Unterlagen durch."

„Dem stimme ich zu. Aber der Mörder ist damit ein schreckliches Risiko eingegangen. Er hätte jeden von uns töten können. Das war bestenfalls ungeschickt."

„Oder kühn." Der Inspector entspannte sich plötzlich. „Hier ist es."

Er hielt Clara einen Zettel entgegen und lächelte recht selbstzufrieden. Sie las den Laborbericht, den er ihr gerade gegeben hatte.

„Es war kein Gift im Sherry." Sie legte das Blatt erstaunt ab. „Ein Fehler ist ausgeschlossen?"

„Es wirkt ein wenig seltsam, doch unser Chemiker ist hochangesehen und verlässlich. Wenn er sagt, der Sherry war sauber, dann muss es so gewesen sein."

Clara traute ihren Augen nicht; sie war fest davon überzeugt gewesen, dass sich das Gift im Sherry befunden haben musste. Oder nicht? Denn warum hatte sie so sehr darauf gedrängt, die Antwort zu erfahren, wenn sie sich so sicher war? Nein, sie hatte Zweifel gehabt, und die waren jetzt bestätigt worden.

„Gift im Papageien, aber nicht im Sherry."

„Das ist definitiv rätselhaft, wobei es auch erklärt, warum dem Rest von Ihnen nichts zugestoßen ist. Ich untersuche natürlich sämtliche Strychninverkäufe in der Gegend." Der Inspector nahm den Zettel wieder an sich; ein wenig zu schadenfroh für Claras Geschmack. „Kann ich Ihnen sonst noch irgendwie helfen?"

Clara ordnete ihre Gedanken. Sie spürte, dass diese Sache wichtig war, doch sie konnte über die Implikationen nachdenken, wenn sie wieder zu Hause war. Jetzt gerade musste sie sich konzentrieren; sie würde womöglich keine weitere Gelegenheit mehr bekommen, um den Inspector mit Fragen zu löchern.

„Eine Sache noch. Man erzählte mir, dass Mrs. Greengage von Eastbourne nach Brighton ziehen musste, weil sie jemandem einen Mord zur Last gelegt hat. Könnten Sie mir Einzelheiten zu diesem Fall besorgen?"

Der Inspector legte wieder sein Kinn auf die Fingerspitzen.

„Das könnte ich wohl. Ich glaube allerdings nicht, dass da eine Verbindung besteht. Sie war einfach eine alte Wichtigtuerin.“

„Oder eine Person, die etwas wusste, aber Angst davor hatte, die Quelle zu enthüllen.“

„Das ist typisch weibliches Denken. Alles wird unnötig verkompliziert.“ Der Inspector schüttelte den Kopf.

„Dann zerbreche ich mir wohl auch unnötig den Kopf, wenn ich es für eigenartig halte, dass die Rätsel verschwunden sind?“

„Rätsel? Welche Rätsel?“

Clara genoss kurz das befriedigende Gefühl, mehr zu wissen als der Inspector.

„Die Rätsel, die Mrs. Greengage an Mrs. Wilton weitergeleitet hat, in ihrer Funktion als, ähm, Medium. Es waren neun Stück, glaube ich, doch Mrs. Wilton hat nur drei erhalten, und die übrigen sechs sind jetzt verschwunden.“

„Das vergrößert nur die Beweislast gegen Mrs. Wilton.“

„Nur dass sie am Morgen nach dem Mord zu mir kam, nachdem Sie sie befragt hatten, um mich darum zu bitten, die Rätsel für sie zu besorgen; was ich versucht habe, nur um zu entdecken, dass sie verschwunden sind“, erklärte Clara ruhig. „Sie würde mich wohl kaum losschicken, wenn sie die Rätsel längst gestohlen hätte.“

„Es sei denn, sie wollte den Verdacht von sich ablenken – eine doppelte Täuschung.“

„Inspector, ich glaube, wir können uns darauf einigen, dass Mrs. Wilton dafür nicht clever genug ist.“

Der Inspector dachte einen Augenblick darüber nach und seufzte dann.

„Dann steht jetzt also auch noch Diebstahl auf der Liste. Es wird einfach immer besser."

„Doch das könnte auch neues Licht auf die Motive für den Mord an Mrs. Greengage werfen."

„Ich hätte wissen müssen, dass es mir das Leben schwerer macht, eine Frau in diesen Fall zu involvieren. Sie sollten meine Frau kennenlernen. Sie beide würden sich gut verstehen."

„Wenn ich das sagen darf, Inspector: Sie muss eine erstaunliche Frau sein."

Der Inspector schnaubte.

„Ich werde in den nächsten Tagen anrufen, um nach den Einzelheiten dieses anderen Falles zu fragen", fügte sie hinzu, während sie Handschuhe und Hut nahm.

Der Inspector grummelte leise etwas vor sich hin, dann stand er auf, um ihr die Tür zu öffnen.

„Oh, eine letzte Sache noch." Clara blieb stehen. „Gestern ist mir ein Fremder auf dem Weg nach Hause gefolgt. Mir gefiel nicht, wie er aussah."

„Sie lassen sich Ihre Arbeit als Detektivin ein wenig zu Kopf steigen", antwortete der Inspector. „Gehen Sie nach Hause und fahren Sie mit Ihren Ermittlungen fort, wenn es Ihnen gefällt."

Clara war verärgert, weil er ihre Sorge derart abschmetterte, doch die Worte des Inspectors gingen ihr noch im Kopf herum, während sie die Treppe hinunterstieg. Konnte er recht haben, und sie redete sich nur etwas ein? Vielleicht war der Mann hinter ihr nur zufällig in dieselbe Richtung gelaufen und die Gedanken an Mord hatten ihr Urteilsvermögen getrübt. Sie hoffte, dass dem nicht so war, denn sie hielt sich für zu rational, um so etwas zuzulassen. Doch der Inspector hatte recht. Warum sollte man ihr folgen?

Sie trat aus der Polizeiwache und blickte besorgt in beide Richtungen die Straße entlang. Es waren keine mysteriösen Fremden zu sehen, nur eine alte Frau mit Einkaufskorb und eine junge Mutter, die einen Kinderwagen vor sich herschob. Der Inspector schien wenigstens in einer Sache richtiggelegen zu haben, und ihr Verfolger existierte nur in ihrer Einbildung.

Dennoch konnte sie ihre Unruhe nicht ganz abschütteln, und plötzlich kam ihr der Heimweg sehr lang und einsam vor; insbesondere, wenn sie dabei ständig über die Schulter blicken musste.

Kapitel 13

Annie empfing sie mit einem besorgten Blick an der Tür.

„Er hat wieder einen seiner Tage", sagte sie rasch, als Clara eintrat.

„Was hat es dieses Mal ausgelöst?", fragte Clara, während sie Mantel und Hut ablegte.

„Ich weiß es nicht recht." Annie war ein reines Nervenbündel. „Er bestand darauf, auszugehen. Sie wissen, wie sehr er es hasst, im Haus festzusitzen. Ich habe ihn nur einen Moment beim Musikpavillon zurückgelassen, während ich Tee kaufte."

„Es ist nicht Ihre Schuld, Annie." Clara rieb den Arm der jungen Frau. „Das ist eine dieser Aufgaben, die uns Frauen nach dem Krieg zugefallen ist. Ich glaube, das Kriegsministerium geht davon aus, dass wir für nichts anderes da sind, als die Scherben aufzulesen. Er wird sich wieder erholen."

Annie kehrte aufgebracht in die Küche zurück, während Clara den Salon ansteuerte.

Tommy saß am Tisch und hatte den Kopf in die Hände gelegt. Die Fetzen einer zerrissenen Zeitung lagen am Boden verteilt. Und etwas war gegen die Wand geworfen worden und hatte das Glas eines Bilderrahmens springen lassen. Clara schätzte sich glücklich, weil das Geschoss nicht den riesigen Spiegel über dem Kamin gleich daneben getroffen hatte. Beim Betreten des Raumes hatte etwas unter ihren Füßen geknirscht und jetzt blickte sie auf die Reste einer Teetasse samt Untertasse hinunter.

„Verschwinde, Annie", sagte Tommy schroff, ohne den Blick zu heben.

„Ich bin nicht Annie." Clara stapfte durch den Raum. „Hast du umdekoriert?"

„Verschwinde."

„Nicht, solange du mit Teetassen um dich wirfst."

Clara ließ sich in den nächstbesten Sessel sinken und wartete. Einige Augenblicke verstrichen.

„Wirst du einfach nur so da herumsitzen?", blaffte Tommy.

„Scheint so."

Clara hatte sich mittlerweile an die Ausbrüche ihres Bruders gewöhnt, die von so zufälligen Dingen wie einer toten Katze auf der Straße oder dem Geruch von bratendem Speck ausgelöst werden konnten. Sie wusste auch, dass ein mitfühlender Umgang damit Tommys Selbstmitleid und Selbsthass nur verstärkte. Stattdessen musste sie ihn so schnell wie möglich aus dieser Stimmung aufrütteln, indem sie sich von ihm nichts bieten ließ. Die Krankenschwestern im Krankenhaus hatten diesen Prozess als „aufmöbeln" bezeichnet.

Tommy packte sich plötzlich einen Teelöffel und holte aus, um ihn zu werfen.

„Wage es nicht!", sagte Clara in einem Ton, der in ihren eigenen Ohren viel zu sehr nach ihrer Mutter klang.

„Du weißt nicht, wie sich das anfühlt!", schrie Tommy.

„Nein, nein, aber ich weiß, wie schwer es ist, Dellen aus einem Teelöffel rauszubekommen, und ich habe es satt, in Mr. Mortons Trödelladen nach alten Teetassen zu suchen, nur damit du sie wieder zerbrechen kannst. Also sei so gut und leg den Löffel wieder hin.“

Tommy zögerte. Es entstand ein langer Moment, in dem das Schicksal des Löffels in der Schwebe hing. Dann legte er ihn überaus behutsam wieder ab.

„Du kaufst alte Teetassen in Mortons Laden? Wie viele habe ich schon kaputtgemacht?“, fragte er steif.

„Sechzehn.“

Die Gefahr war vorüber und Clara entspannte sich langsam.

„An manchen Tagen erwischt es mich einfach.“ Tommy ließ den Kopf wieder in die Hände sinken. „Und dann will ich nur brüllen und schreien und Dinge zerstören. Ich fühle mich, als würde ich verrückt werden, wenn sich all das noch länger in mir anstaut.“

„Ich weiß“, sagte Clara mit sanfter Stimme. „Was hat es dieses Mal ausgelöst?“

„Eric Sprigg.“ Tommy zuckte mit den Schultern. „Es war nicht seine Absicht.“

„Er arbeitet in der Keksfabrik, oder?“

„Ja. Und er ist mir im Park begegnet. Er wollte bloß über alte Zeiten sprechen. Woher hätte er es wissen sollen? Er hofft, das Cricketteam des Countys wiederaufzubauen.“

Clara verstand. Vor dem Krieg war Tommy ein herausragender Cricketspieler gewesen. Es hieß sogar, er könnte für die Nationalmannschaft spielen. Es gab Diskussionen darüber, ob Tommy seine akademische

Laufbahn verfolgen oder versuchen sollte, für England zu spielen. Doch der Krieg hatte diese Debatte beendet.

„Er brannte darauf, mich mit Fragen zu löchern", schnaubte Tommy, „und mir davon zu erzählen, wie schwer es ist, genug körperlich gesunde Männer zu finden, die spielen wollen. Wenn Annie nicht in dem Moment zurückgekommen wäre, hätte ich ihm vielleicht mitten in sein Grinsen geschlagen."

Tommy betastete seine nutzlosen Beine, die ihn einst über das grüne Gras des Cricketplatzes getragen hatten und jetzt kaum noch dazu taugten, vom Bett in den Rollstuhl zu gelangen.

„Das war ungehobelt von Eric. Er hat wahrscheinlich nicht darüber nachgedacht, wie das auf dich wirken könnte."

„Das tut niemand." Tommy legte abermals den Kopf in die Hände. „An manchen Tagen wirkt es, als hätte der Krieg nie stattgefunden, und alle benehmen sich krampfhaft so, als wäre alles normal. Aber nichts ist normal. Ich werde nie wieder normal sein."

„Da kann ich dir nicht zustimmen." Clara trat zu ihm und strich ihm sanft übers Haar. „Und jetzt komm. Wir haben Annie lange genug Sorgen bereitet."

„Die arme Annie." Tommy schien kurz aus seiner zusammengesackten Haltung zu erwachen, dann ließ er sich wieder hängen. „Ich frage mich, wie sie es mit einem alten Krüppel wie mir aushält."

„Das muss wohl Liebe sein", sagte Clara recht heiter, doch Tommys Kopf schoss in die Höhe.

„Wie meinst du das?"

„Nun, sie gibt sich bestimmt nicht wegen des Hungerlohns mit dir ab, den ich für sie erübrigen kann."

Das zeigte Wirkung. Tommy war so abgelenkt, dass er nicht länger seiner Leiden wegen Trübsal blasen konnte. Clara beschloss, bei Ablenkungen zu bleiben.

„Also, bist du bereit, meine Neuigkeiten zu hören?"

Tommy sah sie an.

„Welche Neuigkeiten?"

„Es war kein Strychnin im Sherry. Augustus wurde nicht auf diesem Wege vergiftet."

„Tatsächlich bin ich erleichtert. Ich dachte schon, wir wären nur knapp einem schlimmen Ende entgangen, doch jetzt wissen wir, dass wir nicht nur aus Glück noch am Leben sind."

„Ja, aber einer Antwort sind wir damit auch nicht nähergekommen." Clara seufzte. „Ich dachte ..."

Ein Klopfen unterbrach sie. Ein Kopf tauchte hinter der Tür auf.

„Ich dachte, es würde ruhiger klingen." Annie schob sich nervös hinter der Tür hervor. „Geht es Ihnen besser, Tommy?"

„Natürlich, Annie." Tommy setzte für sie ein breites Lächeln auf. „Sie müssen mich einfach ignorieren, wenn ich in so einer albernen Stimmung bin."

Annie nickte bloß.

„Ich mache dann das Abendessen."

Sie verschwand.

„Sie ist immer noch aufgebracht." Tommy seufzte.

„Sie wird auch darüber hinwegkommen", versicherte Clara ihm.

Tommy hing wieder seinen Gedanken nach, dann schreckte er auf.

„Was sagtest du?"

„Ich denke darüber nach, meine Fühler in mehr Richtungen auszustrecken, wie man so sagt, um zu schauen, was ich so ertasten kann. Ich habe den Inspector gebeten, mir Informationen über diesen alten Fall zu besorgen, in den Mrs. Greengage involviert war, aber ich hätte auch nichts dagegen, mal ein wenig in ihrem alten Viertel in Eastbourne herumzufragen."

„Glaubst du, das würde helfen?"

„Ich weiß es nicht, aber meiner Erfahrung nach weiß ein guter Nachbar oder eine gute Nachbarin – und damit meine ich eine schrecklich neugierige Person – oft weitaus mehr über einen Menschen als ein Polizist ermitteln kann. Außerdem rechne ich nicht damit, dass der Inspector mir alles mitteilen wird."

Tommy schaute sie fragend an, und sie hatte das Bedürfnis, sich zu erklären.

„Er glaubt, ich sei nur eine Frau, die zu gelangweilt ist, um etwas anderes zu tun, als in seinen Angelegenheiten herumzuschnüffeln."

„Dann ist er ein Narr."

„Ja, aber ein Narr mit Macht. Vertrau mir, Tommy, wenn ich sage, dass ich weiß, wie es ist, wenn man sich nutzlos und ausgeschlossen fühlt."

Tommy wirkte ein wenig verlegen.

„Ich hoffe, dass ich dich nie so habe empfinden lassen, Schwesterchen."

„Oh, Tommy, natürlich hast du das getan, aber du konntest nichts dafür. Du bist auch nur ein Mann, und die Gesellschaft bringt dir bei, wie du Frauen zu behandeln hast."

„Nun, das vergangene Jahr hat mich gelehrt, dass viele Dinge im Leben nicht so sind, wie sie sein sollten.

Ich traue dir zu, diesen Fall aufzuklären, und werde alles tun, was in meiner Macht steht, um dir zu helfen."

Clara dachte für einen Augenblick darüber nach.

„Wärest du bereit, eine Zugfahrt anzutreten?"

„Immer. Ich habe in keinem Zug mehr gesessen, seit man mich nach Hause gebracht hat, und das war nicht gerade eine erfreuliche Fahrt."

„Dann werde ich Annie informieren, und morgen stehen wir früh auf, um nach Eastbourne zu fahren."

Kapitel 14

Clara musste Mrs. Wilton noch einen spätabendlichen Besuch abstatten und ihr dann wortreich versichern, dass sie nicht bald vor den Henker geführt werden würde, um Mrs. Greengages alte Adresse in Eastbourne zu erfahren. Zum Glück hatte Mrs. Wilton ein so großes Interesse an Details und Gerüchten. So konnte sie es sich wenigstens sparen, erneut den trauernden Witwer zu behelligen, wenngleich sie trotzdem noch bald erneut mit ihm sprechen wollte.

Die Züge fuhren seit Ende des Krieges wieder im alten Takt, sodass es nicht schwer war, Tickets nach Eastbourne zu bekommen. Tommy in seinem sperrigen Rollstuhl in den Zug zu verfrachten, war allerdings eine andere Sache. Angesichts der Stufen und der schmalen Tür des Wagons wirkte es wie ein unmögliches Unterfangen, den Zug zu besteigen, ehe er den Bahnhof verließ. Doch ein Gepäckträger rettet ihnen schließlich den Tag. Offensichtlich war es nicht das erste Mal, dass dieser Mann einen Rollstuhl verladen hatte, denn sobald Tommy an Bord war, brachte er schwere Holzblöcke, die er vor die Räder legte, damit der Stuhl nicht wegrollen konnte.

Clara seufzte erleichtert, als sie sich auf einen mit Pferdehaar ausgepolsterten Sitz sinken ließ. Annie nahm ihr gegenüber Platz.

„Ich habe Eiersandwiches gemacht", sagte sie, als ein Pfiff erklang und der Zug sich in Bewegung setzte. „Falls wir Hunger bekommen."

Annie war immer noch nicht ganz in den Zweck dieses Ausfluges eingeweiht und nahm an, dass Tommy so auf andere Gedanken kommen sollte. Sie hatte Mittagessen vorbereitet, als würden sie zu einem Picknick aufbrechen, und trug ihren besten Hut. Clara fand, dass es an der Zeit war, ihr das tatsächliche Ziel zu erklären.

„Annie, du weißt von dieser Sache um Mrs. Greengage?"

„Alle reden davon." Annie nickte.

„Nun, ich stelle ein paar eigene Ermittlungen in dem Fall an, um ...", wie sollte sie diskret über Mrs. Wilton sprechen? „... einer Freundin zu helfen."

„Was sie sagen will, Annie: Wir werden die Oakham Avenue in Eastbourne aufsuchen, um dort schrecklich neugierig zu sein und viele Fragen über die Verstorbene zu stellen", schaltete Tommy sich ein.

„Es geht nicht darum, neugierig zu sein. Wir machen anständige Ermittlungsarbeit, die sehr wichtig ist. Sie dürfen also niemandem davon erzählen, Annie."

Annie wirkte ein wenig bestürzt.

„Wenn Sie sich damit besser fühlen, Annie: Die Polizei weiß über das Bescheid, was ich tue." Damit dehnte Clara die Wahrheit nur ein wenig.

„Was ist denn so wichtig an der Oakham Avenue?", fragte das Dienstmädchen.

„Mrs. Greengage hat früher dort gewohnt", erklärte Tommy. „Und Clara ist auf der Suche nach Hintergrundinformationen."

„Hintergrund?" Clara schaute ihn an.

„Ja, die Vergangenheit einer Person. Das ist ein Begriff, der im Buch dieses Ermittlers benutzt wird."

„Also zum Beispiel, dass Mr. Greengage vor dem Krieg in den Varietétheatern war?", fragte Annie.

Die beiden Geschwister schauten sie an.

„Wo haben Sie das denn gehört?"

„Von Dr. Macphersons jungem Dienstmädchen. Sie arbeitet manchmal auch außerhalb seines Haushalts, zum Beispiel einmal wöchentlich zum Putzen im Haus der Greengages. Als sie einmal den Sekretär abstaubte, ist er aufgeklappt, aus Versehen."

„Natürlich." Tommy nickte ernst.

„Nun, im Innern lagen all diese alten Poster aus den Varietés und Mr. Greengage war darauf. Aber natürlich mit einem Kostüm für die Bühne. Auf den Postern stand, dass er sehr gut sei. Er hat gesungen und dieses Ventrilo-Ding gemacht, wenn jemand redet, ohne den Mund zu bewegen."

In Claras Verstand griffen Zahnräder ineinander. Jetzt ergaben Augustus' ungewöhnliche Begabungen Sinn. Doch das eröffnete auch einen neuen Gedanken. Wenn ein Dienstmädchen dort herumlaufen und diese Poster finden konnte, dann auch die Rätsel.

„Wie heißt dieses Dienstmädchen?"

Annie zuckte mit den Schultern. „Ich kenne sie nur als Alice."

Das war nicht viel, aber Clara könnte herausfinden, ob Alice am Tag des Mordes im Haus war, was dann die verschwundenen Rätsel erklären könnte.

„Kam dir gerade eine interessante Idee, Schwesterchen?", fragte Tommy, als er Claras abwesenden Blick bemerkte.

„Mehr als eine sogar", antwortete Clara. „Aber es gibt noch so viele Lücken. Wie auch immer, lass uns einfach weitermachen."

Der Zug rumpelte voran, draußen zog die Welt vorbei und wandelte sich von Stadtkulisse zu Landschaft und wieder zurück zu einer Stadt. Sie erreichten Eastbourne und fragten sich zur Oakham Avenue durch. Zum Glück war der Weg nicht weit und die beiden Frauen wechselten sich beim Schieben des Rollstuhls ab, um die Last zu teilen.

„Wo sollen wir anfangen?" Annie blickte an der Backsteinfassade eines Reihenhauses in der Oakham Avenue empor. Die Gebäude hier waren prächtiger als Mrs. Greengages aktueller Wohnsitz, was den Schluss nahelegte, dass die Hellseherin abgestiegen war. Ob das daran gelegen hatte, dass sie vor jemandem fliehen musste, oder an einer Veränderung ihrer finanziellen Situation? Jetzt da Clara mehr über Mr. Greengage wusste, tendierte sie zu Letzterem.

„Ihr beide fangt an dem Ende der Straße an, ich am anderen, dann können wir uns in der Mitte treffen", sagte Clara, während sie in besagte Richtungen deutete.

„Alles klar." Tommy grinste heiter. „Wer als Erstes einen Verdächtigen findet, darf alle auf ein süßes Teilchen einladen."

„Nehmen Sie die Sache ernst", hörte Clara Annie flüstern, während sie Tommy die Straße hinunterschob.

Clara fing bei der Nummer 49 an. Das Haus sah ein wenig heruntergekommen aus und gehörte einem Major im Ruhestand, der erst seit einem Monat hier lebte, wie sich herausstellte. Nummer 47 war auch kürzlich neu bezogen worden, da es vermietet wurde. Die Nummer 45 stand leer und es ging ähnlich weiter, während sie sich die Reihe entlangarbeitete. Bei der Nummer 39 wurde sie endlich von einem Dienstmädchen begrüßt, das auf Claras erste Fragen hin bestätigte, dass ihre Herrin schon viele Jahre hier wohnte, auch wenn sie die exakte Zeit nicht kannte.

Sie führte Clara in ein Wohnzimmer im vorderen Teil des Hauses und ging, um in Erfahrung zu bringen, ob ihre Herrin zu sprechen war. Das verstieß leicht gegen die Anstandsregeln. Die Bedienstete hätte sich erst informieren sollen, bevor sie Clara einließ, doch der erste Eindruck des Hauses legte nahe, dass informelles Vorgehen hier willkommen war.

Dieses Zimmer war übersät mit den Überbleibseln von Aktivitäten der Bewohnerin. Eine Blumenpresse stand offen auf einem Tisch, daneben lag ein Sammelalbum. Eine halbfertige Stickerei hing über einem Sessel am Kamin und die Nadel baumelte am losen Ende des Fadens. Clara wollte sie am liebsten schnappen und in den Stoff stecken, bevor sie verloren ging.

Eine skizzenhafte Wasserfarbmalerei von weiteren Blumen stand verloren am Fenster, umgeben von weiteren unfertigen Malereien. Clara vermutete, dass in diesem Haus nie etwas gründlich zu Ende gebracht wurde. Am Tisch standen mehrere Bücherstapel, manche Bücher lagen offen herum oder waren mit abgerissenen Papierstreifen als Lesezeichen versehen worden. Clara nahm sich eines der Werke und las den Titel: *Spiritismus in der Moderne*. Sie schien genau an den richtigen Haushalt geraten zu sein.

Die Tür wurde plötzlich aufgerissen und eine Frau tauchte auf, gekleidet in etwas, das man wohl am besten als arabisches Kostüm beschreiben konnte. Sie trug eine eigentümliche, weite Hose und eine Reihe von Tüchern über Kopf und Schultern, war mit korallenroten und dunkelblauen Perlen behängt und kam so schwungvoll herein, dass Clara ihre nackten Füße sehen konnte. Das alles wirkte sehr theatralisch und auf Clara recht albern.

„Clara Fitzgerald." Sie streckte ihre Hand aus, nachdem es das Dienstmädchen versäumt hatte, sie vorzustellen.

„Madame Delmont." Die Frau blieb vor Clara stehen, presste die Handflächen aneinander, als würde sie beten, und verbeugte sich tief.

Mittlerweile dachte Clara, dass sie womöglich doch nicht im richtigen Haus war.

„Mein Dienstmädchen sagte, Sie würden sich über eine ehemalige Nachbarin hier in der Straße erkundigen?", fragte Madame Delmont unbeschwert. „Setzen Sie sich."

Clara steuerte auf den Sessel am Kamin zu und nutzte die Gelegenheit, um die bedrohte Nadel samt Stickarbeit zu retten, während Madame Delmont sich auf einem Bettsofa am Fenster niederließ.

„Ich erkundige mich im Auftrag einer interessierten Partei über eine Dame namens Mrs. Greengage", hob Clara an.

„Sie!" Madame Delmont richtete sich ruckartig auf. „Diese Frau war ein echter Windbeutel. Was hat sie angestellt?"

Clara dachte einen Augenblick nach und beschloss, den Mord nicht zu erwähnen – solche Enthüllungen konnten eine Unterhaltung ausbremsen.

„Ich glaube, es geht um ein Problem bei einer Sitzung“, antwortete Clara vage. „Und Mrs. Greengage steht nicht mehr zur Verfügung, um das Problem auszuräumen.“

„Das überrascht mich nicht. Sie ist eine verschlagene Frau, und wie ich auch ihr schon immer sagte, verlangt man kein Geld für Talente, die man so großzügig verliehen bekam.“

„Sie meinen ihre hellseherischen Fähigkeiten?“

„Ja. Wobei die schon immer etwas ‚erzwungen‘ wirkten, wenn Sie mich fragen. Ich kenne mich in diesen Dingen aus. Ich bin eine Eingeweihte, müssen Sie wissen.“

„Eine Eingeweihte?“ Clara versuchte, ihre Skepsis zu überspielen.

„Oh ja, in spiritistischen Angelegenheiten. Ich bin durch den Fernen Osten gereist, um meine eigenen Fähigkeiten zu erwerben. Es ärgerte mich durchaus, mitansehen zu müssen, wie diese selbstgemachte Hexe ihr Talent ausübte, als wäre es ein Gesellschaftsspiel. Man muss diese Dinge ernst nehmen, sonst kommen einen die Geister holen.“

Das kam den Ereignissen beunruhigend nahe.

„Sie mochten sie also nicht?“

„Nicht mögen ist ein wenig hart ausgedrückt. Ich machte mir Sorgen um sie und konnte ihr Tun nicht gutheißen.“

„Verstehe.“

„Ich nehme an, sie hat falsche Informationen weitergegeben?" Madame Delmont wirkte mittlerweile recht interessiert. Spiritistisches Talent hinderte einen Menschen offensichtlich nicht daran, eine Klatschbase zu sein.

„Nun, das ist die Frage. Die Dame, in deren Auftrag ich herumfrage, ist sich nicht sicher, was sie von den Informationen halten soll, und ein Teil scheint zurückgehalten worden zu sein."

„Ich wusste es!" Madame Delmont schlug sich aufgeregt auf die Oberschenkel. „Ich habe immer gesagt, dass sie ihre Fähigkeiten nutzt, um Menschen hinzuhalten und Geld zu verdienen. Sie machte immer eine große Show aus der Sache; von ihrer Kleidung bis hin zur Einrichtung des Raumes, in dem sie ihre Sitzungen abhielt."

Claras Blick zuckte zu Madame Delmonts Kleidung, doch sie sagte nichts.

„Ich sehe die Schuld natürlich bei ihrem Ehemann. Er stand auf der Bühne. Und sie nutzte ständig irgendein Novum, um zahlende Kundschaft anzulocken."

„Wie Augustus den Papageien?", fragte Clara.

Madame Delmont schaute sie ausdruckslos an.

„Ich erinnere mich nicht an einen Papageien, aber natürlich nutzte sie eine Zeit lang ausgerechnet eine Kristallkugel! Dann waren da noch die Hexenflasche, die sie an die Tür gehängt hatte, und ein Tuch, das mit okkulten Symbolen bestickt war; angeblich das Geschenk eines Häuptlings der amerikanischen Ureinwohner. Natürlich gibt es auch Menschen, die sich von all diesen Dingen beeindrucken lassen, und *die* scharten sich um sie."

Kapitel 15

Madame Delmont rümpfte die Nase, als hätte sie etwas Unangenehmes gerochen. Doch das Bild, das sie von Mrs. Greengage zeichnete, war sehr interessant.

„Haben Sie je davon gehört, dass die Toten in Rätseln zu ihr gesprochen haben?"

„Nein." Madame Delmont zuckte mit den Schultern. „Aber es klingt nach etwas, das sie tun würde."

„Und gab es irgendwelche Skandale, nachdem sie ein solches Novum genutzt hat?", hakte Clara nach.

„Nicht dass ich wüsste." Madame Delmont tippte sich mit einem Finger an die Lippen. „Es war wirklich ärgerlich, dass sie jedes Mal mit ihrer Farce durchkam."

Clara erkannte Neid, wenn er ihr ins Gesicht blickte, doch das schien ihr nicht auszureichen, um Madame Delmont für eine Verdächtige zu halten. Und so erfuhr sie auch nichts über das Verbrechen, das Mrs. Greengage angeblich aufgeklärt hatte.

„Ich hatte den Eindruck", sagte sie mit Bedacht, „dass es irgendeine Art Skandal gab, der Mrs. Greengage aus Eastbourne nach Brighton vertrieben hat."

„Nein, das hatte nichts mit ihren Gegenständen zu tun." Madame Delmont hielt inne. „Das war weitaus ernster. Es war die eine Sache, in der ich mit ihr einer Meinung war."

„Ich verstehe nicht ganz."

„Sie kam eines Abends zu mir – das muss im vorletzten November gewesen sein – und war in schrecklicher Verfassung. Ich dachte kurz, sie hätte ihren Verstand verloren. Sie erzählte eine seltsame Geschichte darüber, dass die Geister ihr völlig unerwartet eine Nachricht geschickt hätten, die sie zutiefst beunruhigte. Ich ließ sie reden. Was hätte ich sonst tun sollen? Sie saß genau da, wo Sie jetzt sitzen, und sagte: ‚Ich hatte gerade eine Vision eines Mordes.‘“

„Wirklich?“ Clara versuchte, sich diese Szene vorzustellen. Das war alles so absurd.

„Sie war sehr ernst. Ich machte ihr eine Tasse Tee und bat sie um eine ausführlichere Erklärung. Sie sagte, sie habe gerade einen Lammbraten aus dem Ofen geholt, als sie diesen stechenden Schmerz zwischen den Augen spürte und dann sah, wie eine Frau vergiftet wurde. Sie habe den Täter glasklar vor sich gesehen. Ich war recht erstaunt, denn ich hielt ihre Kräfte immer für ...“

„Erzwungen?“, fragte Clara.

„Habe ich das gesagt? Nun, ja, genau das. Denn wenn jemand auf spiritistischer Ebene einen Mord hätte sehen sollen, dann ich. Immerhin wurde ich von einem chinesischen Mönch in der Kunst des Traumwandelns und in fortgeschrittener Verzauberung ausgebildet.“

„Und diese Dinge sind wichtig?“

„Es bedeutet, dass ich einen Traum verinnerlichen und ihn immer wieder in meinem Kopf ablaufen lassen kann. Sie verstehen gewiss, dass das in einem Mordfall hilfreich sein könnte.“

Wenn Sie den Traum gehabt hätten, dachte Clara sich. *Doch stattdessen war es die Scharlatanin Mrs. Greengage.*

„Was geschah dann?“, fragte Clara.

„Sie trank ihren Tee aus und ist nach Hause zurückgekehrt. Ich hatte sie davon überzeugt, dass es sich um
eine Halluzination handeln müsse, die ihrer Überarbeitung geschuldet war." Madame Delmont lächelte leicht.
„Ich meine, ich konnte ihr ja wohl kaum bestätigen,
dass sie eine echte Vision gehabt hatte. Doch dann kam
sie am folgenden Tag zurück, wedelte mit einer Zeitung
vor meiner Nase herum und machte einen großen Wirbel. Sie sagte, da stehe es Schwarz auf Weiß: ‚Frau unter
mysteriösen Umständen verstorben.' Und außerdem
habe sie eine weitere Vision gehabt, die ihr den Namen
des Mörders verraten habe."

Clara richtete sich auf. Trotz ihrer Skepsis war sie fasziniert.

„Der Mörder wurde in den Zeitungen nicht nament-
lich benannt?"

„Das dachte ich zunächst auch, aber nein, es war kein
Name eines Verdächtigen aufgeführt. Ich wusste wirk-
lich nicht, was ich sagen sollte, dabei wollte sie unbe-
dingt von mir wissen, ob sie zur Polizei gehen sollte."
Madame Delmont wirkte plötzlich verlegen und spielte
an einem Saum ihres fernöstlichen Kostüms herum.
„Ich gestehe, dass ich an diesem Tag nicht in bester
Stimmung war. Ich fühlte mich recht ..."

Madame Delmont stieß ein bedauerndes Seufzen aus.

„Ich war neidisch", sagte sie. „Und ich sagte ihr, sie
solle zur Polizei gehen, weil ich wusste, dass man sie
nicht ernstnehmen, sondern auslachen würde."

„Und ist sie hingegangen?", fragte Clara neutral.

„Ja. Und ich konnte es nicht fassen, aber man hat sie
ernstgenommen. Aber was sollten sie ohne Beweise
tun? Als die Beamten verkündeten, dass sie niemanden

verhaften könnten, war sie ganz außer sich und fing an, den Namen des Mörders überall zu verbreiten."

„Das hat dem Mann gewiss nicht gefallen."

„Kann ich nicht beurteilen, ich bin ihm nie begegnet." Madame Delmont lehnte sich wieder in ihren Sessel zurück. „Jetzt da Sie es sagen: Ich erinnere mich einen Mann, der sie besucht hat, aber ich weiß nicht, was dabei geschehen ist, abgesehen von einer Menge Geschrei. Natürlich hat dieser Skandal ihren Ruf zerstört und niemand wollte sie mehr aufsuchen. Ich glaube, es war ihr Mangel an Diskretion, der die Menschen so verärgert hat. Ich meine, einfach herumzurennen und einen Mann des Mordes zu bezichtigen ist einfach furchtbar, oder nicht?"

„Ich hatte den Eindruck, dass sie sich vor diesem Mann fürchtete", warf Clara ein.

„Wenn dem so war, hat es sie definitiv nicht davon abgehalten, bei jeder Gelegenheit über ihn zu sprechen. Ich weiß, dass ihr Ehemann sehr aufgebracht war und den Umzug nicht gut aufgenommen hat."

„War er in Eastbourne verwurzelt?"

„Nein, aber er kam in einem schlimmen Zustand aus dem Krieg zurück und weigerte sich schlicht, das Haus je wieder zu verlassen. Das machte ihm jede Arbeit unmöglich. Ich vermute, dass Mrs. Greengage deshalb mit den Séancen angefangen hat. Vor dem Krieg hat sie die noch nicht veranstaltet."

„Doch irgendwann musste er das Haus verlassen."

„Natürlich, aber nicht ohne eine ordentliche Dosis Morphin, würde ich behaupten. Ich sah ihn nur kurz, als er auf den Karren der Umzugshelfer gehoben wurde. Er hat sich hinten drin versteckt. Ein Großteil dieses Verhaltens entspringt dem eigenen Kopf, müssen Sie wissen."

Clara kommentierte das nicht.

„Je mehr ich darüber nachdenke, desto überzeugter bin ich davon, dass die beiden ein wirklich seltsames Paar waren." Madame Delmont schnippte gegen die roten und blauen Perlen.

„Nun denn, vielen Dank für Ihre Zeit." Clara erhob sich.

„Es tut mir leid, dass ich Ihnen nicht mehr helfen konnte." Madame Delmont rührte sich nicht. „Sie finden selbst hinaus?"

Clara machte leise ein tadelndes Geräusch und zog ihre Handschuhe an. Als sie die Tür erreichte, hielt sie inne.

„Sie erinnern sich wohl nicht mehr an den Namen des Mannes, den Mrs. Greengage des Mordes bezichtigte?"

„Warten Sie." Madame Delmont tippte sich ans Kinn. „Doch, ich glaube, er hieß Mr. Hansom, wie die Droschken."

„Danke", sagte Clara und verließ das Haus.

Draußen auf dem Bürgersteig zupfte sie ihre Handschuhe zurecht, während all die Informationen, die sie gerade in Erfahrung gebracht hatte, durch ihren Verstand rasten. Dieser Mr. Hansom musste ein Verdächtiger sein; ein viel besserer als Mrs. Wilton.

Sie blickte auf der Suche nach Tommy die Straße entlang, als sie ihn sah. Nur für eine Sekunde. Er stand am Ende einer Gasse zwischen zwei Häusern und schaute Clara direkt an. Sie war sich sofort sicher, dass es der Mann war, der ihr zuvor gefolgt war. Dann rief Tommy ihren Namen und sie drehte sich instinktiv um. Als sie wieder zurückschaute, war der Mann fort.

„Glück gehabt?", rief Tommy.

„Ein wenig", sagte Clara, war aber nicht in der Lage, den Blick von der leeren Gasse abzuwenden.

„Ich fürchte, wir sind eher in eine Sackgasse geraten", sagte Tommy. „In mehreren Häusern war außer den Bediensteten niemand anzutreffen und die meisten anderen hatten nie mit Mrs. Greengage zu tun, konnten uns also nicht weiterhelfen. Mrs. Rimpton aus der Nummer 23 hatte ihre Nachbarin aufgesucht, weil sie mit ihrer verstorbenen Katze in Kontakt treten wollte, doch davon war Mrs. Greengage anscheinend nicht angetan."

„Dann hatte sie ihre Grenzen? Ich schlage vor, dass wir zum Zug zurückgehen, dabei kann ich euch erzählen, was ich erfahren habe." Clara riss ihren Blick von der Gasse los und sagte sich, dass ihr bloß das Licht oder ihr Verstand einen Streich gespielt hatten.

„Ich habe gesehen, dass am Bahnhof Tee serviert wird", sagte Annie hilfsbereit.

„Mir hat dieser Lyons-Teeladen sehr gut gefallen, an dem wir auf dem Weg hierher vorbeigekommen sind", entgegnete Tommy.

„Haben Sie seit dem Krieg die Preise dort gesehen?" Annie neigte den Kopf zur Seite und sah ihn tadelnd an.

„Ein Mann kann nicht oft solchen Luxus haben."

„Luxus? Ich nenne es Luxus, wenn ich genug Seife bekomme, um die wöchentliche Wäsche zu machen!"

Clara hörte diesem neckischen Streit nur mit halbem Ohr zu. Ihre Gedanken waren immer noch bei dem

Fremden. Die Vorstellung, verfolgt zu werden, war grotesk, und erst recht der Gedanke, dass ihr Verfolger ihr sogar hier nachstellte. Immerhin hätte er auch den Zug nehmen müssen, was bedeutete, dass er ihr Haus beobachtet hatte, um zu sehen, wohin sie gehen würde. Sonst hätte er nicht mitbekommen, dass sie nach Eastbourne gefahren war. Das bereitete Clara Sorgen. Diese Idee war lächerlich, doch es wäre noch absurder, einem völlig Fremden zufällig zweimal in so kurzer Zeit zu begegnen. Bildete sie sich vielleicht etwas ein?

Doch ... doch er war eben verschwunden, als würde er nicht gesehen werden wollen, und er hatte sie direkt angesehen, dessen war sie sich sicher.

Clara erschauderte. Vielleicht sollte sie Tommy davon erzählen, doch der Inspector hatte sie für närrisch gehalten, vielleicht würde ihr Bruder es ebenso sehen. Sie seufzte. Möglicherweise war sie doch nur paranoid geworden.

Sie beeilte sich, um Annie und Tommy einzuholen, und erfuhr, dass ihr Bruder den Streit gewonnen hatte und sie auf dem Weg zum Lyons-Teeladen waren. Während sie weiterliefen, fand Clara nur einmal den Mut, über die Schulter zu schauen.

Kapitel 16

Es war noch recht früh, um jemanden zu besuchen, doch Clara hatte an diesem Tag viel zu tun und war kühn genug, diese Unhöflichkeit zu riskieren. Als Mr. Greengage die Tür öffnete, wirkte er ein wenig besorgt.

„Bitte entschuldigen Sie meinen frühen Besuch, Mr. Greengage. Erinnern Sie sich noch an mich? Von der spiritistischen Gesellschaft?"

Mr. Greengage zögerte und nestelte an den Knöpfen seiner Weste herum, die einen gelben Fleck aus frischem Eigelb aufwies. Er berührte die feuchte Stelle und führte gedankenverloren den Finger zum Mund, um das Eigelb abzulecken.

„Ich habe Sie kurz nach dem tragischen Ableben Ihrer Frau aufgesucht", erklärte Clara.

Mr. Greengage entglitten die Gesichtszüge.

„Oh, ja."

„Ich wollte nachsehen, ob Sie zurechtkommen. Ich habe eine Verabredung in der Nähe und im Vorbeigehen dachte ich, ich schaue mal vorbei."

„Das ist sehr gütig." Mr. Greengage zupfte erneut an seinen Knöpfen. „Möchten Sie hereinkommen?"

Clara nickte und zu ihrem Entsetzen führte Mr. Greengage sie in das vordere Wohnzimmer, in dem noch vor zwei Tagen die kalte Leiche seiner Ehefrau gelegen hatte. Clara erstarrte auf der Schwelle, während ihr Blick zielsicher zu dem Blutfleck auf dem Teppich wanderte. Der Mann hatte sich nicht einmal die Mühe gemacht, diesen Teppich zu entfernen! Ihr wurde flau im Magen.

Auf dem Tisch, an dem Mrs. Greengage ihre letzte Séance veranstaltet hatte, stand ein halbvoller Teller mit Eiern und Speck. Clara war fassungslos und vergaß, dass sie eigentlich nicht wissen dürfte, dass der Mord genau in diesem Raum geschehen war.

„Sie essen hier?" Ihre Stimme klang schrill.

„Dieser Raum hat vormittags das beste Licht."

Clara sammelte sich wieder und rief sich ins Gedächtnis, dass Mr. Greengage einfach ein sonderbarer Mann war und dass sie eine mitfühlende Freundin seiner Ehefrau spielte.

„Mir wurde anerzogen, dass die vorderen Räume nur für Geburten, Hochzeiten und Beerdigungen benutzt werden." Sie hatte mit diesem Kommentar ihre Bestürzung erklären wollen, doch sobald die Worte ihren Mund verlassen hatten, konnte sie gar nicht glauben, wie taktlos sie klangen.

Zum Glück schien Mr. Greengage nichts davon mitzubekommen.

„Meine Mutter war auch so. Was für ein Unsinn! Ich sage, warum ein Zimmer nicht benutzen, wenn man es schon hat. Bitte setzen Sie sich."

Clara dachte kurz, dass sich ihre Beine nicht bewegen würden, doch dann schob sie ihre Gefühle entschieden beiseite und setzte sich unter großer Überwindung hin. Sie vermied es hartnäckig, den Blutfleck anzuschauen.

„Wie ich sehe, geht es Ihnen den Umständen entsprechend gut." Jedes einzelne Wort schien sich durch Claras zusammengeschnürten Hals zu pressen.

„Es ist einsam, aber ich komme zurecht“, antwortete
Mr. Greengage. „Die Leute sind sehr gütig, doch ich
weiß nicht so recht, was ich jetzt tun soll. Ich schätze,
Sie wissen, dass meine liebe Martha mit ihren Fähigkeiten all unsere Rechnungen beglich?“

„Ich hörte, dass Sie … Komplikationen hatten.“

„Die Ärzte nennen es Agoraphobie. Es ist eine Nerven-
krankheit, die dazu führt, dass ich weite, offene Flächen nicht ertragen kann. Ich muss nur aus der Haustür treten und zittere schon vor Angst. Als mich die Polizeibeamten während ihrer Untersuchung rausschick-
ten, dachte ich, ich würde sterben.“ Er erschauderte.
„Ich war sehr erleichtert, als ich wieder in meine vier
Wände zurückkehren durfte.“

„Macht es Ihnen nicht zu schaffen, dass Ihre Frau
hier … gestorben ist?“

„Ich denke nicht wirklich darüber nach. Meistens
sitze ich nur herum und frage mich, wie die Zukunft
aussehen wird.“ Mr. Green wirkte sehr verlassen, während er auf seinen Teller starrte.

Clara überkam ein Anflug von Mitleid mit diesem armen, seltsamen Mann. Er wirkte so elend, so einsam,
doch sie konnte ihm auch keine Lösung anbieten.

„Wie lange ist es her, seit Sie zuletzt gearbeitet haben?“

„Das war vor dem Krieg.“ Mr. Greengage rammte
seine Gabel in ein Stück Eigelb. „Ich stand auf der
Bühne, wissen Sie? Ich war recht bekannt in meiner
Zeit, bin bei vielen End-of-the-pier-Shows aufgetreten.
Es war sogar im Gespräch, nach London zu gehen, doch
dann kam der Krieg. Danach änderte sich alles. Ich

wurde verletzt und lag zwei Tage lang im Niemandsland. Als man mich fand, hatte ich anscheinend völlig den Verstand verloren. Ich schrie und tobte. Ich erinnere mich bloß noch an das Kreischen der Granaten über unseren Köpfen und das Krachen der Gewehre. Ich hatte dort gelegen, in ständiger Angst davor, von einer Granate getroffen zu werden, und konnte nichts sehen als den weiten, blauen Himmel, während ich jeden Augenblick mit meinem Ende rechnete. Als ich mich von alldem erholt hatte, konnte ich offene Flächen nicht mehr ertragen."

Clara lauschte seiner Geschichte, doch ihre Gedanken wanderten zu Tommy. Er hatte nie wirklich von seinen Erlebnissen erzählt. Jetzt stellte sie sich vor, wie er alleine im Niemandsland lag, und ihr Magen schnürte sich schmerzhaft zusammen.

„Bitte entschuldigen Sie. Ich habe Sie traurig gemacht."

Clara hob ob dieses Kommentars von Mr. Greengage überrascht den Blick. Plötzlich bemerkte sie, dass ihr Tränen über die Wangen rannen.

„Es geht mir gut." Sie kramte nach einem Taschentuch. „Ich dachte nur an meinen Bruder. Er hat im Krieg ein ähnliches Martyrium erlitten."

„Ist er wohlauf?"

„Nicht ganz, nein." Clara steckte das Taschentuch wieder weg, da sie fest entschlossen war, keine weiteren Tränen zu vergießen.

„Lassen Sie mich Ihnen etwas aus einer besseren Zeit zeigen." Mr. Greengage tippte auf ihre Hand und führte sie ins Arbeitszimmer. Clara ließ das Wohnzimmer nur zu gern hinter sich.

Mr. Greengage trat an den großen Schreibtisch und zog die Klappe herunter. Aus dem Inneren holte er einen Stapel von Postern und reichte sie Clara. Sie schaute sich das Erste an. Es war schwarz, mit blockigen, roten Buchstaben und einem silhouettenhaften Gesicht. Sie erkannte in den Zügen einen jüngeren Mr. Greengage.

„Das war mein erster Auftritt als Hauptdarsteller", erklärte er.

Sie blätterte zum nächsten Poster weiter. Dieses war sehr viel schlichter. Vor einem beigefarbenen Hintergrund stand eine schwarzweiße Figur im Abendanzug vor einem Publikum aus Hunden, Katzen und Vögeln und hob die Arme. In orangeroten und schwarzen Lettern verkündete das Poster: „Der übernatürliche Dr. Greengage! Bringt Tiere zum Sprechen!"

Clara blickte neugierig zu ihrem Gastgeber.

„Mein Trick war es, Tieren eine Stimme zu verleihen." Mr. Greengage lächelte verlegen. „Ich konnte alle möglichen Stimmen nachahmen. Es war ein echtes Talent. Die Katzen sprachen langsam und ruhig, mit einem Hauch von Verachtung. Die Hunde klangen stets heiter und begeistert und die Vögel sprachen schnell und in kurzen Sätzen. Damit habe ich ein stattliches Publikum angelockt. Manche Leute glaubten, ich hätte den Tieren das Sprechen beigebracht."

Clara warf einen Blick auf das letzte Poster im Stapel. Es war deutlich älter und Mr. Greengage wurde darauf noch nicht als Doktor bezeichnet. Tatsächlich war er nur ein Nebendarsteller und wurde als Greengage der Bauchredner vorgestellt. Clara nickte nachdenklich und gab die Poster zurück.

„Glücklichere Zeiten", merkte sie an.

„In der Tat."

„Bitte entschuldigen Sie die Unverschämtheit, aber ich kam nicht umhin, zu bemerken, dass Sie Vögel in Ihrem Programm hatten und auch Ihre Frau einen sehr einzigartigen Papageien besaß, wie man mir erzählte."

Mr. Greengage legte die Poster vorsichtig in den Schreibtisch zurück und schloss die Klappe wieder."

„Augustus war in der Tat anders."

„Wie ich schon sagte, einzigartig. Vielleicht haben Sie ihn dressiert?", bohrte Clara.

„Sie sind nicht dumm, das sehe ich, und es wäre wohl wenig erfolgversprechend, darauf zu bestehen, dass Augustus eine glückliche Laune der Natur war."

Clara lächelte sanft.

„Ich weiß, dass wir in schweren Zeiten leben, Mr. Greengage. Jedes Geschäft braucht seine Neuheiten und andere Mittel, um Kundschaft anzulocken. Ich bin nicht hier, um Ihre Motive zu bewerten oder Sie zu verurteilen."

„Es war ganz logisch, so schien es zumindest. Beim Wegzug aus Eastbourne hatte Martha all ihre Klientinnen und Klienten verloren und musste von vorne anfangen. Sie brauchte etwas, womit sie sich von der Konkurrenz abheben konnte." Mr. Greengage schüttelte wehmütig den Kopf. „Augustus war ein Relikt aus vergangenen Zeiten. Von vor dem Krieg. Dieser Vogel war weit herumgekommen. Er konnte auf einem winzigen Fahrrad fahren. Ich habe ihn einem Dresseur im Ruhestand abgekauft und ihm seine Stimme verliehen."

Mr. Greengage verstummte.

„Das dachte ich mir." Clara nickte. Das war zwar kein großer Hinweis, doch es fühlte sich wie ein weiteres Puzzleteil an, das sich an seinen Platz fügte. „Es gibt noch eine Sache, über die ich mit Ihnen sprechen wollte."

Sorge kehrte in Mr. Greengages Gesichtsausdruck zurück.

„Die Rätsel, die ich kürzlich mitnahm, um sie Mrs. Wilton zu bringen. Das waren alles leere Zettel. Haben Sie mir vielleicht den falschen Umschlag gegeben?"

„Nein, nein! Es waren die richtigen Blätter. Ich hatte sie am Abend zuvor noch gesehen ..." Mr. Greengage wirkte aufrichtig überrascht. „Wie können sie verschwunden sein?"

„Es scheint, als hätte jemand die echten Rätsel gestohlen und sie mit leeren Zetteln ersetzt. Haben Sie ein Dienstmädchen?" Clara kannte die Antwort, doch sie wollte sie von ihm hören.

„Nein. Nun. Doch. Manchmal kommt eine junge Frau zum Putzen vorbei. Glauben Sie ..."

„Ich will nur nahelegen, dass sie die Rätsel vielleicht aus Versehen verlegt hat."

„Alice Roberts", sagte Mr. Greengage entschieden. „Tatsächlich war sie hier, am Morgen ... Im vorderen Wohnzimmer putzte sie immer zuletzt. Sie wusste, wo der Ersatzschlüssel versteckt lag, und kam immer selbstständig herein. Das war recht vorteilhaft für uns, da meine Frau manchmal bis spät abends arbeitete und ich von diesen verdammten Schlafmitteln stundenlang ausgeschaltet war. Sie war es, die die Leiche gefunden hat."

„Und dann hat sie Sie geweckt?"

„Das ist die Sache. Stattdessen ist sie direkt aus dem Haus gerannt und hat eine weitere junge Frau dazugeholt. Es war diese Fremde, die mich geweckt hat. Ich habe der Polizei davon erzählt, doch sie hat ein Alibi.“

„Zumindest für den Mord“, murmelte Clara vor sich hin. Dann sagte sie lauter: „Was denken Sie, wie viel Zeit vergangen ist, vom Auffinden der Leiche bis zu ihrer Rückkehr mit ihrer Freundin und dem Moment, in dem Sie geweckt wurden?“

„Woher soll ich das wissen?“ Mr. Greengage lachte grimmig. „Sie hat einen kühlen Charakter, diese Frau; hat nicht einmal geschrien, als sie die Leiche fand. Ich nehme an, sie hat die Rätsel gestohlen, bevor sie mich aufgeweckt hat?“

„Vielleicht.“ Clara wollte sich nicht festlegen. „Danke für Ihre Zeit, Mr. Greengage.“

„Es war mir eine Freude.“ Mr. Greengage lächelte. „Ich nehme an, Sie wissen, dass morgen die Beerdigung ist? Leider nicht von den Spiritisten ausgerichtet, sondern vom alten Reverend Gregg aus St. Peters.“

„Oh, ja“, log Clara.

„Ich erwarte keinen großen Andrang. Und werde selbst nicht dort sein. Zu viel offene Fläche.“ Mr. Greengage erschauderte heftig. Clara war sich nicht sicher, ob das der Trauer um seine Frau geschuldet war, oder der plötzlichen Vorstellung, nach draußen zu gehen.

„Es wird gewiss eine schöne Zeremonie.“ Clara tätschelte seine Hand und entschuldigte sich dann, um sich auf den Weg zu machen.

Sie hatte als nächstes Inspector Park-Coombs aufsuchen wollen, doch jetzt brannte sie darauf, Alice Roberts ausfindig zu machen. Sie bezweifelte, dass sie ruhig dasitzen und dem Inspector lauschen konnte, solange es eine neue Zeugin ausfindig zu machen galt. Als Kompromiss begab sie sich zum nächstbesten Teeladen und bestellte sich eine Tasse. Sie würde dort sitzen und ihren Tee genießen, während sich ihre Gedanken beruhigten und sie sich ihren nächsten Schritt überlegte.

War Alice eine Verdächtige oder bloß eine opportunistische Diebin? Und wer war die Freundin, die sie geholt hatte? Vielleicht wusste Annie mehr. Je mehr sie darüber nachdachte, desto überzeugter war sie davon, dass diese ganze Aufgabe besser zu Annie passte. Als Bedienstete würde sie ihre Kollegin Alice vielleicht leichter zum Reden bringen, während Claras Fragen eher dazu führen mochten, dass sie den Mund hielt. Bedienstete tratschten für gewöhnlich nicht gegenüber ihren Arbeitgebern, untereinander aber schon.

Clara dachte gerade darüber nach, ob sie nach Hause zurückkehren und Annie darum bitten sollte, Alice aufzusuchen, als jemand mit freundlicher Stimme ihren Namen rief. Sie hob den Blick und war überrascht, Oliver Bankes zu sehen.

„Oh, hallo", sagte sie geistesabwesend.

„Ich wollte nicht stören."

„Ich war bloß in Gedanken. Eine schlechte Angewohnheit."

„Ich kam gerade auf ein spätes Frühstück her, nachdem ich in der Nähe Aufnahmen gemacht habe."

„Ein weiterer Mord?", fragte Clara düster.

Oliver lachte.

„Nein, ich wollte nur die aufgehende Sonne über den Häusern einfangen. Aufnahmen von Stadtlandschaften sind ein Hobby von mir."

Jetzt fielen Clara das schwere Stativ und der große Koffer zu Olivers Füßen auf; größer als ein gewöhnlicher Reisekoffer. Neue Kunden, die gerade in den Teeladen kamen, mussten sich an der großen Kiste im beengten Sitzbereich vorbeizwängen.

„Ich sollte mir einen Platz suchen." Oliver sah sich um, doch es gab keine freien Tische mehr. Clara wusste, was jetzt kam, und entschied, dass ihre Manieren gerade wichtiger waren als ihre Grübelei.

„Setzen Sie sich doch hierhin."

Olivers Gesicht erhellte sich vor Dankbarkeit.

„Sehr freundlich, ich vergesse immer, wie gut besucht dieser Laden ist." Er schob sein Gepäck zwischen den Tisch und das verzierte Fenster des Teeladens und pfiff dann nach einer Bedienung.

„Was machen Sie eigentlich hier?", fragte er, nachdem er Tee und Crumpets bestellt hatte. Er bot an, auch noch einen Tee für Clara zu bestellen, doch sie lehnte ab.

„Ich setze bloß meine Ermittlungen fort." Sie zuckte unverbindlich mit den Schultern.

„Schon Erfolg gehabt?"

„Ja und nein."

„Sie dürfen jederzeit noch mal vorbeikommen, um die Tatortfotografien zu sehen."

„Danke." Clara lächelte. „Doch ich glaube, das wird nicht nötig sein. Sie können mir auch nicht mehr sagen, als ich schon weiß."

Oliver war offensichtlich enttäuscht.

„Nun, wenn Sie es sich anders überlegen sollten ..." Sein Tee und die Crumpets trafen ein.

Als Clara zusah, wie Oliver das buttrig triefende Gebäck zu seinem Mund führte, spürte sie ihren eigenen Hunger. Sie hatte am Morgen kaum etwas gegessen, und in der Kälte unterwegs zu sein, hatte ihren Appetit geweckt. Um nicht zu begehrlich auf Olivers Essen zu starren, schaute sie aus dem Fenster ... und sah *Ihn* wieder.

Er war groß, hatte braunes Haar, trug einen langen Mantel und einen Hut. Kein auffälliges Äußeres, doch er war es. Sie kniff die Augen zu und wünschte sich, ihr seltsamer Verfolger möge verschwinden, doch als sie die Augen wieder öffnete, war er immer noch da. Clara zweifelte nicht länger daran, dass sie verfolgt wurde. Diese letzte Begegnung war ein zu großer Zufall.

Sie versuchte, ruhig zu bleiben und die Situation rational zu erklären. Vielleicht wohnte er in dieser Straße? Doch das erklärte nicht sein Auftauchen in Eastbourne oder warum er sie stets zu beobachten schien.

„Alles in Ordnung?", fragte Oliver plötzlich. „Sie sind ganz blass geworden."

„Sagen Sie mir, dass Sie den Mann dort sehen, Oliver." Clara sprach, ohne den Blick abzuwenden.

„Wo?" Oliver schaute nach draußen. Es war schwer zu verkennen, wen sie meinte; draußen war nur dieser eine Mann.

„Er verfolgt mich."

„Kennen Sie ihn?"

„Nein, aber ich bin mir sicher, dass er mich verfolgt. Inspector Park-Coombs glaubt, ich würde ihn mir einbilden."

Doch die Eiseskälte, die ihren Rücken hinunterkroch, oder das krampfhafte Zucken der Panik tief in ihrem Bauch waren ganz sicher nicht eingebildet.

„Warum sollte er Ihnen folgen?", fragte Oliver völlig zu Recht.

„Ich weiß es nicht. Ich glaube, es könnte mit dem Mord an Mrs. Greengage zu tun haben."

Könnte dieser Verfolger der Mörder sein? Der Gedanke machte ihr Angst. Falls dem so war, folgte er ihr dann, um sicherzugehen, dass sie nicht die Wahrheit aufdeckte? Bedeutete das, dass sie in Gefahr schwebte?

Oliver erhob sich plötzlich.

„Was tun Sie?", zischte Clara.

„Ich werde mit dem Kerl sprechen."

„Das geht doch nicht!"

„Warum?"

Clara wollte sagen, dass er eine Schusswaffe haben oder gewaltbereit sein könnte, oder dass er der Mörder sein mochte, doch so etwas konnte man nicht in einem respektablen Teeladen herumposaunen. Außerdem merkte sie, dass Oliver sich nicht von seinem Plan abbringen lassen würde.

Sie hätte sich keine Sorgen machen müssen. Kaum dass Oliver aus der Tür trat, machte der Mann auf dem Absatz kehrt und rannte davon. Oliver setzte ihm nach, kehrte aber kurz darauf mit leeren Händen zurück.

„Er hat uns definitiv beobachtet", sagte er atemlos. „Er wäre nicht weggerannt, wenn er nicht etwas Verdächtiges getan hätte."

„Würden Sie mich zur Polizeiwache begleiten?", fragte Clara, während sie ihre zitternden Hände im Schoß verbarg.

„Natürlich! Wollen Sie ihn melden?“

„Was auch immer das bringen mag.“ Clara machte sich bereits auf den Hohn des Inspectors gefasst, doch sie nahm nur zu gern Olivers Arm, als sie den Teeladen verließen.

Kapitel 17

Inspector Park-Coombs machte gerade Teepause, als Clara eintraf, und hätte sie nicht empfangen, wenn Oliver nicht seine Verbindungen bei der Polizei genutzt hätte, um darauf zu bestehen, dass sie direkt zu seinem Büro gehen durfte.

„Miss Fitzgerald", sagte er, während er einen Keks ablegte, den er gerade genussvoll in seinen Tee hatte tunken wollen.

„Inspector", sagte Clara höflich.

„Hören Sie", schaltete Oliver sich ein. „Sie wird von diesem widerwärtigen Kerl verfolgt, und ich befürchte, dass Ihre Männer die Situation nicht sonderlich ernst nehmen."

Clara spürte, dass sie errötete. Sie hatte nicht vorgehabt, sich von Oliver zum Büro des Inspectors begleiten zu lassen, und sie wollte nicht, dass jemand glaubte, sie bräuchte die Hilfe eines anderen (insbesondere eines Mannes), um für sich einzustehen. Sie bekam das Gefühl, dass seine Präsenz all ihre Mühen zunichtemachte, den Inspector davon zu überzeugen, dass sie eine unabhängige und fähige Person war, obwohl sie eine Frau war.

„Mr. Bankes", sagte der Inspector kühl. „Ich war mir Miss Fitzgeralds Verdacht bereits bewusst."

Dann warf er Clara einen Blick zu, der andeutete, dass sie immer noch ohne Anlass eine Menge Wirbel machte.

„Ich nehme an, die Sache wurde ernster?"

„Ich habe den Dreckskerl gesehen!", hob Oliver an, wobei er sich zur Betonung einen Finger auf die Brust setzte. „Er sah wie ein echter Schuft aus und ist weggerannt, sobald ich mich ihm näherte."

„Könnte ein Zufall gewesen sein", sagte der Inspector trocken.

„Er ist auch in Eastbourne aufgetaucht, als ich dort war", warf Clara ein. „Das ist ein wenig viel für einen Zufall."

„Er könnte der Mörder sein!"

„Beruhigen Sie sich, Bankes", befahl der Inspector dem jungen Mann. „Warum warten Sie nicht unten, während ich mich mit Miss Fitzgerald unterhalte?"

„Oh." Oliver schaute zu Clara, in der Hoffnung, sie würde verlangen, dass er bleiben dürfte, doch sie sagte gar nichts. „In Ordnung. Soll ich warten, um Sie nach Hause zu begleiten, Clara?"

„Nicht nötig, Bankes. Das werde ich einen meiner Jungs übernehmen lassen. Sie müssen sehr beschäftigt sein." Der Inspector betonte seinen letzten Satz und Oliver murmelte betreten etwas von Terminen, die ihm gerade wieder eingefallen seien, und verschwand dann.

„Ich dachte, Sie würden eine private Unterhaltung bevorzugen", sagte der Inspector, nachdem Oliver fort war.

„Er ist sehr nett", sagte Clara, als sie sich endlich auf den Stuhl setzte, den der Inspector ihr angeboten hatte,

„doch es ist nicht wirklich nötig, dass er so für mich kämpft.“

„Davon bin ich überzeugt. Doch warum war er bei Ihnen?“

„Das hat er gerade erklärt: Wir haben diesen Mann wiedergesehen und ich war ein wenig aufgewühlt, deshalb bat ich ihn, mich hierher zu begleiten. Ich weiß nicht, wer dieser Mann ist, der mich verfolgt, Inspector.“

„Als Sie mir zum ersten Mal von ihm erzählten, war ich geneigt zu glauben, dass Sie eine zu lebhafte Vorstellungskraft besitzen.“

„Herzlichen Dank, Inspector“, sagte Clara bissig.

„Lassen Sie mich ausreden. Meine Jungs haben ihn in der Nähe des Tatorts herumlungern sehen. Die gleiche Beschreibung: eher jung, heller Mantel, dunkles Haar, sehr gewöhnliches Aussehen und läuft davon, sobald man mit ihm zu sprechen versucht.“

„Sie wissen also auch nicht, wer er ist?“

„Nein. Doch irgendwie bezweifle ich, dass es sich um den Täter handelt. Die meisten Mörder sind klug genug, um sich nicht in der Nähe ihres Tatorts blicken zu lassen.“

„Das hilft mir nicht wirklich weiter.“ Clara schüttelte den Kopf.

„Ich werde Sie wie versprochen von einem meiner Männer nach Hause begleiten lassen“, antwortete Park-Coombs. „Und ich schlage vor, dass Sie das Haus nur noch in Begleitung verlassen. Niemals allein. Wir werden diesen Kerl früher oder später schnappen, da er in der Gegend zu bleiben scheint. Vermutlich ist er nur ein Vagabund.“

Clara fühlte sich nicht nennenswert beruhigt, nahm den Rat aber an.

„Gab es sonst noch etwas?" Park-Coombs musterte seinen Tee und den Keks.

„Sie sagten, Sie würden etwas über diesen anderen Fall herausfinden, in den Mrs. Greengage verwickelt war?"

„Oh, ja." Der Inspector schob seinen Tee niedergeschlagen zur Seite. „Ich habe mir die Sache angeschaut, wie Sie es sich gewünscht haben."

„Und?"

Der Inspector lehnte sich zurück und verschränkte die Hände vor dem Bauch.

„Es fing alles mit Mr. und Mrs. Bundle an."

„Ah, Bundle, nicht Bumble!"

„Wie bitte?"

„Entschuldigung, Inspector. Bitte fahren Sie fort."

Der Inspector seufzte schwer.

„Die Bundles waren ein typisches Pärchen aus Eastbourne. Sie führte zusammen mit ihrer Mutter eine Pension, während er einen Lebensmittelladen besaß. Als die alte Mutter starb, verkaufte Lily Bundle das Haus, das sie geerbt hatte, und wurde über Nacht eine wohlhabende Frau.

Sie heiratete Ted und wohnte mit ihm zusammen über seinem Laden. Allen Berichten zufolge handelte es sich um eine glückliche Ehe. Sie waren beide über dreißig, als sie heirateten, schafften es aber trotzdem noch, vier Kinder in die Welt zu setzen; drei Mädchen und einen Jungen.

Der Krieg machte ihnen das Leben schwer und zum ersten Mal hatten sie finanzielle Sorgen. Alle Kinder blieben zu Hause. Der Sohn, das jüngste Kind, wurde im letzten Kriegsjahr eingezogen. In dem Jahr ging für die Bundles alles schief.

Laut dem Tratsch in der Nachbarschaft hat Ted Bundle einige schlechte Geschäfte gemacht, hatte eine Menge Schulden und stand sogar kurz davor, seinen Laden zu verlieren. Mrs. Bundle hätte ihn mit ihrem versteckten Vermögen retten können, doch dem schien Lily abgeneigt gewesen zu sein. Zumindest behaupteten das alle.

Dann, im November 1918, kam eines der Bundle-Mädchen nach Hause und fand ihre Mutter tot in einem Sessel vor. Ted war nicht in der Stadt und die Obduktion ließ auf einen Herzinfarkt schließen, wenngleich sich der Gerichtsmediziner nicht sicher war. Lily war für ihr schwaches Herz bekannt.

Niemand war sonderlich überrascht oder besorgt. Lily hatte vor ihrem Tod kränklich gewirkt und anscheinend sehr darunter gelitten, ihren Sohn in den Krieg ziehen zu sehen. Sie wurde im Kreis der Familie und mit einigen wenigen Trauergästen aus der Nachbarschaft beerdigt. Danach ging alles wieder seinen gewohnten Gang. Ted führte weiterhin seinen Laden und konnte mit dem Vermögen seiner verstorbenen Frau sämtliche Schulden abbezahlen, doch das war niemandem seltsam vorgekommen.

Dann trat Mrs. Greengage auf den Plan. Lassen Sie sich eines gesagt sein: Sie war eine entschlossene Frau. Sie ging zur Polizei und behauptete, gesehen zu haben, dass Mr. Bundle bei drei verschiedenen Apotheken Gift gekauft hatte. Natürlich war das eine Lüge. Sie hatte all das bei einer Séance mit der verstorbenen Mrs. Bundle

‚erfahren‘. Doch sie war klug genug, um zu wissen, dass man sie bei der Polizei nicht ernst nehmen würde, wenn ihre Beweise nicht aus erster Hand kämen.

Und man *hat* sie ernstgenommen. Sie haben Ted Bundle gejagt wie die Hunde einen Hasen. Seine Nachbarn wurden befragt, er wurde auf die Wache geholt, sein Laden und die Wohnung wurden mehr als einmal nach Gift durchsucht. Man stellte sein ganzes Leben auf den Kopf, bis eine neue Zeugin auftrat, die einen Verdacht gegen Mrs. Greengage vorbrachte.“

„Wer war das?“, fragte Clara.

„Eine Dame namens Madame Delmont.“

„Wirklich? Das ist interessant.“

„Darf ich fortfahren?“, fragte der Inspector in scharfem Ton. „Die Polizei zog sich von den Ermittlungen zurück, sobald die Wahrheit bekannt wurde. Mrs. Greengage war in einer misslichen Lage und musste gestehen, dass sie die Giftkäufe nie selbst mitangesehen, sondern nur durch Lily davon erfahren hatte.

Lily Bundle war bezüglich ihres Todes anscheinend recht gesprächig gewesen und suchte Mrs. Greengage jede Nacht heim, um von den schrecklichen Umständen ihres Todes zu erzählen und die Hellseherin dazu zu drängen, etwas zu unternehmen. Sie behauptete, Ted habe sie über Monate hinweg vergiftet und die letzte Dosis in einer Kaffeedose zurückgelassen. Sie war die Einzige in der Familie, die Kaffee trank, also war das ein sicherer Weg für Ted. Falls er es denn getan hat.

Denn es gab keinerlei Beweise. Kein Apotheker hatte Mr. Bundle wiedererkannt und die Kaffeedose war vor langer Zeit geleert und seitdem für Zucker benutzt worden. Selbst wenn die Polizei Mrs. Greengage glaubte, oder besser gesagt Lily Bundle, gab es keine Möglichkeit, diesen Verdacht zu beweisen.

Doch die Öffentlichkeit bildete sich eine vernichtende Meinung und dunkle Wolken zogen über seinem Leben auf. Sein Laden wurde von den Bewohnern des Viertels gemieden, wenngleich das Saisongeschäft weiterlief. Seine alten Freunde verstießen ihn, das örtliche Komitee der Ladenbesitzer wählte ihn ab und er wurde ganz allgemein der unbeliebteste Mann in Eastbourne.

Wie es scheint, haben ihn diese Umstände, zusammen mit seiner Trauer um Lily und der Kampagne, die Mrs. Greengage entschlossen gegen ihn führte, schließlich um den Verstand gebracht.

Eines Abends sah er einen Herumtreiber, als er gerade seinen Laden schloss. Ein vernünftiger Mann hätte einfach die Augen offengehalten oder die Polizei informiert. Doch Ted Bundle schnappte sich ein Tranchiermesser aus der Küche und griff den Mann an. In der folgenden Auseinandersetzung wurde der mutmaßliche Herumtreiber mit mehreren Messerstichen getötet. Erst danach erkannte Mr. Bundle seinen Gegner als einen örtlichen Polizisten, der zu diesem Zeitpunkt nicht im Dienst war und auf seine Verlobte wartete.

Sie können sich vorstellen, welche Entrüstung das ausgelöst hat. Bundles einzige Rettung war, dass man ihn für verrückt erklärte. Er wird den Rest seiner Tage in einer Nervenheilanstalt verbringen."

Park-Coombs verstummte und trank einen großen Schluck von seinem lauwarmen Tee.

„Was ist mit Mrs. Greengage?", fragte Clara. „Jemand muss doch ihre Anschuldigungen als den Auslöser von Bundles Wahnsinn gesehen haben, oder?"

„In der Tat. Ihre Hasskampagne gegen Mr. Bundle wurde von seiner Verteidigung als Argument für seine Unzurechnungsfähigkeit benutzt. Viele Menschen waren der Meinung, dass der Polizist noch leben könnte, wenn sie den Mund gehalten hätte", stimmte der Inspector zu. „Da der Mord an Lily Bundle nie bewiesen werden konnte, betrachteten viele Mrs. Greengage als Unruhestifterin, die grundlos alte Geschichten ausgegraben hatte. Plötzlich war sie es, die von allen verabscheut wurde! Es überrascht mich nicht, dass sie Eastbourne verlassen musste."

„Verstehe", sagte Clara, obwohl sie nicht wirklich verstand. Sie hatte geglaubt, die Details über diesen Kriminalfall würden alle Antworten liefern, doch so war es nicht. Es sei denn ...

„Und Mr. Bundle ist jetzt noch in der Nervenheilanstalt?"

„Ja, das habe ich überprüft." Der Inspector sah sie verschwörerisch an. „Ich gebe gerne zu, dass auch wir in einer Sackgasse stecken. Mrs. Wilton als Mörderin ergibt keinen Sinn mehr, und ich war ohnehin nicht davon ausgegangen, dass sie zu einem Mord fähig wäre."

„Genau das habe ich auch gesagt." Clara schaffte es, den triumphalen Unterton aus ihrer Stimme herauszuhalten.

„Ich dachte auch, dass uns der Fall der Bundles Hinweise liefern würde. Ich befürchte mittlerweile, dass dies einer der Fälle wird, den wir als ungeklärt abheften müssen."

Clara teilte diesen Eindruck, und das deprimierte sie. Ihre erste echte Ermittlung war zum Scheitern verurteilt. Was würde das für ihren Ruf bedeuten, wenn sie ihren ersten und einzigen Mordfall nicht aufklären konnte? Sie dachte längst nicht mehr an Mrs. Wilton. Bei diesem Fall ging es mittlerweile um ihren Stolz und sie musste ihn einfach aufklären!

Kapitel 18

Die Kopfschmerzen waren zurück und Clara rieb sich fahrig die Schläfen. Sie saß nach einem anstrengenden Tag wieder mit Tommy am Esstisch und versuchte immer noch, die Kraft aufzubringen, um ihm von ihrem beängstigenden Verfolger zu erzählen. Sie befürchtete, er würde übertreiben und darauf bestehen, dass sie nicht mehr allein vor die Tür ging, oder so etwas.

Zum Glück war der Mann nicht wieder aufgetaucht, nachdem sie die Polizeiwache verlassen hatte, und den Constable, der zu ihrem Geleit abgestellt worden war, hatte sie davon überzeugen können, sie an der Straßenecke alleinzulassen, sodass Tommy ihren Begleiter nicht sah. Doch es war nur fair, ihm davon zu erzählen.

„Tommy …“

„Ich habe heute ein wenig in Mr. Greengages Vergangenheit geforscht", unterbrach Tommy sie. „Es gibt ein paar interessante Bücher über das Amateurtheater der Vorkriegszeit, und ich bin erstaunlich häufig über seinen Namen gestolpert. In gewissen Kreisen war er sehr bekannt; anscheinend war er ein begnadeter Bauchredner."

„Zu schade, dass er nicht mehr auftreten wird", pflichtete Clara ihm bei. „Er hat weder Vermögen noch Einkommen. Ich weiß nicht, wie er über die Runden kommen will."

„Der Krieg stellt seltsame Dinge mit den Leuten an“,
sagte Tommy düster, dann wurde er sichtlich heiterer.
„Irgendetwas wird sich schon für den Mann ergeben,
keine Sorge.“

„Ich wünschte nur, ich könnte diesen Mord aufklären
und ihm damit wenigstens ein bisschen Frieden bringen.“

„Die Beerdigung ist morgen, nicht wahr?“

„Ja.“

„Wirst du hingehen?“

Clara ächzte innerlich. Eine Beerdigung war wirklich
das Letzte, was sie jetzt brauchte.

„Ich glaube nicht.“

„Könnte dort ein vertrautes Gesicht auftauchen? Ein
neuer Verdächtiger vielleicht?“ Clara antwortete nicht,
also beschloss er, sein Glück nicht herauszufordern.
„Bundle können wir wohl ausschließen. Er ist vermutlich immer noch im Irrenhaus.“

„Benutz nicht dieses Wort“, sagte Clara rasch.

„Ich war selbst in einem, also darf ich das.“ Tommy
zwinkerte ihr zu, in einem Versuch, die Stimmung auf-
zuhellen.

„Du warst in einem Militärkrankenhaus“, sagte Clara
mit Nachdruck. Es fiel ihr schwer, über diese dunkle
Zeit im Leben ihres Bruders zu sprechen. „Auf jeden Fall
hat der Inspector mir versichert, Mr. Bundle sei noch
da, wo er hingehört.“

„Was ist mit den jüngeren Bundles? Den Kindern?“,
merkte Tommy an. „Menschen, die sich für ihre Fami-
lienmitglieder rächen, die Geschichte ist so alt wie die
Zeit.“

Clara dachte darüber nach. Wie alt wäre Bundles Sohn wohl? Zwanzig? Mochte er der Mann sein, den sie immer wieder sah? Ihr Verfolger? Er wirkte älter als zwanzig, doch wie Tommy schon gesagt hatte, stellte der Krieg seltsame Dinge mit den Menschen an. Er mochte bloß älter aussehen.

Doch der Inspector schien sich ziemlich sicher gewesen zu sein, dass dieser „Beobachter", wer immer er auch war, nicht in den eigentlichen Mord verwickelt war. Mörder blieben üblicherweise nicht in der Nähe des Tatortes. Wobei Clara auch so gut wie jeder andere wusste, dass Menschen nicht immer logisch oder vernünftig handelten und dass Polizisten nicht immer richtiglagen.

„Sie hat den Mörder hereingelassen, davon bin ich überzeugt", sagte Clara laut. „Wenn eines der Bundle-Kinder aufgetaucht wäre, hätte sie die Person vermutlich hereingebeten. Vielleicht hatte sie sogar ein schlechtes Gewissen, wegen des Schicksals des Vaters, und war deshalb nicht argwöhnisch ob des späten Eintreffens."

„Das ist zumindest eine Möglichkeit", stimmte Tommy zu. „Und eine bessere als Mrs. Wilton."

„Der Inspector ist zu Sinnen gekommen und hat sie als Verdächtige ausgeschlossen. Er ist nicht so starrsinnig, wie ich zunächst dachte. Ich schätze, ich werde zu ihr gehen müssen."

Die Unterhaltung wurde vorzeitig beendet, als Annie mit einem recht kleinen gebratenen Hähnchen und etwas schlaffem Grünzeug hereinkam. Wenigstens gab es reichlich Kartoffeln.

„Werden Sie nicht mit uns zu Abend essen?“, fragte Tommy, als er sah, dass nur zwei Gedecke auf dem Tisch waren.

„Oh, ich kann nicht“, antwortete Annie mit einem Zwinkern in Claras Richtung. „Ich gehe ins Kino.“

„Mit wem?“ Tommy schaffte es, gleichzeitig verblüfft und entsetzt auszusehen.

„Mit Alice Roberts. Sie arbeitet für Dr. Macpherson.“

Tommy drehte sich neugierig zu Clara um.

„Wer?“ Er wirkte nur dezent erleichtert, weil es sich nicht um einen jungen Mann handelte.

„Alice Roberts“, sagte Clara ernst. „Also wirklich, Männer hören nie zu! Sie ist die Bedienstete, die im Haus der Greengages putzt und aus Versehen den Sekretär geöffnet hat, in dem die Rätsel aufbewahrt wurden.“

„Ich bin auf einer Mission“, fügte Annie stolz hinzu. „Ich werde Alice diskret ausfragen und die exklusiven Informationen aus ihr herausquetschen.“

„Sie haben schon wieder amerikanische Detektivromane gelesen.“ Tommy funkelte die beiden Frauen an.

„Ich habe einen guten Riecher für Tratsch.“ Annie tippte sich an die Nase und zwinkerte Clara erneut zu, dieses Mal theatralischer, bevor sie den Raum verließ.

„Ich schätze, es war nur eine Frage der Zeit, bis du sie auch korrumpierst.“ Tommy schaute seine Schwester an und schüttelte den Kopf. „Ist Alice eine Verdächtige?“

„Für den Mord? Natürlich nicht!“ Clara sagte diese Worte mit Überzeugung, doch sobald sie ausgesprochen waren, musste sie noch einmal darüber nachdenken. Konnte man überhaupt jemanden als Verdächtigen ausschließen? „Wobei, ein Dienstmädchen könnte jemandem problemlos Gift unterjubeln!"

Tommy wirkte alarmiert.

„Ich mache nur Spaß!"

„Egal wie man es dreht und wendet, ich fürchte, Gift ist die Waffe einer Frau." Clara trommelte mit den Fingern auf dem Tisch. „Ich denke immer wieder an Lucrezia Borgia."

„Ah, das ist allerdings eine andere Geschichte. Lucrezia wurde von der Geschichte übel mitgespielt."

„Wie bitte?"

„Erinnerst du dich nicht an die historischen Fakten? Es waren ihr Vater und ihr Bruder, die alle vergiftet haben. Übrigens vermutlich mit Arsen. Der Mythos um die Seriengiftmörderin Lucrezia entstand erst später."

„Ich war so dumm", tadelte Clara sich. „Ich habe die Sache mit dem Gift unkritisch hingenommen."

„Und?"

„Was, wenn das eine falsche Fährte ist, die uns ablenken soll? Vielleicht sollen wir sogar eine Frau verdächtigen und dabei aufhören, den tatsächlichen Täter zu verfolgen?"

„An wen denkst du?"

„Vielleicht hat Mr. Greengage versucht, seine Frau zu vergiften, und sie dann erschossen, als das gescheitert war."

„Aber er hat ein Alibi."

„Für den Schuss, aber nicht für das Gift."

„Ich weiß nicht ..."

„Das Gift muss von jemandem im Haus verabreicht worden sein, oder nicht?"

„Vielleicht", räumte Tommy zögerlich ein. „Aber du hast selbst gesagt, dass das Dienstmädchen eine mögliche Verdächtige wäre. Was ist mit anderen Kunden? Es würde nur eine Sekunde dauern, eines der Sherrygläser mit Gift zu versetzen."

„Nur dass es nicht der Sherry war! Warum habe ich das nicht schon früher bemerkt? Wie wurde Augustus vergiftet? Nein, je mehr ich darüber nachdenke, desto mehr glaube ich, dass uns das Gift vom Weg abbringen sollte. Wir waren beide der Meinung, dass Vergiften und Erschießen zwei sehr verschiedene Methoden des Mordes sind und dass wohl kaum ein und dieselbe Person beide Verbrechen begangen hat. Doch was, wenn es genau so aussehen sollte?"

„Mr. Greengage hat immer noch ein Alibi für den Zeitpunkt des Schusses."

„Dann hatte er eben einen Komplizen, warum denn nicht?" Clara riss triumphierend die Hände in die Luft. Tommy blieb argwöhnisch.

„Was ist mit dem Motiv? Du hast selbst gesagt, dass Mr. Greengage ohne seine Frau im Grunde mittellos ist."

„Eins nach dem anderen", blaffte Clara beinahe, da sie ihre Vorstellung noch nicht platzen lassen wollte. „Morgen werde ich die Apotheken Brightons abklappern, um zu sehen, ob ein Mann mit Mr. Greengages Äußerem Strychnin gekauft hat. All diese Verkäufe müssen in einem Giftbuch festgehalten werden, nicht wahr?"

„Der Mann verlässt sein Haus nicht!"

„Das behauptet er! Doch er hat es auch geschafft, von Eastbourne hierher zu ziehen. Was, wenn er nur Beweise dafür sammelt, dass er kein Motiv haben kann?"

„Dennoch ... das wird eine große Aufgabe. Du weißt, wie viele Apotheken es in Brighton gibt."

„Große Aufgabe hin oder her. Hatte unser Vater nicht irgendwo ein Handelsadressbuch?"

Clara sprang auf, ließ ihr Essen zurück und eilte ins Arbeitszimmer ihres Vaters, um seine Bücher durchzuschauen. Tommy seufzte und bediente sich an ihren Kartoffeln.

Kapitel 19

Alice hatte Annie versprochen, sich mit ihr am Eingang des Kinos zu treffen. Es schneite wieder und Annie stampfte mit ihren Füßen auf, während sie ungeduldig wartete. Die meisten anderen Besucher waren schon hineingegangen und der Film würde jeden Moment losgehen. Sie fragte sich langsam, ob Alice es sich anders überlegt hatte, als die junge Frau die Straße entlanggerannt kam.

„Entschuldigung! Entschuldigung!", rief sie, während sie so abrupt bremste, dass feuchter Schneematsch an Annies Beine geschleudert wurde. „Dr. Macphersons Praxistermine haben länger gedauert, es gab so viel aufzuräumen und der Enkel der Putzfrau, die sonst dabei hilft, liegt mit Masern im Bett."

„Nun, ich glaube, wir bekommen den Anfang noch mit, wenn wir uns beeilen."

Sie zahlten am Schalter mit ihren Pence und suchten sich Plätze im halbleeren Zuschauersaal. Im Gebäude schien es noch kälter zu sein als draußen, und die beiden jungen Frauen behielten ihre Mäntel an, während ihr Atem vor ihren Gesichtern zu Nebel wurde.

„Kennst du diesen Film schon?", fragte Alice, als die Leinwand zum Leben erwachte.

Annie erkannte den nichtssagenden Titel nicht.
„Nein."

„Ich habe ihn schon zweimal gesehen. Ich liebe Filme. Es ist ein Krimi. Das Mädchen war es." Alice keuchte, als sie begriff, was sie gerade gesagt hatte. „Oh je, das tut mir schrecklich leid! Manchmal plappere ich einfach drauflos. Habe ich den Film für dich ruiniert?"

Annie verneinte das, während sie sich fragte, wie Clara diese junge Frau für fähig halten konnte, irgendein Verbrechen zu begehen. Sie könnte vielleicht eine Diebin sein, einfältige junge Frauen konnten zu solchen Fehlern neigen, wie Annie selbst erlebt hatte.

Sie schauten eine Weile lang den Film, wobei Alice gelegentlich Kommentare über wichtige Hinweise oder die Hintergrundgeschichte der Charaktere machte, die sie wohl für hilfreich hielt. Irgendwann versuchte eine Person in der Reihe vor ihnen, sie mit einem Zischen zum Schweigen zu bringen.

„Du liebe Güte!", flüsterte Alice aufgebracht. „Manche Menschen sind so unhöflich! Wobei … glaubst du, ich würde zu viel reden? Jeannette behauptet das."

„Jeannette?" Der recht geistlose Film, der auf einen mittelmäßigen Höhepunkt hinauszulaufen schien, langweilte Annie.

„Du weißt schon, das Dienstmädchen in Mrs. Pembrokes Haus."

Annie dachte an die junge Dame, die sich über den Preis einer Karte beschwert hatte.

„Oh, ja, ich erinnere mich an sie. Ich wusste nicht, dass du mit ihr befreundet bist."

„Nun", Alice entglitten die heiteren Gesichtszüge. „Das dachte ich."

Es entstand eine lange Pause, und dann erzählte Alice in einem Ton, als würde sie ein großes Geheimnis ausplaudern: „Wir gingen ständig zusammen ins Kino. Wir sind uns mal im Haus dieser toten Hellseherin begegnet. Ich putzte und Jeannette war für eine Sitzung dort."

Annie wurde aufmerksam. Davon würde Clara erfahren wollen.

„Ich bin mir nicht sicher, wie sie sich das leisten konnte", fuhr Alice fort, ohne auf eine Antwort zu warten. „Mrs. Greengage war nicht billig, aber sie musste wohl von der Verwandtschaft Geld bekommen haben, oder so etwas."

Alice war entweder sehr vertrauensselig oder eine gute Lügnerin, entschied Annie. Sie selbst hätte Jeannette sofort verdächtigt.

„Jeannette musste recht lange auf ihre Sitzung warten, deshalb haben wir uns unterhalten. Sie war sehr einsam." Alice verstummte wieder. „Zumindest behauptete sie das. Wir haben uns eine Weile unterhalten und wurden vertrauter miteinander, dann erzählte ich, dass ich Filme mag. Sie sagte, auch sie möge Filme, doch sie gehe nicht gern allein ins Kino, und weil sie niemanden hier kenne, käme sie nie dazu. Also habe ich sie natürlich eingeladen, mich zu begleiten. Ich habe nicht wirklich viele Freunde, weißt du?"

„Geht mir ähnlich", gab Annie zu. „Das ist schwer, bei unserer Arbeit."

„Ganz genau!" Alice war offensichtlich froh, eine Gleichgesinnte gefunden zu haben. „Jeannette und ich gingen danach noch häufiger ins Kino. An jedem meiner freien Tage. Das war recht belastend für meinen

Geldbeutel, doch Jeannette bestand darauf, mich einzuladen, wenn ich nicht genug hatte."

Annie wunderte sich erneut über das vertrauensselige Wesen dieser jungen Frau.

„Hattest du je das Gefühl, dass manche Frauen eigentlich keine Dienstmädchen sein sollten?", fragte Alice nachdenklich. „Ich meine natürlich nicht mich! Himmel, nein! Ich kenne nichts anderes als Putzen und Schrubben. Aber Jeannette ist anders. Ihr Name klingt französisch, oder?"

„Vielleicht. Inwiefern anders?"

„Sie war wortgewandt und gebildet, wusste allerlei Dinge, konnte addieren wie eine … eine … eine Professorin! Sie sprach sogar ein wenig Französisch, deshalb fragte ich wegen ihres Namens."

„Vielleicht macht ihre Familie schwere Zeiten durch und sie ist gezwungen zu arbeiten", bot Annie an.

„Das dachte ich auch, aber so etwas kann man ja niemanden fragen, nicht wahr?" Alice zupfte am Finger ihres Handschuhs. „All das Geld, das sie hatte, machte mir Sorgen. Nach einer Weile fragte ich mich, wo junge Frauen wie wir so viel Geld herbekommen."

Das war eine gute Frage und die einzigen Antworten, die Annie einfielen, waren entschieden illegal. Doch das würde sie Alice nicht sagen.

„Vielleicht ist Mrs. Pembroke eine großzügige Arbeitgeberin."

„Ha! Keine Chance! Sie hält die Hand streng über ihren Geldbeutel!" Alice sprach ein wenig zu laut und erneut zischte jemand. Trotz der Dunkelheit wusste Annie, dass die junge Frau errötete.

„Sollen wir uns eine Tasse Tee genehmigen?", bot sie an.

„Ja, gerne. Macht es dir nichts aus, das Ende zu verpassen?"

Annie verneinte. Tatsächlich hatte sie schon vor einer Weile das Interesse an der qualvollen Handlung verloren. Die beiden jungen Frauen verließen das Lichtspielhaus, überquerten die Straße und zogen sich in ein Café zurück, das noch spät abends Tee und Essen servierte. Annie zahlte drei Pence für eine Tasse Tee und ein Käsebrot, während Alice in ihrer Handtasche herumwühlte, bis sie schließlich einen Pence fand, um ihren eigenen Tee zu bezahlen. Sie ließen sich an einem Ecktisch am großen Fenster nieder und beobachteten den Schneefall.

„Ich hasse Schnee." Alice erschauderte leicht. „Dr. Macphersons Patienten sind immer so rücksichtslos und schleppen alles mit den Schuhen herein. Bis zum Ende des Tages sind seine Teppiche völlig durchgeweicht."

Annie betrachtete die fallenden Flocken und versuchte herauszufinden, wie sie das Gespräch wieder auf Jeannette lenken konnte. Zum Glück bot Alice ihr einen Einstieg.

„Ich war recht überrascht, als du mich ins Kino eingeladen hast." Der Tee war gerade eingetroffen und sie wärmte sich die Hände an der braunen Tasse.

„Ich wollte dich schon lange fragen, aber wie wir schon sagten, kommt uns die Arbeit ständig in die Quere. Doch dann sah ich Jeannette und musste wieder daran denken", antwortete Annie."

„Du hast Jeannette gesehen?"

„Ja, im Buchladen. Sie hat eine Karte gekauft.“

„Eine Karte?“

Annie war sich nicht sicher, ob sie sich die Unruhe, die Alice überkam, nur einbildete.

„Es konnte einem gar nicht entgehen“, fuhr sie fort. „Sie machte reichlich Wirbel. Ich fragte mich, was sie mit einer Karte von Brighton will. Weißt du das?“

„Sie kann sehr verschlossen sein.“ Alice nestelte an ihrem Teelöffel herum. Annie beschloss, ihr Glück herauszufordern.

„Ich traue ihr nicht so recht, weißt du. Pass auf, dass sie dich nicht in irgendwelchen Ärger reinzieht.“

Der Teelöffel fiel klirrend zu Boden. Mehrere Gäste hoben den Blick, doch Alice hatte sich die Hände vor die Augen gelegt und konnte sie nicht sehen. Annie hob den Löffel auf und schob ihn ihr hin.

„Was ist denn los, Alice?“

„Du bist so gut zu mir, Annie. So gut. Wenn du wüsstest, was ich getan habe, würdest du nie wieder mit mir sprechen.“

In diesem Augenblick traf das Käsebrot ein. Annie nahm die eine Hälfte und legte sie auf Alice’ Untertasse.

„Hier, iss das. Ich wollte dich nicht verunsichern. Ich glaube, du bist ein guter Mensch.“

Alice ließ langsam die Hände sinken. Nach einem Augenblick nahm sie das halbe Brot und knabberte an einer Ecke.

„Danke“, sagte sie leise.

Sie aßen und tranken eine Weile schweigend, dann schenkte Alice sich eine zweite Tasse Tee ein und seufzte resigniert.

„Ich glaube, ich werde dir sagen, was ich getan habe.“

„Das ist nicht nötig", entgegnete Annie, während sie versuchte, ihre Neugier zu überspielen.

„Nein, ich muss es jemandem sagen, denn die Schuldgefühle fressen mich auf und ich denke immer wieder darüber nach, was meine Mutter sagen würde. Ich habe etwas Schreckliches getan, Annie." Tränen funkelten in den Augen der jungen Freu.

Annie bekam Mitleid mit ihr. Sie wirkte so verletzlich und einfältig.

„Hat Jeannette dich dazu verleitet?"

„Ja." Alice holte ihr Taschentuch hervor und tupfte sich die Augen ab. „Sie wusste, dass ich einmal die Woche im Haus der Greengages arbeitete, und meinte, sie habe gehört, dass es diese Rätsel im Haus gebe, die zu einem Schatz führen. Sie bat mich, beim Putzen danach zu suchen. Ganz ehrlich, Annie, mir gefiel die Vorstellung nicht, dort herumzuschnüffeln, doch Jeannette sagte, um so etwas gehe es gar nicht, ich solle nur meine Augen aufhalten."

Alice ächzte.

„Doch am Ende musste ich herumschnüffeln. Jeanette drängte mich und nannte mich dumm, weil ich sie nicht finden konnte. Ich merkte, dass ich ein wenig Angst vor ihr hatte."

Alice zog sich immer wieder ihr Taschentuch durch die Hand.

„Ich wollte den Sekretär nicht öffnen." Alice schluchzte beinahe bei diesem Geständnis. „Ich habe wirklich nur abgestaubt, aber der Riegel war offen."

„Jetzt zu lügen, wird es auch nicht besser machen, Alice", sagte Annie vorsichtig.

„Du hast recht. Nun gut. Ich habe den Sekretär absichtlich geöffnet." Alice Stimme bebte ein wenig. „Und da lag er, dieser kleine Stapel Rätsel in einem Umschlag."

„Hast du sie mitgenommen?"

„Nein!" Alice war ganz entrüstet. „Ich mag sie mir angeschaut haben, doch ich bin keine Diebin!"

Annie verkniff sich ein Grinsen ob der eigenartigen Moralvorstellungen der jungen Frau.

„Was hast du dann getan?"

„Nichts. Ich habe sie nicht einmal gelesen. Doch ich habe Jeannette davon erzählt. Sie war verärgert, weil ich sie nicht mitgebracht hatte. Sie war der Meinung, ich hätte die Rätsel für sie stehlen sollen."

„Ich hoffe, du hast sie eines Besseren belehrt, Alice. Diese Rätsel gehören nicht ihr und sie kann dich nicht dazu zwingen, sie zu stehlen." Annie stellte fest, dass sie recht wütend auf Jeannette war. Wenn sie die Frau das nächste Mal sah, würde sie einige ernste Worte mit ihr wechseln.

„Das ist aber genau die Sache. Sie hat mich immer wieder gedrängt und dann kam dieser schreckliche Tag. Ich wusste nicht, was ich tun sollte, also rannte ich zu Jeannette."

„Du meinst, den Tag des Mordes?"

„Ja. Ich putzte an diesem Tag im Haus der Greengages. Mrs. Greengage war eine nette alte Dame, aber sehr knapp bei Kasse. Oft war nicht einmal Seifenpulver im Schrank und sie wies mich an, den Küchenboden nur mit Wasser zu wischen. Es war tragisch, doch sie weigerte sich, mich fortzuschicken, weil sie wusste, dass ich das Geld ebenso dringend brauchte." Alice schüttelte traurig den Kopf. „Manchmal habe ich Seife aus Dr. Macphersons Haus geschmuggelt. Das war doch nicht falsch, oder? Ich hatte solches Mitleid mit ihr."

Annie berührte tröstlich ihre Hand.

„Es muss schrecklich gewesen sein, als man sie tot aufgefunden hat."

„Das war es. Ich habe sie gefunden. Ich kam gegen acht Uhr, die Hintertür war wie immer unverschlossen. Mrs. Greengage war stets schon wach und schloss die Tür auf, damit ich nicht klopfen und damit Mr. Greengage stören musste." Alice verstummte, als die Erinnerung über sie hereinbrach. „Ich habe das vordere Wohnzimmer stets zuletzt geputzt. Meistens musste ich nur einmal abstauben und die Teppiche ausklopfen, da es so selten genutzt wurde. Die Tür stand einen Spaltbreit offen, was eigenartig war, da Mrs. Greengage stets gründlich alle Türen schloss, bevor sie zu Bett ging. Sie konnte es nicht ertragen, wenn Türen offenstanden. Doch ich dachte, wir haben alle mal einen schlechten Tag und vergessen uns.

Ich ging hinein und zunächst wirkte alles normal. Jemand hatte ein Sherryglas auf der Anrichte zurückgelassen, doch daran war ich gewohnt. Ich ging hin, um es in die Küche zu bringen. Als ich mich durch den Raum bewegte, sah ich sie am Boden liegen. Zunächst dachte ich nur, sie wäre ein wenig seltsam geworden. Die Vorhänge waren noch zugezogen, dabei hielten die Greengages nichts davon, tagsüber das Gaslicht anzuschalten, wegen der Kosten. Ich öffnete die Vorhänge und dann sah ich das Blut.

Ich war völlig durcheinander. Ich konnte nicht klar denken, sonst wäre ich gleich zur Polizei gelaufen. Doch ich dachte bloß daran, dass wir Onkel Billy während des Krieges so vorgefunden hatten. Es war natürlich Suizid, weil er es nicht über sich brachte, wieder in die Schützengräben zurückzukehren. Ich weiß noch, dass ich überlegte, warum Mrs. Greengage sich hätte umbringen sollen. Weißt du, mir ist nie in den Sinn gekommen, dass es ein Mord hätte sein können. Deshalb dachte ich wohl nicht daran, gleich zur Polizei zu gehen.

Wie auch immer, Mr. Greengage schlief noch immer unter dem Einfluss seines Mittels. Er ist bis zum späten Vormittag immer noch sehr verschlafen. Deshalb eilte ich zu Jeannette."

„Warum zu ihr?", fragte Annie.

„Nun, sie ist die einzige andere Frau in meinem Alter, die ich gut kenne, und ich konnte ja nicht einfach die Nachbarn aufwecken. Ich schätze, ich hätte Dr. Macpherson holen können, doch er hätte für den Hausbesuch Bezahlung verlangt und ich bezweifle, dass Mrs. Greengage das Geld hätte ausgeben wollen; wenn sie denn zu der Entscheidung in der Lage gewesen wäre. Jeannette war näher."

„Was ist dann geschehen?"

„Eigentlich nicht viel. Jeannette sagte, ich sollte die Polizei holen, daher habe ich das getan. Oh, und wir weckten Mr. Greengage, als ich zurückkehrte."

„Einen Moment." Annie hob eine Hand, um die junge Frau zu bremsen. „Du hast Jeannette allein im Haus zurückgelassen?"

„Ja."

Annie verspürte den Drang, das törichte Ding zu schütteln, bis sie wieder zur Vernunft kam.

„Warum hast du *sie* nicht zur Polizei geschickt?"

„Sie ... oh ... Jeannette schickte mich einfach, schätze ich, und ich ... ich ging."

Ja, dachte Annie. Die kleine, gehorsame, vertrauensselige Alice würde es nicht hinterfragen, wenn Jeannette sie fortschickte. Sie würde einfach loseilen, ohne zu zögern, und Jeannette allein im Haus zurücklassen, sodass sie tun konnte, was sie wollte.

„Wusstest du, dass diese Rätsel aus dem Sekretär verschwunden sind?"

Alice wirkte überrascht; offensichtlich nicht.

„Du meinst, Jeannette hat sie an sich genommen, während ich fort war?"

„So scheint es."

„Warum?" Alice war den Tränen nahe. „Ich meine, ich weiß, dass sie die Rätsel haben wollte, doch sie einfach so hinter meinem Rücken zu entwenden ... Ich hätte in schreckliche Schwierigkeiten geraten können; gegenüber Mr. Greengage oder der Polizei. Ich dachte, sie wäre meine Freundin."

Alice wirkte gramerfüllt, ob dieses Verrats, und Annie empfand erneut Mitgefühl. Sie schenkte ihr aus der eigenen Kanne eine dritte Tasse Tee ein.

„Ich schlage vor, dass du dich von Jeannette fernhältst."

„Ja", sagte Alice niedergeschlagen. „Ich dachte wirklich, sie wäre meine Freundin."

Annie tätschelte ihre Hand. Es wurde spät und draußen lag bereits eine dicke Schneedecke.

Sie verabschiedeten sich an der Tür voneinander und Annie sah zu, während Alice' Silhouette in der Dunkelheit verschwand, bevor sie selbst den Heimweg antrat und sich auf all die Dinge konzentrierte, die sie Clara berichten musste.

Kapitel 20

Claras Visite bei den örtlichen Apotheken, auf der Suche nach einem Mann, auf den Mr. Greengages Beschreibung passte und der Strychnin gekauft hatte, hatte in eine Sackgasse geführt.

Sie stand in Harwoods and Sons, der letzten Apotheke, die sie fußläufig erreichen konnte, und blätterte verzweifelt durch das Giftbuch. Zum Glück war Mr. Harwood so umgänglich. Er hätte sie eigentlich gar nicht in das Buch schauen lassen dürfen.

„Schon irgendetwas gefunden?", fragte Mr. Harwood, ein Mann mit übergroßen, altmodischen Koteletten.

Clara schüttelte den Kopf.

„Versuchen Sie es hiermit." Mr. Harwood holte ein weiteres, schwarz eingebundenes Buch hervor, auf dessen Buchdeckel in goldenen Lettern das Wort „Gifte" prangte. „Das ist mein Wochenendbuch. Ich pflege getrennte Aufzeichnungen, da ich am Wochenende andere Helfer habe. Das vermeidet Verwirrung in Fällen wie diesem."

Clara nahm halbherzig das ihr angebotene Buch entgegen. Sie erwartete bei den Giftkäufern der Wochenenden keine größeren Erfolge als bei denen unter der Woche.

„Suchen Sie nach einem bestimmten Namen?" Es war ein ruhiger Morgen für Mr. Harwood, und so lag seine volle Aufmerksamkeit auf seiner einzigen Kundin.

„Greengage", sagte Clara mit einem Stirnrunzeln.

„Aha!" Harwood wurde ganz aufgeregt. „Elf Uhr einundzwanzig, Sonntag der zwölfte Januar."

Er nahm sich das Buch und blätterte rasch darin herum.

„Da haben wir es: ‚kaufte fünf Gran Strychnin'. Ich verkaufe üblicherweise keine solche kleinen Mengen, und um ehrlich zu sein, war es eine Schätzung. Ich habe keine ausreichend präzise Waage für solch kleine Dosen. Die Dame wollte nur eine Prise – ihre Wortwahl."

Clara blickte völlig verblüfft auf die schwarze Tinte.

„Sie sagte, sie wolle mit Mäusen fertig werden. Ich sagte ihr, sie bräuchte mehr als eine Prise, um mit einer Mäuseplage fertig zu werden. Diese Plagegeister können meiner Erfahrung nach eine stattliche Dosis überleben, und es sind immer mehr, als man sieht." Das Unwissen seiner Kundschaft schien Harwood zu kränken. „Ich sagte: ‚Für Mäuse brauchen Sie ein ordentliches Päckchen Arsen.' Und Gott sei mein Zeuge, sie schaute mir direkt in die Augen und sagte, sie habe gehört, Strychnin sei humaner! Ich sagte, dass ich nicht mit humanen, sondern mit effizienten Lösungen handle, und wenn sie Mäuse loswerden wolle, wäre sie eine Närrin, wenn sie nicht das Arsen kaufe. Sie wollte sich nicht überzeugen lassen. Ich nehme an, sie gehörte zu einer dieser Tierschutzgesellschaften, die einen zum Unmenschen erklären, wenn man nur über eine Katze stolpert."

Clara starrte zur Eingangstür, während er sprach, und versuchte, die Einzelheiten zu verarbeiten. Mr. Greengage hatte das Gift nicht gekauft, es war seine

Frau gewesen! Das warf nur neue Fragen über Augustus' Tod auf.

„Wäre von dem Strychnin noch etwas übriggeblieben?", fragte sie.

„Haben Sie mir nicht zugehört? Es war kaum eine einzige Dosis. Man hätte sich schon sehr bemühen müssen, um auch noch etwas zurückzubehalten."

„War es genug, um einen Menschen zu töten?"

Harwood wirkte überrumpelt.

„Sie glauben doch nicht ..." Er schüttelte den Kopf. „Ein Gran kann ausreichen, um einen erwachsenen Menschen zu töten, doch bei den meisten, ähm, Morden, ist eine weitaus größere Menge vonnöten, da man das Gift mit etwas vermischen muss – einem Lebensmittel oder einem Getränk. Strychnin ist sehr bitter und jemanden dazu zu bringen, genug davon zu sich zu nehmen, kann schwierig sein. Ich fürchte, als Apotheker erfährt man eine Menge über solche Dinge. Deshalb haben wir die Giftbücher."

„Sie waren sehr hilfreich." Clara lächelte ihn an, und da er so aufmerksam gewesen war, fügte sie hinzu: „Eine Packung Aspirin bitte."

Die würde sie zu den sechs anderen Schachteln packen, die sie bei ihren Nachforschungen erstanden hatte, weil es ihr recht gemein vorgekommen wäre, den Apothekern Brightons so viele Fragen zu stellen, ohne etwas zu kaufen. Nun, jetzt war sie immerhin vorbereitet, wenn die nächsten Kopfschmerzen kamen.

Draußen vor dem Laden versuchte Clara, das neue Puzzleteil in das Gesamtbild einzufügen. Wäre es möglich, dass Mrs. Greengage selbst das Gift in den Sherry gegeben hatte, um alle glauben zu lassen, dass ihr Leben in Gefahr war, bevor sie Selbstmord begangen hatte? Der Inspector hatte einen Suizid so rasch ausgeschlossen, doch könnte er sich geirrt haben? Clara machte sich auf den Rückweg. Sie würde Mrs. Wilton einen Besuch abstatten müssen.

***

Mrs. Wiltons heruntergekommener Bungalow im Villenstil verfügte über einen Blick aufs Meer und hätte der Dame eine gute Summe eingebracht, wäre sie zu einem Verkauf bereit gewesen. Clara fragte sich, warum sie sich weigerte, doch Sentimentalität war selten logisch. Mrs. Wilton öffnete selbst die Tür und zuckte leicht zusammen, als sie Clara erblickte.

„Miss Fitzgerald! Elaine steckt bis über beide Ohren in Wäschebergen, daher sagte ich ihr, dass ich an die Tür gehen würde." Mrs. Wilton wirkte überrumpelt und ihrer Ausrede mangelte es an Überzeugungskraft.

„Kommen Sie herein." Mrs. Wilton öffnete die Tür ein Stück weiter. „Haben Sie Neuigkeiten?"

„Ein paar", antwortete Clara, während sie eintrat und ihre Handschuhe auszog. Ihr entging nicht, dass der Flur nicht gekehrt worden war und eine ambitionierte Spinne in einer Ecke an der Decke ein großes Netz gesponnen hatte.

„Gehen wir in den Salon." Mrs. Wilton führte ihre Besucherin so rasch wie möglich in einen Raum mit einem großen Sofa.

Der Salon war kürzlich gefegt und geputzt worden. Clara hätte den vernachlässigten Flur Elaines Überarbeitung zugeschrieben, hätte sie nicht gesehen, wie Mrs. Wilton einen alten Staubwedel unter das Sofa stieß. Sie hatte eine Vermutung, wer hier wirklich putzte.

„Elaine muss mit diesem Haushalt alle Hände voll zu tun haben, insbesondere mit der Brise, die vom Meer Sand und Salz hereinträgt. Ich hörte, dass das bei Häusern am Meer ein ernstes Problem sein kann."

„Sie ist sehr gut", sagte Mrs. Wilton, während sie Clara einen Platz auf einem heruntergekommenen Sofa anbot. „Und sehr verständnisvoll, wenn das Geld ein wenig knapp ist."

Wahrscheinlich eher verärgert, wenn ihr Lohn für Séancen und eine Privatdetektivin ausgegeben wurde, dachte Clara, als sie sich setzte.

„Sie werden sicher froh sein zu hören, dass die Polizei Sie nicht länger als Verdächtige betrachtet."

Mrs. Wilton seufzte und ließ sich in einen Sessel fallen.

„Das ist eine Erleichterung! Ich meine, ich wusste, dass sie mich nie ernsthaft in Erwägung ziehen würden ... aber man macht sich trotzdem Sorgen." Sie strich sich eine Strähne aus dem Gesicht. „Gibt es denn andere Verdächtige?"

„Noch nicht. Die Ermittlungen sind in eine Sackgasse geraten."

„Oh je! Und was ist mit Ihnen?"

Clara dachte einen Augenblick über ihre Antwort nach.

„Ich habe einige Ideen, was mit ein Grund dafür ist, dass ich zu Ihnen kam. Sie müssen wissen, dass es ein kleines Problem mit Ihren Rätseln gibt."

„Ich hatte zwar gehofft, dass Sie die erwähnen würden, aber ein Problem? Verlangt Mr. Greengage mehr Geld? Er kam mir gleich wie ein habgieriger Mann vor."

Mrs. Wilton hatte sich unbewusst einen Finger in den Mund gesteckt und kaute darauf herum.

„Sie wurden entwendet." Clara hatte sich für eine direkte Herangehensweise entschieden. „Allerdings weiß ich wahrscheinlich, wer es getan hat. Ich brauche nur noch einige zusätzliche Informationen, bevor ich jemanden beschuldige."

„Du liebe Güte, Sie sind wirklich eine echte Detektivin! Sie wollen jemanden beschuldigen! Aber wer sollte meine Rätsel stehlen?"

„Exakt. Nur wenige Personen wussten von ihrer Bedeutung oder vom potenziellen versteckten Reichtum Ihres Ehemannes, zu dem sie führen sollen."

„Nicht ‚potenziell', meine Liebe. Ich habe Mrs. Greengage vertraut." Mrs. Wilton legte sich einen Finger an die Lippen. „Wer außer mir wusste davon? Das ist eine gute Frage."

„Wem haben Sie von den Rätseln erzählt?"

„Niemandem!" Mrs. Wilton war entrüstet, doch dann räumte sie ein: „Ich habe sie Mrs. Cole gegenüber erwähnt, als wir uns in der Leihbücherei begegneten. Sie wurde sehr vulgär deswegen und hat nicht auf ihren Ton geachtet. Danach habe ich nicht mehr wirklich darüber gesprochen. Ich erwähnte gegenüber einigen spiritistischen Freundinnen, dass ich zu Mrs. Greengage gehe, aber nichts Spezifisches."

„Was ist mit Elaine?“

„Elaine?“ Mrs. Wilton zupfte an ihrer Lippe. „Ich erzählte ihr, dass ich bei den Séancen war, ja, und ich habe vielleicht auch die Rätsel beiläufig erwähnt.“

„Dürfte ich mit ihr sprechen?“, fragte Clara.

Mrs. Wilton wirkte aufgebracht.

„Ist das wirklich nötig?“

Clara bekam den Eindruck, Mrs. Wilton wolle nicht, dass eine andere Frau ihr Dienstmädchen kennenlernte. Dadurch wurde sie bloß noch neugieriger auf die schwer fassbare Elaine und ihr Verhältnis zu ihrer Herrin.

„Wenn Sie die Rätsel wiederbekommen wollen, muss ich mit ihr sprechen.“

Mrs. Wilton seufzte.

„Sie bringen mich wirklich in diese Lage? Sie werden doch keine Anschuldigungen gegen sie erheben, oder?“

„Keine Sorge. Ich werde Ihnen nicht Ihr Dienstmädchen nehmen“, versprach Clara.

„Sie ist nicht überragend, doch ohne sie käme ich nicht zurecht.“ Mrs. Wilton erhob sich und zog an einer Kordel in der Nähe des Kamins, die sich als alter Glockenzug herausstellte. Irgendwo in den Tiefen des Hauses klingelte ein Glöckchen. Clara fiel auf, dass neben der Kordel ein modernerer Summer an der Wand angebracht war, doch der funktionierte offensichtlich nicht. Er brauchte vermutlich Elektrizität, und die war für Mrs. Wilton dieser Tage ein Luxus.

Es verging eine Weile, bis Elaine in der Tür auftauchte. Sie hielt es nicht für nötig, einen Knicks zu machen, doch ihren hochgerollten Ärmeln und den roten

Händen nach zu urteilen, schien sie sich wenigstens wirklich um die Wäsche gekümmert zu haben.

„Miss“, sagte sie knapp und unangemessen.

„Meine Besucherin hat einige Fragen an Sie, bezüglich der Rätsel, die ich von Mrs. Greengage bekommen sollte und die jetzt verschwunden sind“, erklärte Mrs. Wilton kurz.

„Ich habe sie nicht geklaut!“, rief Elaine und warf dabei einen bösen Blick in Claras Richtung.

Clara gefiel diese kleine Harpyie nicht, die so schnell zu Bosheit und Groll neigte.

„Den Eindruck hatte ich auch gar nicht“, sagte Clara schnell.

„Oh? Und was wollen Sie dann?“ Elaine verschränkte defensiv die Arme vor der Brust und Clara entschied, dass es besser wäre, gar keine Bediensteten zu haben, als diesen Drachen einzustellen.

„Wissen Sie über die Rätsel Bescheid?“

„Ich glaube, ich habe sie nur kurz erwähnt“, warf Mrs. Wilton ein.

„Ganz ehrlich, Miss, Sie werden noch Ihren eigenen Kopf vergessen“, sagte Elaine laut, und ihre Herrin wirkte beschämt. „Sie haben mir die Rätsel gezeigt, die Mrs. Greengage Ihnen gegeben hatte. Sie fielen aus Ihrer Tasche, was kein Wunder ist, so oft, wie ich schon den Verschluss reparieren musste. Sie öffnete sich im Flur und all diese Zettel flatterten heraus. Ich dachte, es würde sich um unterhaltsame Reime handeln. Ich mag solche Dinge, mein Chad verfasst sehr gute Reime.“

„Ihr junger Mann“, flüsterte Mrs. Wilton in Claras Ohr.

„Ich gebe zu, ich habe sie gelesen. Dann fragte ich
Sie ..." Sie deutete auf Mrs. Wilton. „Sind das Ihre,
Miss? Sie sind nicht sonderlich gut, und ich sollte so et-
was wissen, denn mein Chad hat beim vergangenen
Sommerfest einen Preis für den besten Limerick ge-
wonnen.'"

Elaine sprach mit stolzgeschwellter Brust von ihrem
geliebten Chad. Clara konnte ihn schon jetzt nicht ausstehen.

„Die Miss sagte, es seien keine Reime, sondern Rätsel,
und ich sagte, das klinge nicht nach viel Spaß. Dann
sagte sie: ,Oh, aber du verstehst nicht, Elaine, sie führen
zu einem Schatz.' Und ich sagte: ,Was für ein Haufen
Unsinn.'"

„Elaine sagt, was sie denkt", stammelte Mrs. Wilton
nervös.

„Ich bin ehrlich, das ist alles. Das kann man über die
meisten jungen Bediensteten nicht behaupten. Die
schwärmen alle für ihre Herrinnen, so wie Ihr Dienstmädchen."

Clara bemerkte, dass die letzte Aussage an sie gerichtet war.

„Annie?", fragte sie verblüfft.

„Ja, genau. Sie hat von Ihnen gesprochen, als wären
Sie die Königin von Saba! Sie hat mich mal in den Arm
gekniffen, weil ich sagte, dass es sich für eine Frau
nicht gehöre, als Detektivin zu arbeiten, und dass Sie
meine Herrin nicht ermutigen sollten." Elaine deutete
wieder mit dem Finger auf Mrs. Wilton.

Clara beschloss, Annie zu umarmen, sobald sie nach
Hause käme, und dankte ihrem Glücksstern, dass sie
nicht statt ihr Elaine als Dienstmädchen hatte!

„Das gehört sich nicht“, schloss Elaine.

„Denken Sie an Ihre Manieren, Elaine.“ Mrs. Wilton schnalzte mit der Zunge und genierte sich sehr ob ihrer ungehaltenen Bediensteten.

„Was immer Sie von mir halten mögen“, sagte Clara ernst, „ich hoffe, Sie haben den Anstand, Ihrer lieben Herrin keine Schande zu machen.“

„Was meinen Sie damit, Miss?“ Elaine wirkte verwirrt und Clara war froh, einen Weg gefunden zu haben, um ihr den Wind aus den Segeln zu nehmen.

„Mrs. Wiltons Rätsel wurden entwendet, und bevor Sie mir wieder schwören, dass Sie sie nicht angefasst haben, ich meine nicht die aus der Handtasche, sondern diejenigen, die noch in Mrs. Greengages Haus verblieben waren. Ich denke, ich weiß, wer sie an sich genommen hat, aber ich brauche einige Informationen von Ihnen, um den Verdacht zu bestätigen.“ Clara war der Meinung, die Situation unter Kontrolle zu haben. Elaine war wie versteinert und schwieg. „Ich muss nur wissen, wem Sie von diesen Rätseln erzählt haben.“

„Niemandem!“, stieß Elaine reflexartig aus.

Clara sagte nichts und wartete schweigend, bis offensichtlich wurde, dass sie eine bessere Antwort erwartete.

„Ich habe sie Chad gegenüber erwähnt“, gab Elaine schließlich zu. „Er glaubt auch nicht an die Existenz eines Schatzes.“

„Aber irgendjemand glaubte daran“, sagte Clara beharrlich.

Elaines Augen wurden groß, als wäre sie verblüfft, weil Clara so viel über ihr Tun wusste. Sie warf Mrs.

Wilton einen argwöhnischen Blick zu, doch die nestelte an ihrem Taschentuch herum.

„Sie wissen gar nicht, wie es ist, hier ein Dienstmädchen zu sein, mit dem halben Lohn der anderen Frauen und unter *ihr*." In die Ecke gedrängt war Elaine noch garstiger, als wenn sie bloß genervt war.

„Sagen Sie das nicht. Ich bin gut zu Ihnen", sagte Mrs. Wilton mit Panik in der Stimme.

„Man lacht mich aus, weil ich für eine so mittelose Herrin arbeite, die all diesen Unsinn über Geister redet und meinen Lohn für lächerliche Séancen ausgibt!"

„Das ist nur einmal passiert." Mrs. Wilton klang jämmerlich.

„Ich schaffe es gerade so, den Kopf oben zu halten, wenn sie über mich lachen."

„Wer verspottet Sie, Elaine?" Clara hatte endlich das Gefühl, voranzukommen.

„Werden Sie es ihnen sagen?" Elaine klang plötzlich besorgt.

„Dazu habe ich keinen Grund", antwortete Clara, „doch ich glaube, Sie haben ihnen von den Rätseln erzählt, nicht wahr? Als man Sie verspottete, kam es Ihnen einfach über die Lippen, nicht wahr?"

„Sie sagten, ich hätte keine Aussicht im Leben, weil ich so gewöhnlich wie ein Fischweib sei und nur für Mrs. Wilton arbeite, weil sie zu arm ist, um eine andere Frau einzustellen. Und ich sagte ihnen, dass ich sehr wohl Aussichten habe, dass meine Herrin zu Geld kommen würde. Da wollten sie wissen, wie. Und ich sagte, dass sie mit dieser Hellseherin redet, die sagte, Mr. Wilton habe irgendwo eine Menge Geld versteckt, doch dass er sich vor Dieben und Räubern fürchtete und deshalb die Hinweise auf den Schatz in Rätseln verpackte. Sie lachten immer noch, doch später haben sie es sich anders überlegt und wurden richtig freundlich, für den Fall, dass auch ich zu Geld kommen würde. Denn ich war gut zu meiner Herrin und hab vieles erduldet, dafür würde sie mich gewiss belohnen!"

Clara schaute zu Mrs. Wilton, die sich fast die ganze Faust in den Mund geschoben hatte, um die Erniedrigung zu ertragen, ihr Dienstmädchen so reden zu hören.

„Wer hat Sie verspottet, Elaine?", fragte Clara.

„Diese junge Bedienstete von Mrs. Pembroke. Jeannette. Sie ist eine echte Wichtigtuerin, obwohl sie selbst nur ein Dienstmädchen ist. Doch sie bekommt die abgelegte Kleidung von Mrs. Pembroke, richtig schöne Sachen. Und dann ist da noch diese Alice Roberts, die ständig bei ihr ist und versucht, sich mit ihr anzufreunden. Sie hat immer mitgelacht, um Jeannette zu gefallen, obwohl sie auch selbst reichlich Spott ertragen musste." Elaine hielt inne. „Jetzt, da ich darüber nachdenke: Jeannette wurde auch zu Alice richtig nett, als sie versuchte, sich mit mir gutzustellen."

„Also haben Sie ihr alles über die Rätsel erzählt."

„Sie hat immer wieder danach gefragt, und es war schön, nicht ausgelacht zu werden." Elaine setzte einen finsteren Blick auf. „Ich dachte nicht, dass es lange anhalten würde, doch Sie wissen ja nicht, wie das ist, und es waren nur ein paar alberne Rätsel."

„Danke, Elaine, Sie haben mir alles gesagt, was ich wissen muss."

„Sie können jetzt mit der Wäsche weitermachen“, sagte Mrs. Wilton mit schneidender Stimme.

Elaine warf ihr einen düsteren Blick zu und zog sich aus dem Raum zurück.

„Es ist nicht wahr, müssen Sie wissen“, sagte Mrs. Wilton eilig zu Clara. „Sie wird gut bezahlt und versorgt.“

„Gewiss“, sagte Clara beruhigend. „Keine Sorge, ich werde das, was sie über Sie gesagt hat, nicht ernstnehmen. Und jetzt werde ich mich auf den Weg machen.“

„Natürlich.“ Mrs. Wilton sprang auf. „Es war ein Irrtum in meinen Finanzen, als ich ihren Lohn für die Séance ausgab.“

Clara drückte ihre Hand.

„Ich verstehe.“

Sie erreichten die Haustür.

„Ich kann nicht gut mit Geld oder Bediensteten umgehen.“ Mrs. Wilton schien den Tränen nahe zu sein. „Wenn Sie diese Rätsel wiederfinden, lösen Sie sie bitte für mich, ja?“

Clara nickte und verabschiedete sich. Draußen atmete sie tief die Seeluft ein. Die war bitterkalt und brannte in ihrer Lunge. Sie würde es wohl nicht mehr vor Einbruch der Dunkelheit nach Hause schaffen.

Sie blickte den Weg entlang und sah *ihn*, der sie beobachtete. Sie war immer noch angeheizt von Elaines Befragung und hatte seine Verfolgung satt. Clara marschierte zügigen Schrittes auf ihn zu. Er machte auf dem Absatz kehrt und eilte los. Sie beschleunigte ihr Tempo noch weiter, doch als sie die Stelle erreichte, an der er gestanden hatte, war er verschwunden; wie ein Geist.

Kapitel 21

„Ich muss etwas mit dir besprechen, Tommy.“

Clara war wieder zu Hause. Es war früh am Abend und ein kleines Feuer brannte im alten Kamin. Tommy saß am Tisch und beschäftigte sich damit, verschiedene Listen zu Verdächtigen, Beweisen und Indizien anzulegen. Er war schon seit Stunden dabei und das Ergebnis wirkte recht beeindruckend, auch wenn Clara sich angesichts des Papierstapels noch verwirrter fühlte.

„Worüber?“, fragte Tommy. „Meinst du, die Informationen, die du vom Apotheker erhalten hast, zählen als Beweis oder als Indiz?“

„Es sind Beweise, wenn sie sich selbst umgebracht hat. Könnte Sie sich selbst umgebracht haben, Tommy?“

„Ich weiß es nicht, Schwesterchen. Du hast die Leiche gesehen.“

Clara erschauderte bei dem Gedanken.

„Ich weiß nicht genug über Schusswaffen, um das zu beantworten, doch ich wollte über etwas anderes sprechen.“

„Was denn?“

„Ich habe ein kleines Problem. Ich wollte dir nicht davon erzählen, weil ich dir keine Sorgen bereiten wollte, aber ich glaube, jetzt solltest du es wissen.“

Tommy schenkte ihr augenblicklich seine gesamte Aufmerksamkeit und ließ die Listen sinken.

„Du machst mir Angst, Schwesterchen."

„So ernst ist es nicht. Ein fremder Mann verfolgt mich, das ist alles."

„Das ist alles?", fragte Tommy entsetzt. „Wer ist es?"

„Ich weiß es nicht. Ich sagte dir schon, dass er ein Fremder ist. Er tauchte auf, als ich anfing, in diesem Fall zu ermitteln. Zum ersten Mal sah ich ihn beim Haus der Greengages, wo er sich auf der Straße aufhielt, dann tauchte er in Eastbourne auf. Als nächstes auf dem Weg zu Mrs. Wiltons Haus, als ich von ihr nach Hause zurückkehrte."

„Warum hast du mir das nicht früher gesagt? Er könnte der Mörder sein!"

„Inspector Park-Coombs geht nicht davon aus. Er meint, ein Mörder wäre so klug, so etwas nicht zu tun. Außerdem benimmt er sich wie ein verschrecktes Kaninchen. Als ich mich ihm näherte, hat er die Flucht ergriffen."

„Du hast dich ihm genähert?"

Es war schwer vorstellbar, dass Tommy noch entsetzter aussehen konnte als in diesem Moment.

„Ich war wütend und wie ich schon sagte, wirkt er harmlos."

Tommy schlug sich mit der flachen Hand vor die Stirn.

„Hör dir doch mal zu! Von jetzt an wirst du nicht mehr alleine rausgehen. Annie oder ich werden dich begleiten."

„Ich wusste, dass du das sagen würdest", ächzte Clara.

„Das ist die einzig logische Reaktion! Es ist nicht normal, andere Menschen zu verfolgen."

Clara schüttelte den Kopf.

„Ich bin dir dankbar, aber das ist unpraktisch.“

„Für deine Sicherheit zu sorgen, ist unpraktisch?“

„Du weißt, was ich meine.“ Clara bereute es, das Thema überhaupt angesprochen zu haben. „Außerdem gibt es gar keinen Mörder, falls Mrs. Greengage sich umgebracht hat.“

„Das macht deinen Verfolger nur noch besorgniserregender.“

Clara ignorierte den Kommentar.

„Ich bin mir mittlerweile ziemlich sicher, dass Mrs. Greengage Augustus absichtlich vergiftet hat. Es war eine so kleine Dosis, dass sie nur für einen spezifischen Zweck bestimmt sein konnte. Vielleicht war es eine Ablenkung, die uns glauben lassen sollte, dass sie ermordet wurde, obwohl sie Selbstmord begangen hatte.“

„Wäre möglich.“

„Aber warum, Tommy?“ Wieder brach Verwirrung über Clara herein.

„Dafür kann es alle möglichen Gründe geben. Vielleicht wollte sie jemanden belasten, etwa diesen Mr. Bundle, oder ihr eigenes Verbrechen vertuschen. Sie war religiös und wollte vielleicht einen Skandal in ihrer Kirche vermeiden. Vielleicht hatte sie auch eine Lebensversicherung.“

„Mr. Greengage hat keine erwähnt, und er steht vor bitterer Armut, also würde er so eine Versicherungssumme schnellstmöglich erhalten wollen, wenn es denn eine gäbe. Wie man es auch dreht und wendet, ich bin wieder bei Lucrezia Borgia.“

„Nur dass die Borgias ihre ‚Talente‘ nutzten, um Menschen auszuschalten, die ihnen im Weg standen.“

„Augustus kurbelte ihr Geschäft an, es ergibt keinen Sinn, ihn zu töten." Clara nahm sich eine der Listen, an denen Tommy gearbeitet hatte, und starrte darauf, bis die Worte vor ihren Augen verschwammen.

„Ich glaube, ich werde morgen den Inspector aufsuchen und mit ihm über Mrs. Pembrokes Dienstmädchen sprechen."

„Ich werde dich begleiten", sagte Tommy ein wenig zu schnell, woraufhin Clara ihn ansah.

„Ich muss zur Bibliothek", fügte er mit einem Schulterzucken hinzu. „Und ich würde mir gerne diese Tatortfotografien anschauen, wenn dir das nichts ausmacht."

„Sehr gern." Clara lächelte. „Und wenn wir meinen Verfolger sehen, werde ich dich auf ihn hetzen."

Tommy grinste.

„Ich könnte ein wenig Aufregung in meinem Leben vertragen. Was glaubst du, wie schnell Annie mich schieben kann?"

„Ich werde dafür sorgen, dass wir ihm nur begegnen, wenn er sich hangabwärts befindet." Clara lehnte sich zu ihrem Bruder und gab ihm einen Kuss auf die Wange. „Könnten wir doch nur ..."

„Sag es nicht, Schwesterchen. Ich muss mich daran gewöhnen. Ich bete zwar für ein Wunder, aber ich rechne nicht damit."

Clara umarmte ihn.

„Du bist so viel mutiger als ich."

„Unsinn! Du verfolgst Wahnsinnige, die dir nachstellen!"

Clara lachte.

„Das ist etwas anderes, und frag mich nicht, warum, es ist eben so."

***

Inspector Park-Coombs lehnte sich über seinen Schreibtisch vor.

„Dann hat Mrs. Greengage das Gift gekauft?"

„So scheint es."

„Und diese Jeannette hat die Rätsel gestohlen?"

„Werden Sie sie verhaften?"

„Uns wurde kein Diebstahl angezeigt. Bislang hat sie nur ein paar Zettel an sich genommen, die niemanden so recht zu interessieren scheinen. Sie könnte behaupten, dass sie sie für Müll gehalten hat."

„Höchstwahrscheinlich handelt es sich auch nur um Müll." Clara runzelte die Stirn. „Dann werde ich mich um Jeannette kümmern, wenn das in Ordnung ist."

„Nur zu. Ich weiß es zu schätzen, dass Sie uns auf dem neusten Stand halten." Der Inspector hielt inne, verschränkte seine Finger und starrte darauf. „Ich muss gestehen, dass ich Sie für eine gelangweilte Wichtigtuerin hielt, als wir uns zum ersten Mal begegneten."

Clara hob die Augenbrauen.

„Wer sagt denn, dass das nicht stimmt?"

Der Inspector lächelte.

„Sie haben ein Gespür für diesen Beruf; ein Talent dafür, Informationen aufzutun. Wenn Sie ein Mann wären, würde ich Sie in meiner Truppe haben wollen und dafür sorgen, dass Sie zum Detective aufsteigen."

„Bei allem Respekt, ich glaube, ich habe bei meinen Ermittlungen mehr Freiheiten als der durchschnittliche Polizist, und würde das Angebot daher ablehnen müssen.“

„Das ist ohnehin eine überflüssige Unterhaltung, da Sie eine Frau sind.“

Claras Gesichtsausdruck legte nahe, dass ihr das nicht entgangen war.

„Dennoch glaube ich, dass der Polizeitruppe etwas entgeht. Die weibliche Perspektive und all das. Sie sind keine Bedrohung und ihre zwanglose Herangehensweise scheint Ihnen das Vertrauen mancher Zeuginnen einzubringen.“

„Die gelangweilte Wichtigtuerin wurde also als ungefährlich eingestuft?“, fragte Clara trotzig.

„Sie nehmen meine Worte zu ernst, aber trotz allem muss ich sagen, dass ich unsere Plaudereien während dieses Falles genossen habe.“

„Das legt nahe, dass es keine weiteren mehr geben wird?“

„Der Greengage-Fall wird zurückgestellt.“ Der Inspector wirkte niedergeschlagen. „Befehl von oben. Es gibt keine Verdächtigen und keine brauchbaren Hinweise. Wir stecken in einer Sackgasse und meine Vorgesetzten haben andere, vielversprechendere Fälle auf dem Tisch, die ich untersuchen soll.“

„Ich werde mich in Mrs. Greengages Namen dafür entschuldigen, dass sie nicht vielversprechender sein konnte“, schnaubte Clara.

„Es ist eine Frage von Logistik und Ressourcen. Es ist eine königliche Visite geplant und meine Beamten

müssen gedrillt werden. Außerdem nimmt ein Banküberfall in Hove einen Großteil meiner Zeit in Anspruch. Es gefällt mir nicht, einen Fall derart abzuschreiben, aber wenn wir so wie jetzt in einer Sackgasse stecken und andere Dinge nach unserer Aufmerksamkeit verlangen, müssen wir darauf reagieren."
Der Inspector legte sein Kinn auf die verschränkten Finger. „Ich muss allerdings gestehen, dass ich darauf hoffe, dass Sie den Fall weiterverfolgen, da Sie schon solch interessante Fortschritte erzielt haben."
Ein schelmisches Funkeln lag in den Augen des Inspectors.
„Sie wollen, dass ich Ihre Arbeit für Sie erledige?"
„Haben Sie das nicht ohnehin schon getan?"
Clara machte ein gespieltes, finsteres Gesicht.
„Bedeutet das, dass ich für die Polizei arbeite?"
„Nicht offiziell. Es bedeutet nur, dass Sie auf ein Problem reagieren."
„Und ich bin eine Wichtigtuerin."
„Wenn Sie unbedingt wollen." Der Inspector wurde ernster: „Und wenn Sie wissen, wer der Mörder ist, dann kommen Sie zu mir und ich werde den Übeltäter verhaften."
„Sie werden Beweise brauchen."
„Ich gehe nicht davon aus, dass Sie mich in dieser Hinsicht enttäuschen werden."
Clara lehnte sich auf ihrem Stuhl nach hinten und kam sich ein wenig ausgenutzt vor. Ihr ging durch den Kopf, dass der Inspector all die Lorbeeren einstreichen würde, sobald sie den Täter ausfindig gemacht hatte.
„Nun, wir haben gewiss beide viel zu tun." Der Inspector schickte sie höflich fort.

Clara erkannte den Wink und erhob sich.

„Ach, übrigens, das hätte ich fast vergessen", schob der Inspector nach. „Ich habe noch weitere Recherchen über Bundle angestellt. Ich dachte, es könnte sein Sohn sein, der Sie verfolgt."

„Ja?"

„Master Bundle ist in der Navy und dient derzeit im Ausland. Er ist also nicht unser Mann. Doch mir fiel gerade ein, dass es die Tochter war, die Mrs. Bundle tot aufgefunden hat. Ihr Name war Jean."

Clara klappte vor Überraschung der Unterkiefer herunter, dann grinste sie.

„Meiner Erfahrung nach sind Kriminelle selten sonderlich fantasievoll", fügte der Inspector hinzu.

„Du liebe Güte, die Welt ist klein. Und die Verbindung zu Bundle war vielleicht doch nicht so weithergeholt." Clara griff nach der Türklinke. „Auf Wiedersehen, Inspector. Ich muss mit einem Dienstmädchen über ein paar Rätsel sprechen."

Der Inspector winkte ihr zum Abschied und ein schwaches Lächeln umspielte noch seine Lippen, als er sich wieder seinen neuen Fällen zuwandte.

Kapitel 22

„Oliver Bankes?" Tommy streckte dem Fotografen eine Hand entgegen. Annie hatte ihn bei dem Laden abgesetzt, bevor sie zum Metzger weitergegangen war. Sie hatten Clara nicht davon überzeugen können, dass sie bis zur Polizeiwache begleitet werden musste, waren ihr aber als Kompromiss den halben Weg gefolgt. Passenderweise befand sich Oliver Bankes' Laden genau auf halbem Weg.

„Wie kann ich Ihnen helfen?", fragte Oliver.

„Ich glaube, Sie kennen meine Schwester Clara."

Oliver wirkte besorgt.

„Ja?"

„Ich helfe ihr im Greengage-Fall und da sie versucht, einen Selbstmord auszuschließen, dachte ich, ich könnte mir vielleicht die Aufnahmen vom Tatort ansehen."

Eine Dame mit einem mit künstlichen Blumen und Federn beladenen Hut schaute mit erschrockenem Blick aus *Bankes' Fotokatalog* auf.

„Ich soll die Bilder eigentlich niemandem zeigen", murmelte Oliver. „Ich habe sie Clara zur Verfügung gestellt, um ihr einen Gefallen zu tun."

Tommy schaute ihn mit zusammengekniffenen Augen an, da er begriff, was das bedeutete, und überlegte, wie er es am besten zu seinem Vorteil nutzen könnte.

„Haben Sie von ihrem Verfolger gehört?", fragte er so laut, dass er sich der Aufmerksamkeit der Kundin gewiss sein konnte.

„Das hat sie mir erzählt. Ich dachte, die Polizei würde sich um ihn kümmern." Oliver trat vor Unbehagen von einem Bein aufs andere.

„Sie können nicht viel tun. Er ist gestern wieder aufgetaucht."

„Geht es Clara gut?" Oliver biss sich ob der Sorge in seiner Stimme auf die Zunge.

„Alles in Ordnung. Aber wenn wir den Greengage-Fall aufklären könnten, hätten wir vielleicht endlich etwas gegen diesen Verfolger in der Hand. Es ist wohl offensichtlich, dass er damit in Verbindung steht."

Oliver schaute zu seiner Kundin, die vorgab, ganz in den Katalog vertieft zu sein.

„Sie kommen lieber mit nach hinten", seufzte er.

Olivers Büro war noch immer von der Unordnung dominiert, die schon Clara dort begegnet war. Oliver sammelte ungelenk Zettel von einem Stuhl, ehe ihm aufging, dass Tommy ihn nicht brauchte.

„Entschuldigung", sagte er beschämt.

„Macht nichts. Sie würden staunen, wenn Sie wüssten, wie vielen Menschen das gar nicht auffällt. Um ehrlich zu sein, ist mir das auch lieber, als wenn sie großes Aufhebens um mich machen."

„Dann ist es ja gut, dass meine Empfangsdame nicht hier ist. Sie umsorgt jeden wie einen Invaliden."

Tommy lachte und durchbrach damit die angespannte Stimmung.

„Ich könnte wohl einen Tee machen." Oliver holte Tassen unter einem Papierstapel hervor und starrte hinein, als würde das zu einem Ergebnis führen, ohne dass er Wasser und Kessel holen müsste.

„Ich glaube, ich überlebe auch ohne", versicherte Tommy ihm. „Ich möchte nur die Aufnahmen sehen."

„Oh, ja." Oliver stellte die Tassen wieder auf dem Schreibtisch ab und trat an einen hölzernen Aktenschrank, der recht aufgeräumt wirkte.

„Soweit ich hörte, hat die Polizei in der Sache die Hoffnung aufgegeben." Oliver zog einen cremefarbenen Aktenordner heraus. „Das passiert häufiger als man glauben möchte, wenn sie nicht gleich Verdächtige finden. Bei vielen Fällen geht es um Ehepartner oder Geliebte und der oder die Schuldige wird auf frischer Tat ertappt. Doch manche Fälle sind einfach rätselhaft."

Oliver reichte den Ordner an Tommy weiter und der entnahm mehrere Schwarzweißfotografien. Die erste war zufällig eine Nahaufnahme der toten Mrs. Greengage und er zögerte.

„Kannten Sie sie?", fragte Oliver.

„Bin ihr nur einmal begegnet", krächzte Tommy. Er hatte in seinem Leben schon zu viele Leichen gesehen, doch der Anblick dieser kalten Regungslosigkeit schockierte ihn immer wieder aufs Neue. „Wie schaffen Sie das, diese Aufnahmen zu machen?"

Oliver zuckte mit den Schultern.

„Es berührt mich in der Regel nicht so sehr. Manchmal werde ich traurig, und ich werde mich nie daran gewöhnen, einen Menschen zu sehen, dessen Leben ausgelöscht wurde, aber ich empfinde nicht den gleichen Schock wie viele andere." Oliver rieb sich die Nase. „Mein Onkel war Bestatter. Ich hatte schon mit zehn einige Leichen zu Gesicht bekommen. Ich glaube, dass macht mich etwas immuner. Es ist nicht so, dass es nicht immer noch entsetzlich wäre, aber man weiß, dass sie einem nichts tun können, und man hat einen Auftrag zu erledigen. Ich glaube, es hilft auch, keine allzu lebhafte Fantasie zu haben."

Tommy wusste, was er meinte. Manche der Männer, mit denen er gedient hatte, empfanden gar nichts bei all dem Tod, der sie umgeben hatte. Sie konnten über eine Leiche hinwegsteigen, ohne darüber nachzudenken, wer das war, wann sie zuletzt mit ihm gesprochen hatten oder ob sie selbst als nächstes dran waren. Andere, wie er selbst, mussten sich enorm zusammenreißen, nur um sich dem nächsten Augenblick stellen zu können und den Schrei herunterzuschlucken, der aus ihnen hervorbrechen wollte.

Er legte die Nahaufnahme absichtlich mit dem Gesicht nach unten auf den Tisch. Die nächste Aufnahme war aus größerem Abstand gemacht worden und aus einem Winkel, der es erschwerte, die Gesichtszüge der Frau auszumachen. Irgendwie war das leichter zu ertragen.

„Sagten Sie, Clara verfolge die Theorie eines Selbstmordes?", fragte Oliver. Er saß auf einem hölzernen Drehstuhl und schob sich mit einer Fußspitze hin und her.

„Etwas in der Art. Mrs. Greengage hat das Gift selbst gekauft."

„Ah." Oliver ließ das sacken, während er an die Decke starrte. „Und es war kein Gift im Sherryglas?"

„Nein, aber Claras Theorie ist falsch. Mrs. Greengage hat sich nicht selbst umgebracht."

„Sind Sie sich sicher?" Oliver war aufgestanden und blickte über Tommys Schulter.

„Sehen Sie das Loch? Es ist in etwa da, wo man das Herz vermuten würde, nur etwas zu tief. Um das zu tun, müsste man die Arme so halten."

Er demonstrierte es, indem er Olivers Arm packte und ihn verdrehte, bis seine Hand auf seine linke Brust deutete.

„Eine Pistole ist in etwa so lang." Tommy platzierte Olivers Hand im richtigen Abstand vor seinem Herzen. „Selbstmörder wollen keinen Fehler machen, deshalb würden sie sich die Pistole auf die Brust setzen oder sie zumindest sehr nah halten. Man würde vermutlich auch zittern und müsste die Waffe stillhalten, um nicht zu verfehlen. Jetzt tun Sie mal so, als würden Sie den Abzug drücken."

Oliver mimte die Bewegung seines Zeigefingers.

„Das ist unpraktisch", merkte er an.

„Ja. Die Jungs in den Schützengräben haben sich lieber in die Schläfe geschossen oder sich den Lauf in den Mund geschoben, um sicherzugehen." Tommy starrte grimmig auf das Bild. „Wobei ich mich auch an einen erinnere, der so auf sein Herz gezielt hat. Wir sagten immer, dass er es wohl nicht ernst meinte und noch rechtzeitig gefunden werden wollte. Doch es hätte ihm natürlich nicht geholfen, wenn wir ihn gerettet hätten. Er wäre für die versuchte Flucht vor den Kampfhandlungen vor das Militärgericht gestellt worden. Dann hätte man ihn als Deserteur erschossen."

Tommys Augen wurden glasig. Oliver berührte ihn sanft an der Schulter.

„Ich war nicht dort, aber ich habe davon gehört." Er leckte sich über die Lippen, die plötzlich trocken geworden waren. „Sie sagten, ich habe ein schwaches Herz, und wollten mich nicht einziehen. Ich wusste nie, ob ich deswegen erleichtert sein sollte oder nicht."

„Niemand will kämpfen", sagte Tommy.

„Nein, aber man will auch nicht zurückbleiben und als Feigling beschimpft werden." Oliver setzte sich wieder. „Mein Vater hielt es für notwendig, den offiziellen medizinischen Befund als Anzeige in die Zeitung zu setzen."

Tommy nickte. Er hatte bereits von solchen Geschichten gehört.

„Also." Oliver riss sich aus seinen Gedanken. „Mrs. Greengage hätte sich zwar erschießen können, doch es wäre umständlich gewesen."

„Oh, nein." Es wirkte, als würde Tommy aufwachen. „Wissen Sie, wenn ein Pistolenlauf am Körper anliegt, hinterlässt das beim Abfeuern Spuren: Ruß und Staub, die dabei entstehen, und manchmal auch Verbrennungen, da die Explosion im Inneren den Lauf bis zur Rotglut erhitzen kann. Die Haut und die Kleidung werden mit Brandflecken gezeichnet und man findet reichlich Schwarzpulver. Nichts davon ist bei dieser Frau zu sehen. Ihre Bluse ist weiß, man hätte solche Spuren gesehen."

Er blätterte die Aufnahmen durch, bis er eine Nahaufnahme der Einschussstelle fand.

„Sehen Sie, da sind nur Blutflecken, und das Loch in ihrer Bluse ist sehr sauber, keine Verbrennungen."

Oliver betrachtete die Fotografie genauer.

„Hatte Clara auf einen Suizid gehofft?"

„Das bezweifle ich. Das wäre sehr antiklimaktisch." Tommy zuckte mit den Schultern. „Doch sie steckt im Moment ein wenig fest."

Tommy hatte ein paar Aufnahmen des Tisches erreicht und dann folgten noch einige von dem Teppich, auf dem die Leiche lag.

„Ich mache all diese Aufnahmen, weil man nie weiß, was die Polizei brauchen wird", sagte Oliver entschuldigend, während er sah, wie Tommy eine Fotografie des indischen Teppichs betrachtete. „Sie fragen ständig Dinge wie: ,Mr. Bankes, haben Sie eine Aufnahme von dem Bild an der Wand, das zweite von rechts, vielleicht mit einer kleinen Ecke vom Schränkchen links davon? Das könnte für den Fall relevant sein.' Oh ja, sie lassen sich alles Mögliche einfallen, daher sichere ich mich ab und nehme alles auf."

„Was ist das da neben ihrer Hand?" Tommy deutete auf einen weißen Fleck auf dem Teppich. Am Rand der Aufnahme konnte man Mrs. Greengages Arm sehen.

„Ich habe eine Nahaufnahme von ihren Händen in dem Stapel. Ist es darauf besser zu sehen?"

Tommy durchsuchte den Stapel, bis er ein Bild von Mrs. Greengages linker Hand fand. In der Nähe des Daumens lag etwas, das wie ein Knopf aussah.

„Haben Sie eine Lupe?"

Oliver begab sich in eine Ecke des Raumes und schob eine Topfpflanze beiseite, um ein Bücherregal zu erreichen. Er kehrte mit einer Lupe an einem hölzernen Griff zurück. Tommy nahm sie, ohne den Blick zu heben, und untersuchte den kleinen Kreis auf der Fotografie.

„Das ist normaler Knopf", merkte er an. „Ein Manschettenknopf, wenn ich mich nicht täusche; ein militärischer. Ein billiger, wie sie vor dem Krieg als Abschiedsgeschenk für Männer verkauft wurden, für den Fall, dass sie mal zu einem förmlichen Abendessen gehen oder ihre Paradeuniform tragen mussten. Sie hatten ja keine Ahnung!"

Er ließ Oliver einen Blick auf den Knopf werfen.

„Die Verzierung sieht aus wie zwei gekreuzte Flaggen."

„Ja, der Union Jack und die französische Flagge, glaube ich. Später wurden auch welche mit der amerikanischen Flagge verkauft, als die Yankees endlich beschlossen hatten, mitzuspielen."

Oliver schmunzelte.

„Ich wette, die waren beliebt."

„Nun, ich hätte sie nicht getragen." Tommy grinste. „Aber ich besaß so ein Paar. Meine Mutter hatte sie mir gekauft. Ich habe sie das letzte Mal gesehen, als unser Graben bei einem Sturm geflutet wurde und wir mit allem fliehen mussten, was wir tragen konnten."

„Ist das ein Hinweis?", fragte Oliver.

„Möglicherweise", sagte Tommy. „Er kann zumindest nicht Mrs. Greengage gehört haben."

„Nein, und sie hatte keinen Sohn, dessen Manschettenknöpfe sie als Andenken hätte aufheben können. Vielleicht hat der Mörder ihn verloren?"

„Falls ja, wird Clara in ganz Brighton Fragen nach Manschettenknöpfen stellen." Tommy ächzte leise und schloss die Augen. „Oder schlimmer noch, sie trägt es mir auf."

„Es muss hier hunderte solcher Knöpfe geben."

„Aber nur wenige Menschen tragen sie noch. Die meisten versuchen, den Krieg zu vergessen." Tommy dachte über das Problem nach. „Und man zieht sich nicht fein an, um jemanden umzubringen. Der Täter hat sie also im Alltag getragen, sodass er auch nicht daran dachte, sie abzulegen."

„Er muss mittlerweile gemerkt haben, dass einer fehlt."

„Ja, aber weiß er auch, dass er ihn am Tatort verloren hat? Wann konnten Sie sich zuletzt daran erinnern, wo Sie einen Knopf oder einen Manschettenknopf verloren haben?"

Oliver nickte.

„Noch nie. Ich kaufe einfach neue."

„Ah!" Tommy grinste. „Wir müssen also herausfinden, wer kürzlich Manschettenknöpfe gekauft hat. Und zwar kein schönes Paar, sondern eines für den alltäglichen Gebrauch. Vielleicht hat die Zeit dafür auch noch nicht gereicht. Dann müssen wir nach jemandem Ausschau halten, der seine Manschetten nicht befestigen kann."

„Das ist ja hervorragend!" Oliver lächelte. „Ich hätte nie von diesem kleinen Fleck auf dem Bild auf all das schließen können. Ich sagte Ihnen ja bereits, dass ich keine Fantasie habe."

„Halten Sie das nicht für zu weit hergeholt?"

„Nein. Tatsächlich werde ich diese Aufnahme vergrößern und Ihnen eine Kopie für Clara mitgeben. Dauert nicht lange."

Oliver eilte aus dem Büro und Tommy merkte, dass er sich für den skurrilen Fotografen erwärmte. Er fragte sich, wie Clara mit ihm zurechtkam. Vermutlich war er ein wenig zu tollpatschig und zu unordentlich, um zu ihrem logischen Verstand zu passen. Sie hätte niemals in diesem Büro arbeiten können. Doch Menschen waren verschieden, und er hatte jetzt einen Hinweis, den er seiner Schwester mitbringen konnte. Er war sehr zufrieden mit sich.

Kapitel 23

Mrs. Pembroke wohnte in einem dieser prächtigen Häuser in Old Steine. Sie gehörte zum alten Geldadel und war ein Snob. Ihre Nachbarinnen und Nachbarn kannten sie kaum, da sie nicht auf ihre freundlichen Begrüßungen reagierte, es sei denn, sie hatte schon die Vorfahren gekannt und besagte Vorfahren waren von ebenbürtigem gesellschaftlichem Stand gewesen. Sie interessierte sich nicht für die aufstrebenden Geschäftsleute der modernen Welt, die als Straßenhändler angefangen hatten und schließlich in einem schicken Haus in Old Steine gelandet waren. Diese Menschen waren ihr einfach nicht angemessen, und dieser Tage kannte sie kaum noch anständige Menschen, mit denen sie sich unterhalten konnte.

Mrs. Pembroke war verwitwet und wohnte allein, doch ihr Haus war lebhaft, dank all der Bediensteten; wie ein Echo aus der Vergangenheit. Sie hatte keine Verwendung für ein Haus- und ein Zimmermädchen, und schon gar nicht für eine Haushälterin und einen Butler, doch sie beschäftigte diese Leute, weil die Dinge so sein sollten. Und wenn sich Nachbarinnen oder Nachbarn beschwerten, weil die alternde Witwe keinen Anlass hatte, noch einen Stallknecht und einen Lakaien zu beschäftigen, wo sie doch keine Kutsche und keine Pferde mehr besaß, dann dachte sie sich nur, dass sie es mit ahnungslosem Pöbel aus der Arbeiterklasse zu tun hatte, der zu ein wenig Geld gekommen war. Und sie ignorierte die Tatsache, dass ihr Stallknecht die meiste Zeit bloß mit dem Lakaien trank und spielte. Solange sie sich angemessen präsentierten und ihre vorschriftsmäßige Rolle im Haushalt ausfüllten, war sie zufrieden.

Kein Wunder, dass sie sich eine junge Frau wie Jeannette ausgesucht hatte, um ihr vorheriges Hausmädchen zu ersetzen, dachte sich Clara.

„Sie kam mit guten Empfehlungen", sagte Mrs. Pembroke und trank einen Schluck aus einer feinen Porzellantasse.

Es war nicht leicht gewesen, ins Haus zu gelangen. Die Fitzgeralds waren den Pembrokes zu keinem Zeitpunkt der Familiengeschichte ebenbürtig gewesen, doch Claras Vater hatte einst „wie durch ein Wunder" Mrs. Pembrokes Lendenschmerz geheilt, und das hatte ihrer Familie eine Zuneigung der Dame eingebracht, die all ihren üblichen Vorurteilen widersprach.

Mrs. Pembroke war der Meinung, dass es keinen Sinn hatte, zum alten Geldadel zu gehören und die Regeln zu machen, wenn man sie nicht auch brechen durfte.

„Ich würde nicht einfach irgendjemanden einstellen", sagte Mrs. Pembroke mit einer Strenge, die nahelegte, dass Clara den Bogen überspannte.

„Es geht mir nicht um Jeannettes Arbeit als Dienstmädchen", erklärte Clara eilig. „Ich hatte nur den Eindruck, dass sie am Tag von Mrs. Greengages Tod etwas beobachtet haben könnte. Sie verkehrt freundschaftlich mit Alice Roberts, die gelegentlich in jenem Haus putzte, und ich hörte, dass Jeannette ihr am Tag des Vorfalls geholfen hat."

„Oh, das kleine Ding." Mrs. Pembroke zuckte mit den Schultern. „Ich habe noch nie viel Sympathie für diejenigen empfunden, die mit den Toten verkehrten, auch wenn es in den achtziger und neunziger Jahren die große Mode wurde. Man konnte kaum auf eine Feier gehen, ohne dass sich jemand als Medium ausgab und eine Séance auf die Beine stellte. Es wurde schnell öde. Ich war nie versucht, nach seinem Tod mit meinem lieben Mr. Pembroke zu sprechen. Mir wollte schlicht nichts einfallen, was ich ihm hätte sagen können."

„Ich muss gestehen, dass ich von dieser neuen spiritistischen Bewegung auch nicht sonderlich angetan bin", sagte Clara aufrichtig.

Mrs. Pembroke stellte ihre Tasse ab und musterte sie.

„Ja, in Ihnen fließt das Blut Ihres Vaters. Er war ein wundervoller Mann." Mrs. Pembroke streckte plötzlich den Arm aus und berührte Claras Hand, was anzudeuten schien, dass sie sie für gut befand. „Er hatte eine geradezu magische Begabung für die Medizin, die in der Lehre als Professor recht verschwendet war. Es war traurig, von seinem Tod zu hören."

„Das war ein Schock." Clara nickte. „Er hatte große Pläne für die Nachkriegszeit."

„Hatten wir die nicht alle?" Mrs. Pembroke zog sich mit einem Seufzen zurück. „Ich muss sagen, dass die Polizei es einer Frau erlaubt, in einem Mordfall zu ermitteln, überrascht mich. Oh, verstehen Sie mich nicht falsch", fügte sie rasch hinzu, als sie sah, dass Clara etwas sagen wollte, „ich habe nichts gegen Ihre Arbeit einzuwenden. Nicht doch, meine Liebe, ich war in meiner Zeit eine eifrige Suffragette. Tatsächlich habe ich den lieben Mr. Pembroke mit meinem Gerede von

Frauenrechten regelrecht in den Wahnsinn getrieben. Ich fürchte, er hielt mich immer für töricht, aber hier bin ich und führe diesen Haushalt recht problemlos. Er machte immer so eine große Sache daraus, aber eigentlich geht es nur darum, Ordnung und Routine zu wahren. Ich glaube, die Männer haben uns lange genug unterschätzt. Wenn ich noch jünger wäre, könnte ich mich auch als Detektivin sehen, nur dass ich dann mit ‚Menschen‘ sprechen müsste.“

Dieses Wort klang so, als würde sie von Ungeziefer sprechen, und Clara nahm an, dass Mrs. Pembroke mit diesem Wort all jene meinte, die im gesellschaftlichen Status unter ihr standen.

„Ich schätze, Sie wollen jetzt gerne mit ihr sprechen.“ Mrs. Pembroke trank ihren Tee aus und stellte Tasse und Untertasse klappernd ab. „Ich fürchte, ich muss eine Mittagsvorlesung im Pavillon aufsuchen. Das ist der Preis dafür, eine Mäzenin zu sein: Man muss sich zeigen. Ich glaube, es geht um diese alberne Bewegung der abstrakten Kunst, die in der Malerei an Beliebtheit gewinnt. Würde man mich fragen, ob ich eine Ausstellung mit solch monströsen Werken fördern möchte, müsste ich die Leute bitten, sich vom Ende des Piers zu stürzen und mich nicht weiter zu behelligen. Aber so ist es eben. Ich schätze, das Leben muss sich verändern und die jungen Menschen brauchen ihre Neuheiten.“

Clara nickte höflich, da sie nicht wusste, wie die korrekte Antwort auf diese Tirade lauten mochte.

„Wenn es Ihnen nichts ausmacht, werde ich Sie für die Unterhaltung ins Zimmer der Haushälterin schicken. Ich möchte nicht, dass all meine Bediensteten tratschen, weil ich eine Fremde unbeaufsichtigt in meinem Salon alleingelassen habe."

„Natürlich." Clara nickte höflich.

Mrs. Pembroke war schon auf den Beinen und läutete nach einem Dienstmädchen.

„Ich möchte nicht nach Hause kommen und feststellen, dass mir ein Hausmädchen abhandengekommen ist", sagte sie kühl, während das Geräusch der Glocke durch den Flur hallte.

„Natürlich nicht!" Carla gab sich überrascht und hoffte, dass sie einen taktvollen Weg finden würde, um Jeannette als Diebin zu bezichtigen.

Ein Dienstmädchen tauchte in der Tür auf und knickste tief.

„Bringen Sie Miss Fitzgerald ins Zimmer der Haushälterin und schicken Sie Jeannette zu ihr. Sie hat Probleme mit einem anderen Dienstmädchen und muss mit ihr sprechen." Nachdem Mrs. Pembroke der jungen Frau ihre Anweisungen erteilt hatte, wandte sie sich an Clara: „Ich bezweifle, dass Sie bei meiner Rückkehr noch hier sein werden, also wünsche ich Ihnen einen guten Tag. Bitte richten Sie Ihrem Bruder Timmy meine Grüße aus."

„Tommy."

„Genau. Er hat seine Arme verloren, nicht wahr?"

„Nein, er kann bloß seine Beine nicht mehr benutzen."

Mrs. Pembroke wirkte verdutzt.

„An wen denke ich denn dann?"

Clara hatte keine Antwort auf diese Frage, doch zum Glück schlug die Uhr und Mrs. Pembroke vergaß ihren Fehler, um reichlich Wirbel darum zu machen, dass sie zu spät kommen werde. Sie eilte aus der Tür, wo ihr Lakai bereitstand, der ihr eine Kutsche organisiert hatte. Clara blickte ihr hinterher und staunte über dieses viktorianische Relikt einer Frau, als sie in ihr Gefährt einstieg.

Das Dienstmädchen knickste erneut vor Clara und führte sie dann einen langen Flur entlang, in die Tiefen des Hauses. Über eine Treppe stiegen sie in den Keller hinab, in die Welt von Mrs. Pembrokes Bediensteten; noch so ein Relikt der Vergangenheit. Sie konnte sich nicht vorstellen, dass es viele Haushalte in Brighton gab, die so viele Bedienstete beschäftigten, insbesondere, wenn die meisten nichts zu tun zu haben schienen und sich mit unwichtigen, banalen Aufgaben unterhielten.

„Hier entlang, Miss.“

Nach einem weiteren Flur wurde Clara in das gut ausgestattete Wohnzimmer der Haushälterin geführt, mit einem schönen Kamin, einem abgewetzten, aber sauberen Sessel und einem Klapptisch. Draußen waren Schritte zu hören, was darauf schließen ließ, dass sie sich wieder an der Vorderseite des Hauses befand, bloß jetzt unterhalb der Straße. Ein Fenster hoch oben an der Wand ließ Tageslicht herein. Sie lauschte den Menschen, die vor dem Haus durch den Schnee stapften, bis sie hörte, wie sich die Zimmertür mit einem Klicken öffnete, und sie sich umdrehte.

„Jeannette Brown?“, fragte Clara die junge Frau, die den Kopf an der Tür vorbeistreckte.

Jeannette nickte und trat ein. Sie wirkte stolz in ihrem Auftreten, hatte sich ihr dunkles Haar in einen strengen Knoten zurückgebunden und verfügte über markante Gesichtszüge, die beinahe männlich wirkten. Sie betrachtete Clara mit scharfem Blick, hatte das Kinn aber in die Höhe gereckt, als wollte sie ständig auf alle Welt herabblicken, und die dünne Linie ihrer Lippen ließ sie streng aussehen.

„Wollen Sie sich setzen?", fragte Clara.

Jeannette nahm sich einen der schlichten Holzstühle am Klapptisch, weigerte sich aber, sich darauf niederzulassen, bis Clara es sich im Sessel bequem gemacht hatte. Clara verstand so langsam, warum Mrs. Pembroke sie mochte.

„Ich bin im Auftrag einer Klientin hier, um den Mord an Mrs. Greengage zu untersuchen. Ich glaube, Sie waren in ihrem Haus, an dem Tag, an dem ihre Leiche gefunden wurde?"

„Eine Klientin?", fragte Jeannette neugierig.

„Ich bin Privatdetektivin. Sie kennen diesen Beruf?"

„Aus amerikanischen Kriminalromanen." Jeannette zuckte mit den Schultern. „Ich wusste nicht, dass er auch von Frauen ausgeübt wird."

„Frauen können alles tun", sagte Clara mit Nachdruck, „was sie sich in den Kopf setzen."

Sie fragte sich, ob das einen Nerv getroffen hatte, da Jeannette kurz den Blick sinken ließ. Doch schnell schaute sie wieder Clara an.

„Warum wollten Sie mit mir sprechen?"

„Sie haben Alice Roberts geholfen."

„Eine nutzlose Kreatur", antwortete Jeannette und konnte ihre Abneigung nicht verbergen. „Sie könnte im Dunkeln nicht mal ihren eigenen Kopf finden."

„Ich dachte, Sie wären mit ihr befreundet."

Jeanette zögerte, als sie merkte, dass sie einen Fehler gemacht hatte.

„Das war ich. Bevor ich sie besser kennenlernte."

Clara atmete durch und fragte sich, wie sie das nächste Thema ansprechen sollte. Jeannette sträubte sich und war voller Bitterkeit. Der kleinste Fehltritt mochte dazu führen, dass sie empört den Raum verließ.

„Hat sie irgendetwas gegen mich vorgebracht?" Jeannette hatte die Stille als Aufforderung zum Reden verstanden. Ihr nächster Fehler.

„Warum sollte sie etwas gegen Sie vorbringen?"

„Sie ist neidisch, weil ich hier arbeite und sie nicht." Jeannette hatte die Hände aneinandergelegt und zupfte unbewusst an ihren Fingern. „Ich glaube, sie hasst mich."

Kapitel 24

„Ich glaube, da irren Sie sich, aber ich will nur wissen, was an diesem Tag geschehen ist."

„Alice kam zu mir und wollte mich mitnehmen", sagte Jeannette. „Sie kam an die Hintertür und fragte nach mir. Ich war gerade damit beschäftigt, den Kamin zu säubern, doch sie wartete auf mich. Ihre Hände waren immer noch triefnass, weil sie gerade damit hatte anfangen wollen, bei den Greengages die Böden zu wischen. Sie hatte die Ärmel hochgerollt und weder Mantel noch Schal an. Ich sagte ihr, dass sie sich noch den Tod holen werde, doch sie wollte nur, dass ich schnell mitkomme. Das habe ich dann auch getan, weil sie so verwirrt und aufgebracht wirkte. Wir erreichten das Haus und da lag Mrs. Greengage tot am Boden. Alice wollte, dass ich hineingehe und prüfe, ob sie wirklich tot ist, doch ich sagte ihr, dass ich mich nicht von der Stelle rühre und sie den Hausherren holen sollte. Sie weigerte sich, weil er wegen seiner Medizin angeblich gerne ausschläft und sie auch gar nicht hören würde, wenn sie klopft. Deshalb sagte ich ihr, dass sie zur Polizei gehen soll, dann könnten die Beamten ihn wecken. Das hat sie dann auch getan und ich habe im Haus auf sie gewartet."

„In welchem Zimmer?", fragte Clara.

„Wie bitte, Miss?"

„In welchem Zimmer haben Sie gewartet?"

„Im Flur natürlich. Ich hatte kein Recht, irgendwo anders hinzugehen. Ich wollte nur da sein, für den Fall, dass Mr. Greengage die Treppe herunterkommt und über seine tote Ehefrau stolpert.“

Clara war überzeugt davon, dass Jeannette defensiv wirkte, und beschloss, das Risiko einzugehen und sie ein wenig unter Druck zu setzen.

„Sie werden gewiss erleichtert sein, wenn ich Ihnen sage, dass niemand davon ausgeht, Alice hätte irgendetwas mit dem Tod ihrer Herrin zu tun.“

„Das dachte ich auch nie.“

„Nun, es gab durchaus den Verdacht, wegen eigentümlicher Umstände um einen offenstehenden Sekretär.“

Jeannette wurde ein wenig blasser.

„Was meinen Sie damit?“

„Oh, Sie wissen ja, wie die Polizei sein kann. Sie finden alles und jeden verdächtig und irgendwie kam die alberne Theorie auf, jemand habe Mrs. Greengage umgebracht, um an den Schreibtisch zu gelangen, in dem sie seltsame Rätsel für eine ihrer Klientinnen aufbewahrte. Die Rätsel sind nämlich verschwunden und angeblich führen sie zu einem Schatz.“

„Oh.“

„Natürlich sind diese Rätsel nutzlos, weil es insgesamt neun Stück gibt, aber nur sechs von ihnen in dem Schreibtisch lagen.“

Jeannette sah aus, als würde sie sich gleich übergeben. Clara ließ die Nachricht kurz bei ihr sacken.

„Ein ziemlich großes Risiko, dass Sie da für einen unvollständigen Satz an Rätseln eingegangen sind, Jean Bundle.“

Jeannette riss den Kopf hoch.

„Mein Nachname lautet Brown, und bitte kürzen Sie meinen Vornamen nicht ab."

„Nun gut." Clara lehnte sich in den Sessel zurück. „Mr. Greengage hat keinen Diebstahl gemeldet, diese Sache bleibt also unter uns. Sie sollten aber wissen, dass der Inspector weiß, wer die Rätsel entwendet hat, und handeln wird, sobald er einen Anlass dazu sieht. Ich möchte nur die Rätsel, die Sie gestohlen haben, der rechtmäßigen Besitzerin zurückgeben."

„Ich habe gar nichts gestohlen!", rief Jeannette.

„Leise, sonst wird man Sie noch hören", sagte Clara. „Sie wissen doch, dass Bedienstete tratschen, und ein Dienstmädchen will gewiss nicht, dass man einen Diebstahl mit ihr assoziiert."

„Ich habe nur im Haus gewartet", sagte Jeannette ruhiger. „Habe bei dieser Leiche gewartet. Ich wollte das nicht."

„Aber Mrs. Greengage hat ihren Vater gepeinigt, und es war gewiss sehr befriedigend, ihre Leiche zu sehen und zu wissen, dass jemand den Mumm hatte, sie umzubringen", sagte Clara eiskalt.

„So war das nicht." Jeannette schüttelte den Kopf. „Ich würde nie jemandem solches Leid wünschen."

„Sie hat Ihren Vater vernichtet."

„Nicht allein!" Jeannette schluckte, da sie wusste, dass sie zu weit gegangen war, um noch einen Rückzieher zu machen. „Er hatte ganz Eastbourne gegen sich. Sie mag die Sache ausgelöst haben, doch die anderen haben ihr geholfen. Viele Menschen, angebliche Freunde, haben ihm den Rücken gekehrt. Unser Laden blieb leer. Meine Mutter hatte ein schwaches Herz, das wussten wir alle. Der Arzt kam regelmäßig zu uns, doch niemand wollte uns mehr Gehör schenken, sobald es sich diese Frau in den Kopf gesetzt hatte, uns zu vernichten."

Jeannette erschauderte und war den Tränen nahe. Ihr strenger Gesichtsausdruck wurde von so starker Verletzlichkeit abgelöst, dass sie Clara unendlich leidtat.

„Falls es Ihnen ein Trost ist: Ich finde es absolut grauenvoll, was Mrs. Greengage im Zusammenhang mit dem Tod Ihrer Mutter getan hat."

„Sie war eine Scharlatanin, das wusste jeder." Jeannette hielt inne. „Nun, jeder mit ein wenig Verstand. Es gab andere, die das nicht so sahen. Sie hatte es sich in den Kopf gesetzt, unseren Vater in den Ruin zu treiben, und ich weiß immer noch nicht, warum."

„Sie hatten nie Umgang mit ihr?", fragte Clara.

„Nein, nicht ein Mal. Sie kam nie in den Laden. Wissen Sie, warum sie so etwas getan hat?"

Clara schaute zu Boden. Sie schaffte es nicht, dem traurigen Blick der jungen Frau zu begegnen.

„Wenn ich ehrlich bin, glaube ich, dass es ihr einfach von Nutzen war. Sie glaubte, damit ihr Geschäft ankurbeln zu können. Sie war eine Darstellerin und wusste, dass Skandale Kasse machen."

„Sie meinen, dass sie meinen Vater beinahe in den Wahnsinn getrieben hat, von uns anderen ganz zu schweigen, damit sie ein wenig öffentliche Aufmerksamkeit erlangen konnte?"

Clara zögerte. War das ihre Meinung? Glaubte sie das wirklich? Leider ja. Sie konnte sich nicht vorstellen, dass Mrs. Greengage auch nur eine Sekunde darüber nachgedacht hatte, welches Leid sie den Bundles damit zufügen würde. Sie wusste Trauer zu ihrem Vorteil zu nutzen. Man musste sich nur anschauen, wie sie Mrs. Wilton hatte ausnutzen wollen. Solche Herzlosigkeit kannte nur wenige Grenzen.

„Ja, ich fürchte, das war es, was sie angetrieben hat."

Jeanette atmete zitternd aus.

„Dann war sie böse", sagte sie.

„Vielleicht. Oder einfach nur töricht. Bedeutet das, dass sie den Tod verdient hatte?"

Jeannette schürzte die Lippen und verweigerte die Antwort. Clara bezweifelte, dass sie dazu mehr zu sagen hatte als ihr Gesichtsausdruck verriet.

„Die Rätsel sind nur ein weiterer Trick. Ich habe kein Problem damit, Ihnen zu sagen, dass es nur ein Haufen Unsinn war, den sich Mrs. Greengage ausgedacht hatte, um eine närrische und verzweifelte Frau um ihr Geld zu bringen", erklärte Clara. „Ich nehme an, Elaine hat Ihnen davon erzählt, Mrs. Wiltons Dienstmädchen."

„Ja", sagte Jeannette leise. „Elaine hielt sie auch für Betrug, doch Elaine ist recht ..." Sie sah sich um, während sie nach einem Adjektiv suchte, das ihre Meinung höflich zusammenfasste. „... mürrisch. Sie kann so ziemlich keiner Sache etwas Gutes abgewinnen. Doch trotz des Schicksals meines Vaters weiß ich, dass Mrs. Greengage manchmal auch die Wahrheit sagte. Sie sagte der alten Mrs. Cole, wo die ihre liebste Hutnadel verloren hatte, und sagte auf die Stunde genau die Flut vorher, die die Sakristei von Reverend Higgins' Kirche zerstörte. Ich dachte, sie könnte auch dieses Mal richtigliegen, und war der Meinung, es wäre nur passend, wenn ich den Schatz bekäme, den sie gefunden hat. An Mrs. Wilton habe ich gar nicht gedacht."

„Hass kann einen Menschen ebenso sehr blenden wie die Liebe." Clara zuckte mit den Schultern. „Ich nehme an, es macht Ihnen nichts aus, die Rätsel zurückzugeben? Sie gehören immerhin Mrs. Wilton."

Jeannette nickte und bat Clara, zu warten. Sie war kurz fort und kehrte dann mit einer kleinen, abgenutzten Handtasche zurück. Sie öffnete die Tasche und überreichte die Rätsel.

„Vielen Dank."

„Ich konnte sie ohnehin nicht verstehen." Jeannette schüttelte den Kopf. „Ich habe mir sogar eine Karte von Brighton besorgt! Das hat aber auch keinen Unterschied gemacht, sondern war nur eine Verschwendung von fünf Pence."

Clara erwähnte nicht, dass sie die Geschichte von der Karte bereits kannte.

„Darf ich fragen, warum Sie überhaupt nach Brighton gekommen sind? Sie wollten Mrs. Greengage finden, nicht wahr?"

Jeannette nestelte eine Weile am Verschluss ihrer Handtasche herum und rang dann die Hände.

„Ich glaube, ich wollte Rache. Mein Vater ist jetzt eingesperrt, wussten Sie das?"

„Ja."

„Seine Nerven waren dahin, nach dem, was Mrs. Greengage getan hatte. Die Polizei war bei uns, hat den Laden durchsucht und jemand sagte sogar, sie würden meine Mutter exhumieren." Jeannette verzog das Gesicht. „Ich dachte wirklich, das wäre mein Ende. Ich wollte aufgeben. Nur mein Vater und meine Geschwister hielten mich davon ab. Mein Vater war so stark, und als wir hörten, dass die Polizei Mrs. Greengage für eine

Lügnerin hielt, dachte ich, alles würde wieder gut werden. Doch sie haben nichts unternommen. Sie sagten, die Frau sei verrückt und es würde sich nicht lohnen, sie zu verurteilen, nur weil sie lästig war.

Ich glaube, das war einfach zu viel. Mein Vater war gebrochen und der Laden stand kurz vor dem Ruin. Er schlief kaum noch und ich sah ihn mehrmals weinen. Er liebte unsere Mutter und es zerriss ihn innerlich, dass die Leute behaupteten, er hätte sie des Geldes wegen umgebracht. Es war einfach entsetzlich.

Und dann sah er eines Abends draußen diesen Mann. Ein paar junge Männer hatten Steine gegen unsere Fenster geworfen und die Haustür mit Farbe beschmiert. Er hatte sich geschworen, ihnen Vernunft einzuprügeln, wenn er sie das nächste Mal erwischte. Er sah also diesen Mann draußen und ... ich schätze ... er ist einfach durchgedreht." Jeannette bebte. „Ich habe es nicht gesehen. Ich fand ihn erst hinterher, mit dem Messer in der Hand. Er starrte den Mann an, den er umgebracht hatte, und sagte, er sei geliefert. Man hätte ihn gehängt, wäre er nicht für geisteskrank erklärt worden."

„Wohin hat man ihn geschickt?", fragte Clara.

„Broadmoor." Jeannette biss sich auf die Lippe. „Das ist schlimm genug, oder?"

„Und Sie kamen her, um Mrs. Greengage aufzuspüren."

„Ich habe sie nicht umgebracht." Jeannette schluchzte los. „Ich wollte mit ihr sprechen und vielleicht erreichen, dass sie ihre Taten bereut, aber ich konnte nie den Mut aufbringen. Und dann hörte ich von den Rätseln ... Ich wollte ihr schaden, so wie sie uns geschadet hatte, und sie spüren lassen, wie es ist, wenn sich die Menschen gegen einen wenden. Aber wie hätte sie das erleben sollen, wenn sie tot ist? Nein, ich wollte, dass sie lebt und leidet."

Jeannette zog ein Baumwolltaschentuch aus ihrem Ärmel und wischte sich über die Augen.

„Ich verstehe." Und das tat Clara. Sie wusste, wie es war, Schmerz zu spüren und diejenigen Schmerz empfinden lassen zu wollen, die dieses Leid überhaupt erst ausgelöst hatten. „Ich habe nur noch eine letzte Frage. Sind Sie allein nach Brighton gekommen?"

„Oh. Ja." Jeannette wirkte verwirrt. „Warum?"

„Hier läuft ein junger Mann herum und niemand weiß, wer er ist. Jemand mutmaßte, dass er mit der Bundle-Familie in Verbindung stehen könnte."

„Ich habe nur einen Bruder, Alfie, und der ist zur See gefahren." Jeannette steckte ihr Taschentuch wieder zurück, jetzt, da sie ihre Gefühle unter Kontrolle hatte. „Alfie fuhr zur See, Katie hat geheiratet und Susan übernahm den Laden. Die Menschen scheinen zu glauben, dass man aufgeben sollte, wenn so etwas passiert, doch wir haben weitergemacht. Ich kam hierher und habe Mrs. Pembroke gefunden. Ich schätze, Sie haben schon vermutet, dass meine Empfehlungen gefälscht waren?"

„Ich fragte mich, wann Sie die Zeit gehabt haben sollten, um als Dienstmädchen zu arbeiten, wo Sie doch Ihrem Vater halfen."

„Werden Sie es ihr sagen?"

Clara schüttelte den Kopf.

„Mrs. Pembroke ist sehr zufrieden mit Ihnen, und ich sehe keinen Grund, das zunichtezumachen. Referenzen machen das Dienstmädchen nicht aus!“ Clara lächelte vor sich hin. „Ich musste ihr versprechen, Sie nicht zu verjagen, bevor ich mich mit Ihnen unterhalten durfte.“

„Das ist gut zu wissen.“ Jeannette wirkte deutlich ruhiger. „Ich bin hier als Jeannette Brown tatsächlich sehr glücklich.“

Sie warf Clara einen bedeutungsschweren Blick zu.

„Ich werde keiner Menschenseele verraten, wer Sie wirklich sind“, versprach Clara.

„Jetzt, da die Rätsel wieder da sind, wird mich auch die Polizei nicht behelligen?“

„Dafür gibt es keinen Grund.“

Jeannette seufzte erleichtert.

„Ich wünsche Mrs. Wilton mehr Glück damit.“

„Das ist ein sinnloses Unterfangen“, antwortete Clara entschieden. „Aber Hoffnung treibt die Menschen an.“

„Nun, ich sollte Sie wohl hinausbegleiten und mich wieder an die Arbeit machen.“ Jeannette erhob sich und strich ihren Rock glatt. „Ich hoffe, Sie finden den Täter. Ehrlich.“

Clara fand, dass Jeannette eigentlich ganz angenehm war, sobald sie ihre Mauern erst einmal fallengelassen hatte, und ließ sich von ihr zur Haustür geleiten.

„Eine Sache noch“, sagte Clara, als sie schon auf der Schwelle stand. „Ich weiß, dass Sie sich nur wegen der Anstellung bei Mrs. Greengage mit Alice Roberts angefreundet haben.“

Jeannette wirkte schuldbewusst.

„So falsch diese Absicht auch war, es wäre eine Schande, eine funktionierende Freundschaft nicht fortzusetzen.“

„Alice ist eine graue Maus.“ Jeannette lächelte verlegen. „Aber sie ist nett.“

„Und einsam“, fügte Clara hinzu. „Sie hat es auch nicht verdient, Mrs. Greengages wegen schlecht behandelt zu werden.“

„Ich werde es wiedergutmachen.“ Jeannette nickte. „Ich baue mir hier ein neues Leben auf und muss die Geschehnisse der Vergangenheit vergessen.“

Clara verabschiedete sich mit dem Gefühl, wieder einen winzig kleinen Teil der Welt ins Lot gerückt zu haben. Erst als sie den Bürgersteig erreichte, kam ihr wieder in den Sinn, dass sie immer noch den tatsächlichen Mörder finden musste, was ihren Optimismus ein wenig dämpfte.

Kapitel 25

Tommy spielte am Tisch mit Papierfetzen herum. Sie saßen nach dem Abendessen im Wohnzimmer, tranken Tee und dachten über den Fall nach. Clara las noch einmal den handgeschriebenen Bericht, den Tommy über den eigenartigen Manschettenknopf auf der Fotografie erstellt hatte. Er war ein Pedant, wenn es darum ging, Beweise und Indizien zu ordnen und vor allem schriftlich festzuhalten, damit nichts in Vergessenheit geraten konnte. Clara war den Bericht dreimal durchgegangen und saß jetzt da und starrte auf den Text, während ihre Sicht verschwamm und sie sich nicht wirklich auf die Worte konzentrierte.

„Ich glaube, das hier soll eine Kirche beschreiben." Tommy riss sie aus ihren Gedanken. „Haus der Trauer, Haus der Freude, wende dich nach Osten und folge dem Jungen.' Ich denke, der Junge ist Jesus, Kirchen sind meistens nach Osten ausgerichtet und sie sind Orte der Freude und der Trauer."

„Weißt du, wie viele Kirchen es in Brighton gibt?", entgegnete Clara.

„Wenn ich die anderen Rätsel entschlüsseln kann, wird vielleicht deutlich, welche Kirche gemeint ist."

„Du scheinst zu glauben, dass diese Nachrichten tatsächlich eine Bedeutung haben. Es ist bloß Kauderwelsch."

„Mrs. Greengage muss angenommen haben, dass Mrs. Wilton sie irgendwann lösen würde.“

Clara hob die Augenbrauen.

„Bist du Mr. Wilton schon einmal begegnet?“

Tommy schüttelte den Kopf.

„Hör dir das hier an: ‚Ein Traum vom Orient oder ein Alptraum? Gehe vorsichtig vor, denn Mr. Fitzherbert ist hier.‘ Das muss der Pavillon sein. Prinz George hat ihn erbauen lassen und er war unsterblich in diese Miss Fitzherbert verliebt. Er hat sie sogar geheiratet. Er könnte Mr. Fitzherbert sein.“

„Nur dass Männer nicht den Namen ihrer Ehefrau annehmen.“

Tommy grummelte vor sich hin und schob die Zettel zu einem Stapel zusammen.

„Weißt du, du kannst mich manchmal richtig wütend machen!“

„Ich habe die Rätsel nicht geschrieben!“ Clara lachte.

„Was ist mit dem Manschettenknopf? Gefällt dir das?“

„Ich stimme dir zu, dass es ein Hinweis ist.“ Clara nickte. „Vielleicht nicht der aufschlussreichste, aber es dürfte sich lohnen, dem nachzugehen.“

„Immerhin etwas, das ich richtig mache.“ Tommy grinste. „Jetzt zu diesem Bankes.“

„Was ist mit ihm?“, fragte Clara beiläufig. Sie hatte den Blick immer noch auf den Bericht geheftet.

Tommy hielt inne, da ihm die Worte fehlten.

„Er ist ein guter ... Kontakt für eine Privatdetektivin.“

„Oh, definitiv.“ Clara seufzte und massierte sich die Schläfen. Eine Angewohnheit, die Tommy in jüngster Zeit häufiger beobachtete. „Also, was muss ich morgen alles erledigen? Ah, genau, ich muss wegen der Rätsel zu Mrs. Wilton und wieder einmal Mr. Greengage aufsuchen."

„Ich werde diese Rätsel entschlüsseln, und wenn es das letzte ist, was ich tue. Ich habe Kopien angefertigt."

„Ich bin mir ziemlich sicher, dass sie dich in den Wahnsinn treiben werden. Oh, ich schätze, ich sollte auch noch die hiesigen Juweliere aufsuchen, um herauszufinden, ob jemand neue Manschettenknöpfe gekauft hat. Mist, Mr. Greengage wird warten müssen."

„Der läuft dir nicht davon." Tommy grinste.

„Der arme Mann." Clara schüttelte den Kopf. „Ohne seine Frau ist er ziemlich aufgeschmissen."

„Die beiden hatten eine ziemlich ungewöhnliche Partnerschaft." Tommy ordnete die Rätsel wieder neu vor sich an. „Ich frage mich, wie er vor dem Krieg war. Seine Frau scheint ihn ziemlich beherrscht zu haben."

„Das ist nicht fair. Er war offensichtlich ein nervliches Wrack und sie hat die Führung übernommen."

„Indem sie einem Mann einen Mord anhängt?"

„Das ist eine wirklich traurige Geschichte", räumte Clara ein. „Mrs. Greengage war ziemlich skrupellos, aber vielleicht entsprang dieses Verhalten nur ihrer Verzweiflung."

„Hoffentlich nicht", entgegnete Tommy. „Sonst wird die Welt bald noch deutlich düsterer."

Clara zog eine Grimasse.

„Nun denn, morgen ist auch noch ein Tag."

„In der Zeitung heißt es, dass es wieder schneien soll." Tommy blickte aus dem Fenster in die Nacht hinaus. „Vielleicht wirst du deine Ermittlungen einschränken müssen, bis das Wetter wieder milder wird."

„Ganz ehrlich, Tommy, du glaubst auch alles, was in
dieser Zeitung steht.“

***

Doch er behielt recht. Als Clara erwachte, hatte sich
der Schnee nicht nur an der Hintertür aufgetürmt, sondern es schneite immer noch stark. Sie ächzte, als sie
sich anzog und sich fragte, ob die Juweliere von
Brighton heute überhaupt den Mumm hatten, aufzu-
machen.

„Du willst immer noch rausgehen, Schwesterchen?“,
rief Tommy ihr zu, während Annie ihn ins Esszimmer
schob.

„Das Rad der Zeit hält niemand auf“, seufzte Clara.

„Nicht einmal du?“ Tommy grinste sie an. „Nun, ich
bin wohl ans Haus gefesselt. Schnee verträgt sich nicht
mit den alten Rädern.“

Er tippte an die Räder seines Rollstuhls.

„Ärztliche Anweisung.“

Er drehte den Kopf zu Annie.

„Tommy Fitzgerald, Sie sind der schlimmste Patient,
der mir je untergekommen ist!“, blaffte Annie mit ge-
spielter Entrüstung. „Sie motzen und meckern wie ein
undankbares Kind.“

„Danke, meine Liebe.“ Tommy zwinkerte ihr zu.

Annie errötete und marschierte davon, um das Frühstück anzurichten.

„Du solltest nicht so scheußlich sein“, tadelte Clara.

„Redest du mit mir oder dem Wetter? Schwesterchen,
bei dem Wetter sollte nicht einmal ein Hund einen Fuß
vor die Tür setzen, geschweige denn ein Mensch.“

Clara stand am großen Erkerfenster des Esszimmers, von dem aus man einen Blick auf die Straße hatte, und bemerkte die Abwesenheit von Menschen. Auf der Straße war die Schneedecke dünner, und trotzdem hatte sich niemand hinausgewagt. Auch ein Pferd oder Karren müsste einen Weg durch den Schnee pflügen, und sie wollte gar nicht erst wissen, was das einem Automobil antun würde. Doch eine Aufgabe aufzuschieben hasste Clara beinahe so sehr, wie sich zu irren.

„Also, das wirst du wohl zurücknehmen müssen, Tommy. Ich sehe gerade Mr. Donalds Mischling auf der Suche nach dem Torpfosten, um ihn zu markieren.“

„Ich sagte ‚sollte‘, nicht dass auch jeder Hund – oder Mensch – so vernünftig ist, das zu erkennen.“ Tommy schüttelte den Kopf. „Wenn ich kein Krüppel wäre, würde ich dich begleiten ...“

„Fang gar nicht erst wieder damit an“, unterbrach Clara ihn, wobei sie sich kurz vom Fenster abwandte. „Du bist alles andere als ein Krüppel und ich will so etwas nicht mehr hören.“

Sie drehte sich wieder zum Fenster um, damit sie seinen finsteren Blick nicht sehen musste.

„Was ist das? Oh, da hält ein Polizist auf unsere Tür zu, Tommy. Wie es scheint, lassen sich Inspector Park-Coombs’ Männer auch nicht vom Schnee aufhalten.“

Die schwere, alte, viktorianische Klingel läutete, mehrere Sekunden nachdem man bereits das Klirren der Feder gehört hatte. Annie reagierte, noch bevor der Ton verklungen war, und warf im Vorbeigehen einen Blick ins Esszimmer.

„Es ist ein Polizist, Annie. Du kannst ihn zu uns hereinführen“, rief Clara.

Annie öffnete die Haustür, unterhielt sich leise mit einer Person und führte dann einen frierenden Polizisten ins Esszimmer. Er sah recht jung aus und zitterte nach dem langen Fußmarsch zum Haus ein wenig. Offensichtlich hatte ihm niemand geraten, einen Mantel über die Uniform zu ziehen, damit niemand ihn für einen gewöhnlichen Zivilisten hielt, auch wenn man damit riskierte, einen Constable an eine Lungenentzündung zu verlieren.

„Kommen Sie ans Feuer und wärmen Sie sich auf", bot Clara an, sobald sie ihn sah.

„Vielen Dank, Miss. Entschuldigen Sie den frühen Besuch." Der Constable berührte als Respektsbekundung die Spitze seines Helms und zog ihn sich dann vom Kopf, bevor er an den Kamin trat. Erleichterung zeichnete sich auf seinem Gesicht ab, als er die Wärme spürte.

„Also, warum schickt der Inspector Sie an einem solchen Tag quer durch die Stadt?", fragte Clara, während sie sich selbst in die Nähe des Feuers hockte.

„Er glaubt, etwas Wichtiges für Sie zu haben. Zwei Bauarbeiter sind heute auf dem Weg zu einem Haus, an dem sie Reparaturen durchführen, über eine Leiche gestolpert. Sieht aus wie ein Vagabund, der in der vergangenen Nacht von der Kälte überrascht wurde. Der Inspector meint, er sehe dem Mann ähnlich, den Sie als Ihren Verfolger beschrieben haben."

„Wirklich?", fragte Tommy und fuhr mit seinem Rollstuhl etwas näher heran.

„Ein Mann um die dreißig, kurzes, dunkles Haar, Mantel. Keine Ausweispapiere, kein Geld." Der

Constable kniff die Augen zu, während er sich in Erinnerung rief, was man ihm gesagt hatte. „Eine schreckliche Sache, so zu erfrieren."

Tommy schaute zu seiner Schwester. Sie starrte ins Nichts, ihr Gesichtsausdruck wirkte eigenartig neutral und ihre Haut war blass.

„Der Inspector möchte, dass Sie ihn sich ansehen. Es eilt aber nicht, sie versuchen immer noch, ihn zur Wache zu bringen. Er war am Boden festgefroren. Sie haben sich von den Hausfrauen in der Nähe kochendes Wasser bringen lassen, doch Sie können sich vorstellen, wie das bei diesem Wetter ist." Der Constable nickte in Richtung Fenster, vor dem immer noch Schnee fiel, und machte ein tadelndes Geräusch, als wäre es überaus unbedacht, bei diesem Wetter zu sterben. „Als ich hergeschickt wurde, waren sie fast fertig. Aber es wäre noch reichlich Zeit für eine Tasse Tee."

Clara erwachte gerade rechtzeitig aus ihrem Tagtraum, um diese Andeutung mitzubekommen.

„Oh, ja, möchten Sie eine Tasse, Constable? Ich habe noch nicht gefrühstückt, wir könnten also auch mit etwas Toast dienen."

„Herzlichen Dank." Der Constable wollte sich wieder an den Helm fassen und wirkte verwirrt, als er nicht da war.

Annie verschwand mit einem zweifelnden Gesichtsausdruck, um für die Verpflegung zu sorgen, während Tommy dem Constable bedeutete, sich an den Tisch zu setzen.

„Armer Kerl", sagte Clara, während sie sich auf ihren Stuhl fallen ließ. „Ich war gerade zu dem Schluss gekommen, dass keine Gefahr von ihm ausgeht."

„Er hat dir nachgestellt!", prustete Tommy.

„Der Gentleman hat recht", pflichtete der Constable bei. „Solchen Männern kann man nicht vertrauen. Da ist etwas nicht richtig im Kopf. Warum sonst sollte man eine Dame verfolgen? Das ist nicht logisch, nein. Grämen Sie sich nicht."

Clara blickte ob seines bevormundenden Tons finster drein, doch der Constable war zu sehr damit beschäftigt, sich im Esszimmer umzusehen, um das zu bemerken. Doch Tommy entging es nicht und er beschloss, lieber das Thema zu wechseln.

„Ich nehme an, die Polizei ist bei diesem Wetter schwer beschäftigt."

„In der Tat, Sir. Überall platzen Rohre und Karren bleiben stecken. Wir empfehlen den Menschen, zu Fuß zu gehen, wenn sie unbedingt etwas ausliefern müssen. Die Pferde können im Schnee einfach nicht ziehen. Aber die Leute hören nicht auf uns und sagen, ihr Lebensunterhalt hänge davon ab. Und sie fragen, was wir schon wissen. Ich will nicht behaupten, dass wir viel darüber wissen, doch ich weiß, wie viele steckengebliebene Karren ich an einem Tag sehe. Nein, alle glauben, ihnen wird das nicht passieren; dass *ihr* Karren durchkommen wird."

Annie kehrte mit einer warmen Kanne Tee und einer zusätzlichen Tasse für den Constable zurück.

„Ich habe Ihren Mantel vor das Feuer gehängt, damit er etwas warm wird, bevor Sie aufbrechen", sagte sie zu Clara.

„Sehr aufmerksam, Annie." Clara fiel auf, wie förmlich sich ihre Freundin vor dem Constable benahm, und sie fragte sich, was Annie so verärgert hatte. Sie wollte dem Mann nicht einmal in die Augen schauen.

„Ich gehe den Toast holen", sagte Annie und verschwand wieder.

„Wir hatten heute Morgen schon drei Todesfälle", fuhr der Constable fort, während er Milch und Tee in seine Tasse goss. „Neben Ihrem Vagabunden ist ein Gepäckträger am Bahnhof tot umgefallen. Wir glauben, sein Herz konnte der Kälte nicht standhalten. Und in der Church Street wurde eine alte Dame von einer Nachbarin tot in ihrem Sessel aufgefunden. Doch das ist auch nicht weiter verdächtig. Zu dieser Jahreszeit sterben die Menschen wie die Fliegen."

Clara irritierte es sehr, wie heiter der Constable über den Tod sprach. Sie war erleichtert, als Annie den Toast brachte. Je schneller sie diese Identifikation hinter sich bringen konnte, desto besser. Sie hatte über diesen Neuigkeiten den Appetit verloren. Was immer Tommy und der Constable auch sagen mochten, ihr gefiel es nicht, dass jemand auf der Straße hatte schlafen müssen und dabei im Schnee gestorben war. Sie war sich sicher, dass ihr Verfolger nichts Böses im Sinn gehabt hatte. Er war ihr eher verängstigt und nervös vorgekommen. Wenn er doch nur stehengeblieben wäre, doch die Begegnung mit Oliver hatte ihn gewiss erschreckt, und dann befürchtete er, sie würde jemanden rufen, um ihn zu vertreiben. Wenn sie doch nur miteinander hätten sprechen können ...

Doch jetzt war es zu spät. Sie würde nie erfahren, wer er war und was er gewollt hatte. Sie nahm sich eine Scheibe Toast, da sie wusste, dass ihren beiden Wachhunden Tommy und Annie gewiss nicht entgehen würde, wie viel sie aß. Und besonders Annie würde wütend sein, wenn sie das Gefühl bekäme, Clara wäre ohne Stärkung aus dem Haus gegangen. Nichts konnte Annie davon abhalten, dafür zu sorgen, dass andere drei anständige Mahlzeiten am Tag zu sich nahmen. Der Constable teilte Claras schwachen Appetit offensichtlich nicht. Er hatte seinen Toast binnen Sekunden heruntergeschlungen und schenkte sich gerade eine weitere Tasse Tee ein.

„Ich werde Sie zur Wache begleiten, sobald ich den hier ausgetrunken habe, Miss", sagte er, als er bemerkte, dass Clara sich erhob. Sie fragte sich, wann er beschlossen hatte, dass er ihr Befehle geben konnte. Sie ging in die Küche, um ihren Mantel zu holen und dem lästigen Constable für einen Augenblick zu entkommen.

Die Küche, Annies Reich, war so warm, dass es schwerfiel, an den Schnee draußen zu denken. Im Herd brannte ein loderndes Feuer und Annie spuckte gerade auf das Bügeleisen, um die Temperatur zu prüfen, als Clara hereinkam.

„Ich komme, um meinen Mantel zu holen", sagte Clara als Antwort auf Annies Blick. „Sie halten nicht viel von dem Constable, oder?"

„Wissen Sie, wer er ist?"

„Nein."

„Er heißt Alfie Ling und wenn es je einen Mann gab, der keine Polizeiuniform tragen sollte, dann ist er das." Annie klang recht wütend und rammte das heiße Bügeleisen auf ein bedauernswertes Bettlaken.

„Was hat er Ihnen angetan?"

„Die Frage ist eher, was hat er nicht getan? Er wuchs in derselben Straße auf wie ich. Er war ein Mistkerl, kaum dass er laufen konnte. Mein Vater hat ihm mehr als einmal das Fell über die Ohren gezogen, weil er Steine nach unserer Katze geworfen und das Glasdach unseres Gewächshauses zerstört hat. Wenn es in der Straße Ärger gab, konnte man sich darauf verlassen, das Alfie Ling dahintersteckte. Eingeschlagene Fenster, bemalte Türen, ausgerissene Pflanzen, gestohlene Fahrräder. Seine Mutter war eine Nachteule, wenn Sie verstehen, was ich meine."

Clara nahm an, dass sie verstanden hatte, und beschloss, nicht um Präzisierung zu bitten.

„Und er hat es in die Polizeitruppe geschafft?", grübelte Clara.

„Was Sie auch tun, vertrauen Sie ihm nicht." Annie schüttelte den Kopf. „Er hat sich nicht verändert, Uniform hin oder her. Glauben Sie mir. Er wird der Polizeitruppe Ärger machen, und uns wahrscheinlich auch."

„Er hat keinen Grund, uns zu belästigen." Clara zog ihren Mantel an.

„Doch, wenn Sie mit der Detektivarbeit weitermachen und sich mit Inspector Park-Coombs gutstellen. Das ist ein Mann, dem Ling nichts vormachen kann. Ich hörte, dass er Ling in Schach hält. Der ist deswegen sehr verbittert und lässt das an jedem aus, der sich ihm anbietet."

„Ich werde auf mich aufpassen", versprach Clara und war fest entschlossen, sich nicht von einem örtlichen Rüpel schikanieren zu lassen.

„Das weiß ich", sagte Annie und schien sich ein wenig zu entspannen. „Trotzdem würde ich ihn am liebsten erwürgen, für all den Ärger, den er uns gemacht hat. Haben Sie gesehen, wie er mit seinen nassen Schuhen geradewegs ins Haus marschiert ist?"

Annie wirkte beim Gedanken an die schmutzigen Teppiche regelrecht verzweifelt. Clara drückte ihre Schulter.

„Ich denke, es ist an der Zeit, dass Mr. Alfie Ling mein Haus verlässt."

Clara marschierte den Flur hinunter und fand Ling bei seiner dritten Tasse Tee vor, während er den Toast aufaß, den sie auf ihrem Teller zurückgelassen hatte. Er erzählte irgendeine amüsante Geschichte, bei der er selbst am meisten lachte und Krümel auf Tommy spuckte.

„Constable, ich bin bereit, mir Ihren Herumtreiber anzuschauen", sagte Clara streng.

„Ich trinke bloß noch meinen Tee aus, Miss, keine Eile", sagte Ling und prostete ihr mit der Tasse zu.

Clara kniff die Augen zusammen.

„Constable, Sie mögen wenig Arbeit haben, die Sie heute unterhalten kann, doch ich habe einen vollen Zeitplan, und eine Leiche zu begutachten stand bis eben nicht darauf. Ich möchte diese Sache hinter mich bringen und werde zur Wache aufbrechen, ob Sie mich begleiten oder nicht." Clara marschierte zur Haustür.

Ling wirkte kurz verblüfft und selbst Tommy war beeindruckt davon, wie furchteinflößend seine Schwester klingen konnte. Als sie lautstark die Tür öffnete, ließ Ling beinahe seine Tasse fallen und sprang auf.

„Wenn der Inspector denkt, ich hätte Sie allein gehen lassen, bin ich geliefert!", quiekte er, während er sich seinen Helm schnappte und zur Tür rannte.

Annie tauchte in der Tür zum Esszimmer auf, als er hinausstürmte. Sie sah sehr zufrieden aus, wie Tommy bemerkte, und schien sich nicht einmal daran zu stören, dass Ling vergessen hatte, die Haustür hinter sich zu schließen.

„Wurde Clara von einer Wespe gestochen, oder so etwas?", fragte Tommy. Die Veränderung in seiner Schwester hatte ihn ganz aus der Bahn geworfen.

„Auf Nimmerwiedersehen, Alfie Ling", sagte Annie, während sie immer noch in Richtung Tür lächelte.

Tommy schüttelte den Kopf. *Frauen*, dachte er. Dann stieg ihm ein Geruch in die Nase und er schaute zu Annie.

„Riechst du auch versengten Stoff?"

Kapitel 26

Claras letzter Besuch im Leichenschauhaus hatte unter sehr traurigen Umständen stattgefunden; nach dem Tod ihrer Eltern. Sie waren in London ums Leben gekommen und durch Papiere identifiziert worden, die ihr Vater bei sich gehabt hatte. Dennoch hatte sie in die Hauptstadt fahren müssen, um sie formell zu identifizieren, ehe die Leichen für die Bestattung freigegeben werden konnten. Niemand hätte je damit gerechnet, dass die Deutschen ihren Zorn an London auslassen würden; mittels schauderhaften, silbernen Zeppelinen, die leise über den Nachthimmel zogen. Manchmal erwachte Clara ob dieser Erinnerung kaltschweißig aus ihrem Schlaf. Sie würde auf ewig dankbar sein, dass sie nicht zu den unglücklichen Menschen gehörte, die in diesem Krieg ihre gesamten Angehörigen verloren hatten; sie hatte immerhin noch Tommy.

Das Leichenschauhaus von Brighton roch nach Desinfektionsmittel und Bleiche. Es wurde kühl gehalten, indem es halb unterhalb der Erdoberfläche angelegt war, und nach dem winterlichen Schneefall waren die weißen Kacheln eiskalt. Clara konnte ihren Atem sehen, während sie eine Treppe hinabstieg und vom Gerichtsmediziner empfangen wurde.

„Miss Fitzgerald“, sagte er und streckte ihr eine Hand
entgegen. Alfie Ling, der am Fuß der Treppe stehengeblieben war, sprach er nicht an. „Es tut mir leid, Sie an
einem so fürchterlichen Morgen herrufen zu müssen.“
„Das macht nichts, Mr …“
„Deáth, Dr. Deáth. Beinahe geschrieben wieder der
Tod, doch es spricht sich Deeth. Manche Menschen finden das amüsant, aber es ist ein sehr alter Name. All
meine Vorfahren hatten in der einen oder anderen
Weise mit Medizin zu tun.“ Dr. Deáth war ein freundlicher Mann, nicht sehr groß und ein wenig korpulent.
Die schwarze Brille mit den runden Gläsern auf seiner
Stupsnase ließ ihn wie eine freundliche Eule aussehen.
Clara fand ihn sofort sympathisch. Er schien ein recht
heiterer Mann zu sein, dafür, dass er den ganzen Tag
von Leichen umgeben war.

„Würden Sie mir in die Krypta folgen?“, fragte er. „Ein
kleiner Scherz. Sie werden sehen, was ich meine.“

Er führte sie einen kalten Flur entlang und um eine
Ecke, bis sie eine braune Tür erreichten. Als er sie öffnete, verstand Clara, was er gemeint hatte. Beim Bau
des Leichenschauhauses schien jemand von kirchlicher Architektur inspiriert worden zu sein, denn der
weiße Raum vor ihnen hatte eine Gewölbedecke und
an den Wänden waren Säulen angeordnet. Die großen
Fenster am einen Ende ließen von der Straße her Licht
herein, doch der Rest des Raumes wurde von freihängenden Lampen mit grünen Schirmen beleuchtet.

„Hier fühle ich mich immer sehr heilig!“ Dr. Deáth
lachte. „Ich hatte einen Onkel, der Priester werden
wollte, doch man war der Meinung, der Name könnte

bei Beerdigungen für Unbehagen sorgen. Er wurde stattdessen Bestatter."

„Haben Sie den Eindruck, dass Ihr Nachname die Berufswahl beeinflusst, Dr. Deáth?", fragte Clara neugierig, während sie in den strahlend weißen, leeren Raum trat.

„Oh, nein!" Dr. Deáth lächelte. „Ich habe eine unverheiratete Tante, die Hebamme ist."

Er holte einen Holzstuhl herbei und bot ihn ihr an. Clara setzte sich, obwohl sie lieber stehengeblieben wäre. Sie hatte gerade die Reihe kleiner, geschlossener Türen an der Seitenwand bemerkt und hegte einen unangenehmen Verdacht bezüglich ihres Zweckes.

„Warten Sie einfach hier, während ich unseren Mann hole." Dr. Deáth huschte davon, zum Glück verschwand er durch einen niedrigen Bogen in einem anderen Raum. Clara entspannte sich wieder und versuchte, nicht daran zu denken, dass gleich hinter all diesen Türen Leichen lagen.

Als Dr. Deáth zurückkehrte, schob er einen störrischen Rolltisch vor sich her, ähnlich zu denen, die Clara noch von ihrer Arbeit im Krankenhaus kannte. Ein Rad klemmte und blieb ständig irgendwo hängen.

„Ich habe ihn nicht zu den anderen gelegt." Dr. Deáth deutete mit einer Handbewegung auf die unheilvollen Türen. „Er war völlig durchgefroren. Ich muss ihn ein wenig auftauen lassen, bevor ich ihn anständig untersuchen kann, daher lag er in der Teeküche."

Clara sah ihn fassungslos an.

„Oh, keine Sorge, heute bin nur ich hier, und er stört mich nicht." Dr. Deáth grinste. „Würden Sie ihn einmal anschauen? Ich habe ihn noch nicht untersucht."

Clara erhob sich zögerlich von ihrem Stuhl und trat einen Schritt vor. Die Leiche war mit einem weißen Tuch abgedeckt und sie konnte nur die Konturen des armen Mannes ausmachen. Sie stockte, als sie seinen abgedeckten Kopf erreichte.

„Wie sieht er aus?", fragte sie nervös.

„Als würde er schlafen", versicherte Dr. Deáth ihr. „Viele Erfrorene, wie unser Vagabund hier, fallen vor ihrem Tod in einen Dämmerschlaf, häufig unterstützt von Alkohol, und bemerken dann die fallenden Temperaturen nicht. Verglichen mit anderen Todesarten muss das recht schmerzlos sein."

Clara war sich nicht sicher, ob sie sich damit besser fühlte.

„Sind Sie bereit, ihn anzuschauen?"

Clara nickte und biss sich fest auf die Unterlippe. Dr. Deáth zog schwungvoll das Tuch vom Kopf der Leiche, wie ein Magier bei einem Trick. Für eine Sekunde weigerten Claras Augen sich, das Gesicht scharfzustellen, dann riss sie sich zusammen und betrachtete den Mann. Sie seufzte.

„Das ist er nicht", sagte sie.

Dr. Deáth wirkte enttäuscht.

„Zu schade. Das wäre wenigstens eine Art von Identifizierung gewesen. Das ist wohl eine weitere arme Seele, deren Identität unbekannt bleiben wird."

Jetzt, da sie sich an den Anblick des Fremden gewöhnt hatte und wusste, dass sie ihn nicht wiedererkannte, konnte sie gar nicht mehr wegschauen. Der Mann war etwa im selben Alter wie ihr Verfolger und hatte ähnliches braunes Haar, doch sein Gesicht war schmaler und kantiger. Er sah wettergegerbt aus, als wäre er es gewohnt, draußen zu schlafen, und sie konnte eine Linie ausmachen, zwischen seinem etwas dunkleren Gesicht und Hals und der Blässe an Schultern und Brust. Er war einst gut gebräunt gewesen.

„Er bleibt ein Niemand?", fragte Clara traurig.

Dr. Deáth zuckte mit den Schultern.

„Nur ein weiterer Herumtreiber. Die sehen wir hier oft, erst recht zu dieser Jahreszeit. Vermutlich ein ehemaliger Soldat." Dr. Deáth blickte grimmig drein. „Ich finde es deprimierend, wie viele von ihnen hier durchkommen. All die feinen Jungen, die vom Krieg verwüstet wurden. Ich sehe hier viel zu viele Selbstmorde."

Clara dachte an Tommy, dann schob sie diesen Gedanken beiseite.

„Tut mir leid, dass ich Ihnen keine Hilfe war."

„Das macht nichts. Ich begleite Sie hinaus."

Sie erreichten gerade die Tür des Leichenschauhauses, als Clara eine Idee kam.

„Dr. Deáth, haben Sie die Autopsie von Mrs. Greengage durchgeführt?"

„In der Tat."

„Dürfte ich Sie nach Ihren Ergebnissen fragen? Ich habe als Privatermittlerin zusammen mit Inspector Park-Coombs an dem Fall gearbeitet."

Dr. Deáth trat von einem Bein aufs andere und schien sich unbehaglich zu fühlen.

„Ich darf nicht über meine Arbeit sprechen."

„Sie könnten Alfie Ling losschicken, um sich die Erlaubnis des Inspectors einzuholen, doch ich versichere Ihnen aufrichtig, dass ich die Wahrheit sage. Die Ermittlungen des Inspectors gerieten in eine Sackgasse, und ich führe die Arbeit fort, die er aus verschiedenen Gründen zurückstellen musste."

Dr. Deáth wirkte nervös.

„Mich hat noch nie jemand nach den Ergebnissen einer Autopsie gefragt."

„Und ich würde es nicht tun, wenn es nicht wichtig wäre."

Dr. Deáth wippte offensichtlich unentschlossen auf seinen Absätzen vor und zurück. Dann beging er den Fehler, in Claras Augen zu schauen, und er ächzte, da er wusste, dass er keine Ruhe finden würde, bis er ihr geholfen hatte.

„Vielleicht gehen wir lieber in den Aufenthaltsraum der Belegschaft, damit ... uns niemand hört."

Clara fragte sich, ob er sagen wollte, dass ihm die Toten nicht wohlgesonnen sein würden, wenn er ihre Geheimnisse preisgab.

Die Teeküche verfügte über einen kleinen Kamin, in dem gerade mehrere Scheite lodernd brannten, einen zerkratzten Tisch und mehrere abgewetzte Sessel. Dr. Deáth bot an, Tee zu machen, da er ein wenig fror, und Clara nahm an, er würde gesprächiger sein, wenn er sich wie bei einer zwanglosen Unterhaltung fühlte, also nahm sie an. Sie musterte das menschliche Skelett, das in einer Ecke stand und Bowler und Schal trug (die vermutlich Dr. Deáth gehörten) und setzte sich in einen der Sessel, während sie darauf wartete, dass das Wasser kochte.

Dr. Deáth brachte die volle Teekanne herüber, packte sie in einen grünen, gestrickten Teewärmer und stellte sie an den Kamin, bevor er zwei Tassen holte.

„Also ...", sagte er nachdenklich, während er im Sessel neben Clara Platz nahm. „Mrs. Greengage."

„Was können Sie mir über ihren Tod sagen?"

„Nun, er trat irgendwann zwischen Mitternacht und acht Uhr morgens ein, als das Dienstmädchen eintraf. Ein einzelner Schuss in die Brust. Die Kugel hat das Herz durchbohrt und sie beinahe auf der Stelle getötet. Die Schusswaffe war nicht weiter als einen Meter entfernt, würde ich sagen."

„Was zu bestätigen scheint, dass sie den Täter kannte und hereingelassen hatte."

„All das habe ich der Polizei schon berichtet." Dr. Deáth zuckte mit den Schultern. „Keine Anzeichen für einen Kampf, keine Abwehrverletzungen. Ich würde sagen, sie kannte die Person recht gut, ja."

„Können Sie beurteilen, ob der Täter ein guter Schütze war?"

Dr. Deáth wirkte verdutzt.

„Ob der Treffer ins Herz nur Glück war? Ich glaube nicht, dass ich das beurteilen kann, aber ich urteilte, dass es aus dieser Entfernung ein einfacher Treffer war. Die Brust ist das größtmögliche Ziel und man richtet auf jeden Fall Schaden an."

Clara stellte enttäuscht fest, dass sie so nicht weiterkam.

„Hätte das Krach gemacht?"

„Ja, ein lauter Knall. Ich kann allerdings nicht sagen, ob sie selbst ein Geräusch von sich gegeben hat, wie etwa einen Schrei."

„Nein, aber ich würde vermuten, dass dem nicht so war, da die Polizei keine Zeugen hat, die einen Schrei gehört hätten." Wieder eine Sackgasse. „Nun ja, egal."

Sie trank ihren Tee, da sie das Bedürfnis hatte, sich aufzuwärmen, bevor sie ging und sich wieder der Kälte stellte. Sie hoffte, dass Alfie Ling auf der Treppe stand und fror.

„Hätte Mr. Greengage doch nur nicht dieses Schlafmittel genommen, dann könnte er der Hauptzeuge sein."

„Meiner Erfahrung nach", sagte Dr. Deáth zwischen zwei Schlucken Tee, „gibt es kein legal erhältliches Schlafmittel, das ohne schlimme Nebenwirkungen einen so tiefen Schlaf herbeiführen könnte."

„Wirklich?"

„Der Onkel meines Vaters war Apotheker, zu einer Zeit, in der man so ziemlich alles zusammenmischen durfte, was man wollte. Er hatte einige hervorragende Mittel, viele auf der Basis von Opium, doch er musste aufpassen, an wen er sie verkaufte, denn Langzeitanwender litten unter Halluzinationen oder schweren Kopfschmerzen. Manchen fiel es schwer, die Wirkung der Arznei abzuschütteln, wenn sie wieder erwachten, und andere beschwerten sich über Schmerzen, insbesondere im Gedärm. Eine Dame war besonders empfänglich für das Mittel und schlief zwei Tage lang. Natürlich würde ich behaupten, dass Arzneien dieser Tage besser zubereitet werden."

„Mr. Greengage hat angedeutet, dass er schon seit Jahren Schlafmittel nimmt."

„Nun, dann sind sie nicht opiumbasiert, sonst würde er ernste Nebenwirkungen erleiden."

„Er scheint rasch wach geworden zu sein, als seine Frau tot aufgefunden wurde, und ich habe keine Anzeichen für Kopfschmerzen bemerkt." Clara bekam wieder einmal das Gefühl, dass sich Puzzleteile zusammenfügten. „Wie lange hält die Wirkung eines Schlafmittels an?"

„Das hängt von der Dosis ab, aber ungefähr acht bis zwölf Stunden. Doch sanftere Mittel bedeuten auch, dass der Patient leichter aus seinem Schlummer geweckt werden kann."

„Das Dienstmädchen kam gegen acht Uhr, wie üblich, und wir waren am vorherigen Abend bis acht oder neun dort." Clara sortierte den zeitlichen Ablauf. „Das liegt alles recht nah beieinander und Alice sagte, Mr. Greengage sei nie wach gewesen, wenn sie ihre Arbeit machte. Wie konnte er an diesem Morgen also so wach sein?"

„Etwas hat ihn aus dem Schlaf gerissen. Vielleicht hat die junge Frau geschrien?"

„Nein, hat sie nicht." In Claras Verstand klickte etwas. „Und selbst wenn es ein Schrei war, der ihn weckte, hätte er gelogen, als er behauptete, ein Mittel zu nehmen, unter dessen Einfluss er nichts von einem Streit seiner Frau mit einem Besucher oder einem Schuss mitbekommen hätte."

Clara sprang aus ihrem Sessel auf.

„Bitte entschuldigen Sie mich, Dr. Deáth, ich muss dem Inspector einen Besuch abstatten. Sie waren mir eine große Hilfe und der Tee war köstlich."

Dr. Deáth lächelte, während sie aus seiner „Krypta" eilte.

„Ich würde ja sagen, kommen Sie mich gerne wieder besuchen, aber das klänge makaber", rief er. „Ich habe unsere Unterhaltung genossen!"

Clara fand Alfie Ling am Fuß der Treppe, wo er eine Zigarette rauchte und sich die Hände rieb.

„Sie haben sich ja Zeit gelassen, was?", knurrte er, als sie näherkam.

Clara ignorierte den Kommentar einfach.

„Ich muss den Inspector aufsuchen, Constable Ling", sagte sie, während sie die Treppe hinaufstieg. „Und ich habe das Gefühl, dass Sie noch länger in der Kälte warten müssen, bevor der Tag zu Ende geht."

Alfie Ling fluchte leise vor sich hin und folgte ihr nach draußen.

Kapitel 27

Clara entwickelte langsam eine Schwäche für Apotheker. Sie waren sehr hilfsbereite Menschen. Mr. Palmer war ein rundlicher Mann, der mit der Hilfe seiner Frau und seiner beiden unverheirateten Töchter seinen kleinen Laden an einer Ecke der North Street führte. Er war regelrecht fasziniert von den Eigenschaften der Arzneien, die er verkaufte, und es war nicht schwer, ihn zu ausgedehnten Unterhaltungen über seine Produkte zu verleiten. Er war eine wandelnde pharmazeutische Enzyklopädie und sehr zufrieden mit seiner Arbeit. Sein vielleicht einziger Fehler war seine offensichtliche Unfähigkeit zur Diskretion.

„Mr. Greengage? Natürlich, ich mische seit Monaten seine Pulver an." Mr. Palmer war ein so hilfsbereiter Mensch, dass es reichte, ihn nach einem Schlafmittel zu fragen, das ein Freund empfohlen hatte, um die Unterhaltung ins Rollen zu bringen. „Ich kannte den Namen des verschreibenden Arztes nicht, aber der sitzt auch oben in Eastbourne. Die Rezepte habe ich trotzdem entgegengenommen und zubereitet."

„Und diese Pulver sind auch bei längerfristiger Einnahme sicher?"

„Absolut, Madam, das gilt für alle meine Arzneien." Mr. Palmer deutete mit einer Handbewegung auf seine vollen Regale. „Ich würde kein Produkt verkaufen, dass ich in irgendeiner Weise für schädlich halte. Ich verkaufe nicht einmal Gifte. Höchstens in Ausnahmefällen, und selbst dann nicht an Frauen oder Kinder."

Das würde erklären, warum Mrs. Greengage das Strychnin nicht bei ihrem üblichen Apotheker gekauft hatte.

„Gibt es irgendwelche Nebenwirkungen?", hakte Clara nach. „Ich habe schlimme Dinge über opuimbasierte Arzneien gehört."

„In diesem Mittel ist nicht ein Tropfen Opium, Madam. Es ist sehr milde. Es besteht sogar hauptsächlich aus Kräutern. Ein wenig Kamille und so etwas. Ich glaube, das Rezept stammt vom europäischen Festland, aber die Ärzte bevorzugen das Mittel, weil es, im Gegensatz zu den stärkeren Medikamenten, nicht abhängig macht und keine Nebenwirkungen hat."

„Aber es wirkt?"

„Würde ich es Ihnen verkaufen, wenn nicht?" Mr. Palmer lachte. „Ich sage den Damen, dass es sogar harmlos genug ist, um es Kleinkindern zu verabreichen, aber gut genug, um den Schlaf zu bringen, wenn es nötig ist."

„Was mir Sorgen macht", fuhr Clara fort, um sich als wehleidige Kundin zu präsentieren, „ist, dass mein Bruder manchmal quälende Alpträume hat – der Krieg, Sie verstehen. Und unser Dienstmädchen weckt mich dann auf, um ihn zu beruhigen. Ich will kein Mittel nehmen, das ihr dies unmöglich macht."

„Madam, dieses Pulver dient dazu, Sie einschlafen zu lassen, doch es hält Sie nicht im Schlaf gefangen, wie andere Mittel. Himmel, das wäre furchtbar, derart von der Welt abgeschottet zu sein. Ich weiß, dass manche Menschen die stärkeren Mittel bevorzugen, doch ich glaube, damit kann man auch zu weit gehen. Ihr Dienstmädchen wird Sie problemlos wecken können. Die Arznei ist eigentlich eher zur Entspannung da."

Clara nickte und musterte die Schachtel mit der Aufschrift „Cartwright's Schlafmittel nach Patentrezept", die er für sie herausgesucht hatte.

„Könnte ich nur zwei Dosen bekommen, um es auszuprobieren?", fragte sie.

„Natürlich, Madam, aber ich habe noch nie Beschwerden gehört." Mr. Palmer umwickelte die beiden in Papier eingeschlagenen Dosen mit einer zusätzlichen Lage Papier und reichte ihr das Päckchen. „Das macht drei Pence."

Clara angelte das Geld aus ihrer Handtasche und verließ dann den Laden mit ihrem Einkauf. Alfie Ling stand draußen und wartete auf sie.

„Endlich fertig?", fragte er, während er versuchte, Leben in seine Finger zurückzubringen.

„Fast." Clara lächelte ihn an. „Der Inspector hat Ihnen aufgetragen, zu tun, was ich Ihnen sage, schon vergessen?"

„Ich glaube nicht, dass der Inspector davon ausging, ich würde den ganzen Tag draußen rumstehen", jammerte Ling.

Clara widerstand der Versuchung, ihm zu sagen, der Inspector sei durchaus davon ausgegangen und recht amüsiert gewesen. Doch sie marschierten jetzt strammen Schrittes zur Greengage-Residenz und sie wollte ihm keinen Anlass geben, mit ihr zu streiten.

„Sie werden an der Ecke warten müssen, bis ich im Haus bin", sagte Clara streng. „Ich möchte nur eine ruhige Unterhaltung mit Mr. Greengage führen. Kommen

Sie nach einer Weile an die Tür und lauschen Sie. Wenn ich schreie, brauche ich Ihre Hilfe."

Ling protestierte, doch er konnte nicht gewinnen und schlurfte die Straße hinauf, wobei er auf die ganze Welt wütend zu sein schien, und erst recht auf den erfrorenen Vagabunden, dem er all das überhaupt erst zu verdanken hatte.

Clara klopfte mit den Fingerknöcheln gegen die Tür, nachdem sie bemerkt hatte, dass der Türklopfer festgefroren war. Sie hörte Bewegung im Haus. Jemand kam zur Tür und einen Augenblick später wurde sie geöffnet.

„Hallo, Mr. Greengage, wie geht es Ihnen?" Clara setzte einen besorgten Gesichtsausdruck auf, wie sie es auch tun würde, wenn sie hinter ihrem Schreibtisch saß und einer Klientin oder einem Klienten gegenüber sympathisch wirken wollte.

Mr. Greengage brauchte einen Moment, bis er sie wiedererkannte.

„Oh, Miss Fitzgerald, Sie sind bei diesem Wetter hergekommen?" Sein Blick wanderte zu den Schneemassen auf der Straße.

„Unglücklicherweise war ich ohnehin unterwegs, und als ich hier vorbeikam, beschloss ich, meinen christlichen Pflichten nachzugehen und nach Ihnen zu sehen. Also, wie ist es Ihnen ergangen?"

„Nun ... Sie wissen schon." Mr. Greengage nestelte an seiner Strickweste herum, die einen braunen Fleck hatte und ein wenig muffig roch. „Die Küche sieht langsam etwas unordentlich aus."

Clara beschloss, den Kommentar zu ignorieren. Wenn er von ihr erwartete, dass sie seine Küche putzen würde, obwohl er selbst dazu in der Lage war, hatte er sich geschnitten.

„Soll ich nicht für eine kleine Unterhaltung hereinkommen?“ Clara versuchte zu verbergen, dass die Kälte des Schnees an ihren Füßen brannte. „Ich habe ein kleines Geschenk mitgebracht.“

Sie hielt ihm das eingewickelte Päckchen hin. Mr. Greengage bedeutete ihr, hereinzukommen, wenngleich er noch benommener und verwirrter wirkte als sonst und durchs Haus stolperte, während seine Gedanken anderswo waren. Clara fragte sich, ob er sich doch noch irgendein opiumbasiertes Mittel besorgt hatte, doch das war etwas weit hergeholt, zumal er nie das Haus verließ, wenn er es vermeiden konnte.

Er hätte sie beinahe ins vordere Wohnzimmer geführt, doch Clara schlug eilig den Weg zum Arbeitszimmer ein.

Mr. Greengage hatte seit ihrem letzten Besuch allem Anschein nach hauptsächlich in diesem Raum gelebt, wenn man nach den unaufgeräumten Tischen und Stühlen sowie den Stapeln aus Papier und benutzten Tellern urteilen konnte.

„Wie ich sehe, essen Sie regelmäßig.“ Clara räumte einen Teller mit den Resten eines Rindereintopfes beiseite und setzte sich.

„Alle Damen in der Straße haben für mich gekocht.“ Mr. Greengage wirkte geradezu hilflos in diesem chaotischen Raum, in dem ihn alles zu überragen schien. „Allerdings hat keine von ihnen Zeit zum Putzen. Ich muss wirklich jemanden dafür finden.“

„Sie könnten es selbst mal versuchen“, schlug Clara lieblich vor.

Mr. Greengage schaute sie entsetzt an.

„Oh, das würde Martha niemals erlauben!", sagte er.

„Wie dem auch sei. Ich dachte, dass Sie unter diesen Umständen vielleicht schlecht schlafen, und ich wusste, dass Sie Schlafmittel nehmen, aber vielleicht kein neues besorgen konnten. Daher war ich bei Mr. Palmers Apotheke und – ich hoffe, das macht Ihnen nichts aus – habe ein paar Fragen gestellt und Ihnen das hier mitgebracht." Sie legte das Päckchen auf einen Beistelltisch und packte es vorsichtig aus.

Mr. Greengages Augen leuchteten, als er die kleinen Papierrollen darin erblickte.

„Sie haben ja keine Ahnung, werte Dame, wie sehr Sie damit meinen Verstand retten." Mr. Greengage nahm die kleinen Packungen so vorsichtig an sich, als wären sie aus Gold. „Ich habe nicht mehr geschlafen, seit mir mein Pulver ausgegangen ist. Ich kann einfach meinen Verstand nicht zur Ruhe bringen."

„Ich bringe Ihnen gerne mehr, wenn das das richtige Mittel ist."

„Perfekt, meine liebe Miss Fitzgerald, das ist perfekt." Mr. Greengage schaute sie aus feuchten Augen an. „Ich kann seit dem Krieg nicht mehr schlafen. Das haben die Schützengräben mir angetan. Mein Arzt in Eastbourne empfahl dieses Pulver, da man es ohne Probleme dauerhaft benutzen kann. Ich hatte davor andere übliche Mittel ausprobiert, aber die haben mich wahnsinnig gemacht. Ich konnte morgens kaum aufwachen und hatte stundenlang Kopfschmerzen. Das hat mir keinen Frieden gebracht, wissen Sie?"

Mr. Greengage stand auf und legte das Schlafmittel sehr vorsichtig in den Sekretär. Er wirkte regelrecht erleichtert, als er den Schlüssel einer kleinen Schublade umdrehte und sein kostbares Pulver so wegschloss. Während Clara ihn so sah, wurde ihr bang ums Herz. Er wirkte so harmlos und ein wenig hoffnungslos. Er hatte mit dem Tod seiner Ehefrau alles verloren, und doch war Clara nicht zu dem gütigen Zweck hergekommen, den sie vorschob, sondern um in einer geheimen Mission den Mörder zu fassen.

Er kehrte zu seinem Stuhl zurück und saß ihr bald gegenüber.

„Nochmals vielen Dank." Er streckte ihr seine Hand entgegen und sie bemerkte sofort die offenen Manschetten.

„Tragen Sie sonst Manschettenknöpfe, Mr. Greengage?", fragte sie, als sie ihm die Hand gab. „Mein Vater meinte immer, sie seien das Markenzeichen eines wohlerzogenen Mannes."

Mr. Greengage lächelte ob des versteckten Kompliments.

„In der Tat, doch leider habe ich einen der beiden Manschettenknöpfe verlegt, die ich üblicherweise trage. Mein anderes Paar ist schlicht zu auffällig für den Alltag, die hatte ich für die Bühne. Sie bringen ein wenig Glanz in den Auftritt, hat meine liebe Martha immer gesagt."

Clara starrte die leeren Knopflöcher in seinen Manschetten an.

„Mein Bruder besitzt auch ein schönes Paar", sagte sie, obwohl ihr beim Sprechen schlecht wurde. „Jemand hat sie ihm gekauft, bevor er zum Militär ging.

Oh je, ich erinnere mich gar nicht mehr daran, wie sie aussahen. Ich wollte sie immer mal heraussuchen und schauen, ob jemand Verwendung dafür hat. Tommy weigert sich mittlerweile, sie zu tragen. Zu viele Erinnerungen, verstehen Sie? Wenn ich mich recht entsinne, waren Flaggen darauf abgebildet.“

„Das klingt ähnlich wie bei meinen, die waren auch ein Geschenk. Mit einer britischen und einer französischen Flagge“, sagte Mr. Greengage. „Martha hat sie mir geschenkt, kurz bevor ich an die Front ging, damit ich sie bei schicken Abendessen tragen kann. Schon komisch, mir waren sie sehr wichtig, trotz ihrer Bedeutung. Ich schätze, weil es ihr letztes Geschenk an mich war. Nach dem Krieg waren wir zu arm für so etwas. Moment, ich zeige Ihnen den einen, den ich noch habe.“

Mr. Greengage kehrte zum Sekretär zurück und wühlte kurz in den Schubladen herum, bis er mit einem kleinen, silbernen Knopf zurückkehrte. Er reichte ihn an Clara weiter. Sie hielt ihn in der flachen Hand und ihr wurde ganz mulmig. Es waren zwei gekreuzte Flaggen darauf abgebildet, genau wie bei dem Manschettenknopf, den Tommy auf der Fotografie ausgemacht hatte. Alles fügte sich zusammen, obwohl sie sich wünschte, dass dem nicht so wäre. Sie blickte in Mr. Greengages Lächeln und versuchte, sich einzureden, dass er es nicht getan haben könnte.

„Erinnern Sie sich noch daran, wo Sie den anderen Manschettenknopf zuletzt noch hatten? Mir hilft es oft, mich an meine Schritte zu erinnern.“

„Oh, nun, es muss etwa eine Woche her sein. Ich hatte sie schon nicht mehr an, als ich auf die andere Straßenseite ging, an dem Tag ...“ Seine Stimme stockte, dann erlangte er die Beherrschung zurück. „Jemand merkte an, dass mir ein Manschettenknopf fehlt, und ich war entsetzt. Ich war froh, als ich hierher zurückkehren konnte, weil ich den fehlenden Knopf suchen wollte, doch ich konnte ihn nirgends finden.“

„Ich glaube, ich weiß, wo er ist.“ Clara griff in ihre Handtasche, zog ein Papiertaschentuch heraus, faltete es vorsichtig auseinander und legte den enthaltenen Manschettenknopf neben sein Gegenstück.

Kapitel 28

„Wo haben Sie den denn gefunden?", fragte Mr. Greengage überrascht.

„Die Polizei bewahrte ihn unter den anderen Beweismitteln zu dem Mord an Ihrer Frau auf. Der Inspector war so großzügig, mir zu erlauben, ihn mitzunehmen, da die Polizei in einer Sackgasse steckte. Er hätte von einem der Gäste Ihrer Frau stammen können, allerdings hoffte die Polizei, dass der Mörder diesen Manschettenknopf verloren hat." Clara seufzte. „Sie wurden gar nicht in Erwägung gezogen, Mr. Greengage. Man glaubte Ihnen die Geschichte mit dem Schlafmittel und niemandem fiel ein Motiv ein. Wenn überhaupt sind Sie ohne Ihre Ehefrau weitaus schlechter dran."

Mr. Greengage starrte die Manschettenknöpfe an.

„Ich verstehe nicht", sagte er.

„Doch, das tun Sie, Mr. Greengage." Clara kam sich vor, als würde sie einen lahmen Hund treten. „Ihr Alibi hält schlicht nicht stand. Das Schlafmittel, das Sie nehmen, ist nicht stark genug, um nicht von einem lauten Geräusch geweckt zu werden. Ein Pistolenschuss ist sehr laut und ich kann mir nicht vorstellen, dass Mrs. Greengage nicht geschrien hat, als sie den Eindringling sah, es sei denn, sie wusste, dass niemand da war, der sie hätte hören können. Und dann haben Sie mir noch gesagt, dass das Dienstmädchen Alice nicht geschrien habe. Wie hätten Sie das wissen können, wenn Sie geschlafen haben, wie Sie es behaupteten? Und Sie waren recht schnell auf den Beinen, als die Polizei auf dem Weg war. Nicht die Reaktion eines Mannes, der starke Schlafmittel nimmt."

Mr. Greengage nahm einen der Manschettenknöpfe und spielte in seiner Handfläche damit herum. Er bebte jetzt.

„Wenn Sie es unbedingt wissen wollen …", hob er an, bevor er sein Zittern unterdrücken musste. „Ich habe den Schrei und den Schuss gehört, aber ich hatte zu viel Angst davor, dass er mich auch angreift, um nachzusehen. Ich bin ein Feigling!"

„Er? Mr. Greengage?"

„Der Eindringling. Ich war schon im Krieg ein Feigling und auch Martha nannte mich ab und zu einen Feigling, als es anfing, dass ich nicht mehr auf die Bühne gehen konnte. In dieser Nacht hörte ich, wie sie die Tür öffnete und nach mir rief, doch ich regte mich nicht. Es war, als würde ich wieder in den Schützengräben liegen und der Knall klang so unwirklich. Ich habe nicht mehr weiter darüber nachgedacht, danach war es wieder still im Haus. Am Morgen war sie tot." Mr. Greengage ließ den Manschettenknopf von einer Hand in die andere fallen. Seine Lippen bebten leicht und eine schwach glitzernde Träne rann an seiner Wange hinunter.

„Ich glaube Ihnen beinahe", sagte Clara steif. „Doch Ihr Manschettenknopf lag im vorderen Wohnzimmer, wo *Sie*, Mr. Greengage, Ihre Ehefrau ermordet haben."

„Nein." Mr. Greengage schüttelte den Kopf.

„Es gibt keine anderen Verdächtigen. Sie wurden alle ausgeschlossen."

„Da war dieser Mann aus Eastbourne."

„Er sitzt im Gefängnis", erklärte Clara. „Sein Sohn ist bei der Navy. Es gibt niemanden, der es getan haben könnte, Mr. Greengage. Abgesehen von Ihnen. Ich verstehe nur nicht, warum."

„Jemand hat versucht, meine Frau zu vergiften", sagte Mr. Greengage mit schneidender Stimme.

„Sie hat das Gift selbst gekauft, das habe ich herausgefunden. Wie Augustus etwas davon abbekommen hat, weiß ich nicht. Aber zum Glück hat es nur einen Papageien getötet."

„Nur einen Papageien!", murmelte Mr. Greengage. Er wiegte sich vor und zurück, schaute Clara mit einem trostlosen Blick an und rief dann: „Augustus war mein Ein und Alles, und *sie* hat ihn umgebracht!"

Clara spürte, dass sie der Wahrheit näherkamen, doch sie konnte nicht zulassen, dass Mr. Greengage diesem Ziel mit Wut entgegenstolperte. Sie streckte den Arm aus und drückte freundlich seine Hand.

„Es ist an der Zeit, mir alles zu erzählen, damit wir diesen Schlamassel aus der Welt schaffen können", sagte sie in einem sanften Ton, den einst ein gütiger Lehrer ihr gegenüber angeschlagen hatte. Sie konnte diesem Mann keine Verantwortung zuschreiben. Irgendetwas hatte ihn in diese furchtbare Situation getrieben, und jetzt musste er gestehen, wenn er irgendwann seinen Frieden finden wollte. Wenn nicht, würde er sich selbst in den Wahnsinn treiben.

„Erzählen Sie mir alles."

„Sie haben Augustus gesehen, nicht wahr?“ Mr. Greengage hatte weitere Tränen in den Augen. „Er war ein schöner Vogel. Ich habe ihn in London einem Sikh abgekauft. Er beherrschte alle möglichen Tricks und mit etwas Geduld konnte ich ihm beibringen, auf Kommando mit den Flügeln zu schlagen und Karten aufzuheben. Er war fantastisch bei meinen Auftritten, hat das Publikum gefesselt und natürlich habe ich ihm stets seine Stimme verliehen.“

Mr. Greengage wirkte wehmütig.

„Dieser Vogel bedeutete mir alles. Er hat das Land mit mir bereist. Ich hatte immer den Eindruck, eine gewisse Weisheit in seinen Augen zu sehen. Ich hatte auch andere Tiere, doch Augustus war besonders. Man konnte spüren, dass er verstand, wenn man mit ihm sprach.“ Er erschauderte. „Es war mir ein Grauen, ihn im Krieg zurücklassen zu müssen. Ich bin nicht für den Kampf gemacht und habe versucht, weiterhin in Varietés auftreten zu dürfen, doch das Geschäft lief schlecht und Martha sagte, es gehöre sich nicht, dass ein gesunder Mann seine Pflicht meidet. Außerdem war Augustus weiß und sie meinte, es würde fragwürdig aussehen, wenn ein Mann umgeben von all diesen weißen Federn auftritt, statt zu kämpfen.“

Clara tätschelte seine Hand.

„Das haben viele Männer durchgemacht“, versicherte sie ihm.

„Ich weiß, aber ich war schon immer ein Feigling. Martha trieb mich an und solange sie an meiner Seite war, konnte ich alles schaffen. Doch sobald ich in Frankreich war, ganz allein, umgeben von sterbenden Männern, Explosionen und Geschrei ...“ Mr. Greengage zog seine Hände zurück und presste sie sich für einen Moment gegen die Ohren, während er sich mit leidvoll zugekniffenen Augen an den Krach zu erinnern schien.

Clara zog sanft seine Hände zurück.

„Denken wir nicht mehr daran. Wie war es nach dem Krieg? Wann kamen Sie nach Hause?"

„Ich war völlig wirr im Kopf." Unterdrücktes Schluchzen rasselte in Mr. Greengages Hals. „Ich kam nach Hause und konnte schlicht das Haus nicht mehr verlassen. Ich versuchte, wieder aufzutreten. Martha hatte einige Theater gebucht und am ersten Abend habe ich mich schick gemacht und Augustus mit Kreide bestäubt, um seine Federn strahlen zu lassen, doch als ich die Haustür erreichte, konnte ich mich schlicht nicht mehr bewegen.

Mein Herz schlug wie wild und meine Ohren dröhnten. Die Welt schien zu schwanken und ich hörte meinen Atem so laut wie Kirchenglocken. Ich dachte, ich würde zusammenbrechen. Martha war außer sich, doch ich konnte nichts daran ändern. Sie versuchte, mich aus dem Haus zu holen, oh, sie hat wirklich alles versucht, aber kaum dass ich einen Schritt vor die Tür setzte, brach ich weinend zusammen, also hat sie mich reingeholt, bevor die Nachbarn etwas davon mitbekommen konnten.

Das war es. Meine Karriere war vorbei. Martha marschierte zum Theater, um ihnen zu sagen, dass ich krank sei, und ich kehrte mit Augustus in mein Schlafzimmer zurück. Martha verstand mich nicht. Sie hatte sich nie so gefühlt, war immer stark gewesen und wusste stets, was zu tun war. Sie hatte noch nie in ihrem Leben Angst verspürt und ich wusste, dass sie mich in diesem Augenblick verachtete, ich spürte es. Sie hasste mich, weil ich nicht arbeiten wollte, obwohl sie keine Erklärung dazu sah. Nur Augustus verstand mich. Das konnte ich in seinen Augen sehen, wenn er neben mir saß. Er wusste, dass es nicht meine Schuld war."

Clara rieb langsam Mr. Greengages Hand, während er sich schließlich doch den Tränen ergab. Er hatte seine Gefühle so lange unterdrückt, dass sie nun als unaufhaltbarer Strom aus ihm herausbrachen.

„Ich verstehe Sie auch", versprach Clara ihm. „Der Krieg verändert Menschen und Sie sind deswegen kein Feigling. Was Ihnen widerfahren ist, ist nicht so selten, und man kann Dinge tun, um Ihre Situation zu verbessern, aber Sie müssen es langsam angehen."

„Sie sind sehr gütig." Mr. Greengage nickte. „Sie waren so überaus freundlich, weshalb ich mich so schrecklich fühle ..."

Er zog sich von ihr zurück.

„Sie haben recht, ich habe meine Ehefrau erschossen."

Clara sank in ihren Sessel zurück, beinahe überrascht von diesem Geständnis. Sie hatte es gewusst, und es gleichzeitig nicht wissen wollen. Sie war davon ausgegangen, dass er es niemals zugeben würde, und ohne Geständnis hätte der Inspector nichts unternehmen können. Doch er hatte gesprochen und jetzt wusste sie es. Sie hasste es, recht zu behalten.

„Warum, Mr. Greengage? Weil sie eine Tyrannin war?"

„Oh, nein!" Mr. Greengage wirkte entrüstet. „Martha war vieles, aber nicht das. Wir waren arm, Miss Fitzgerald, doch wir versuchten, den Schein zu wahren. Vor dem Krieg retteten uns meine Auftritte vor dem Hungertod. Für Martha hatte die Miete immer eine höhere Priorität als Nahrungsmittel, denn sie wusste, wie wichtig es war, dass wir respektabel aussehen. Ich musste mir weitere Auftritte sichern und manchmal weigerte sie sich, etwas zu Abend zu essen, damit ich eine größere Portion bekam, weil sie meinte, dass ich sie brauchte.

Und als ich dann von der Front zurückkam ... Sobald Martha begriff, dass ich ihr nichts vormachte und meine Probleme echt waren, war sie sehr gütig, brachte ihr Geschäft als Medium wieder in Schwung und ließ mich das Bauchrednern übernehmen. Sie war eine gute Frau, meine Martha."

„Warum in aller Welt haben Sie sie dann umgebracht?" Clara konnte ihre Verwirrung nicht verbergen. Wollte er ihr wirklich erklären, dass er diese Frau so sehr geliebt hatte und sie dann erschoss?

„Ich habe nie einen Groll gegen sie gehegt, niemals, und habe ihr all ihre Schwächen vergeben, doch ... doch ..." Mr. Greengage schluchzte. „Sie hätte Augustus nicht töten dürfen! Er war mein Vogel, mein F...Freund."

Clara hielt inne.

„Das Strychnin? Es war kein Unfall, aber auch nicht für Mrs. Greengage bestimmt gewesen, sondern von Anfang an für Augustus?"

„Sie muss es in sein Futter gegeben haben. Ich wusste, was passiert war, als ich ihn tot da liegen sah." Ein Anflug von Wut zuckte über Mr. Greengages Gesicht. „Martha hat mir ständig erzählt, dass er krank sei und versorgt werden müsse. Ich sagte ihr, dass sie ihn in Ruhe lassen soll, weil Augustus ein kluger Vogel war, der mir ein Zeichen gegeben hätte, wenn ihm unwohl gewesen wäre. Sie sagte, ich würde die Augen davor verschließen und der Vogel würde leiden. Und sie nannte mich grausam. Ich schrie, dass sie ihn doch zu einem Tierarzt bringen solle, und sie fragte mich, was mich glauben ließe, dass wir uns einen Tierarzt leisten könnten. Nein, es sei besser, ihn von seinem Leid zu erlösen."

„Sie könnte recht gehabt haben", sagte Clara zögerlich. „War er nicht ziemlich alt?"

„Sagen Sie das nicht! Nicht für einen Papageien", rief Mr. Greengage. „Er hat mich bei gesundem Verstand gehalten. Ich habe ihm jeden Abend von meinem eigenen Teller zu Essen gegeben. Er war nur ein wenig kränklich. Die Kälte mochte er noch nie. Doch Martha wollte einfach nicht davon ablassen. Sie sagte, sie würde mir einen neuen Vogel besorgen, einen Kanarienvogel. Ich fragte sie, wie ich mich mit einem Kanarienvogel und seinem geistlosen Gezwitscher zufriedengeben soll, nachdem ich das Glück hatte, den König der Vögel zu besitzen. Sie fragte nur, wie es mit einem Wellensittich wäre."

„Wollen Sie sagen ..."

„In der Nacht seines Todes konfrontierte ich sie, nachdem Sie alle gegangen waren, und fragte sie, was sie getan hatte. Sie sagte, der Vogel sei krank gewesen, das habe sie mir schon zuvor erklärt. Doch ich wusste, dass es etwas anderes war. Ich wusste es einfach. Ich fragte Martha, was sie getan hat, da konnte sie nicht länger lügen." Mr. Greengage wirkte plötzlich ernst und eine Düsternis hatte sich auf sein Gesicht geschlichen. „Sie sagte, sie habe es nicht länger ertragen, den Vogel leiden zu sehen, und habe ihn mit Strychnin umgebracht. Ich fühlte mich, als hätte man mir das Herz herausgerissen. Einen schlimmeren Verrat musste ich nie erleiden. Ich habe mich nie mit meiner Frau gestritten, aus Prinzip, also verließ ich das Zimmer, während sie versuchte, sich zu erklären und zu entschuldigen."

„Und später kamen Sie zurück und haben Sie erschossen", sagte Clara. Ihr Mitgefühl verblasste langsam. „Wegen eines Papageien."

„Wegen Augustus!", schrie Mr. Greengage wütend. Im gleichen Augenblick war ein Knall zu hören, als die Haustür aufgestoßen wurde und Alfie Ling ins Zimmer geeilt kam.

„Sie beruhigen sich jetzt, Sir!", sagte er zu Mr. Greengage, der aufgesprungen war und sich vor Clara aufgebaut hatte.

„Sie müssen ihn verhaften, Constable Ling", sagte Clara ruhig, während sie ihre Angst tief in sich verschlossen hielt. „Er hat seine Ehefrau umgebracht."

Alfie Ling wirkte zwar ein wenig verblüfft, doch er trat vor und packte Mr. Greengage am Arm.

„Sie hat mich verraten!" Mr. Greengage schlug sich mit einer Hand auf die Brust. „Sie hat mir den letzten Rest meines Verstandes geraubt. Sie hat sich selbst umgebracht, wirklich!"

Lings Verblüffung war kühler Professionalität gewichen.

„Ich glaube, Sie sollten mich begleiten, Sir." Er zog Mr. Greengage zur Tür.

„Nein!", schrie der alte Mann. „Nein! Zwingen Sie mich nicht, nach draußen zu gehen! Nein! Nein! Nicht schon wieder! Ich kann das nicht, ich kann nicht."

Mr. Greengage wand sich in Lings Griff.

„So war er auch an dem Tag, als wir ihn auf die andere Straßenseite brachten, damit wir uns um Mrs. Greengage kümmern konnten." Ling machte ein finsteres Gesicht und verfrachtete Mr. Greengage mit einem letzten Stoß nach draußen, wo er im Schnee stand und weinte.

„Nehmen Sie seinen Mantel mit, Sie Narr!", blaffte Clara Ling an. Sie rannte zu Mr. Greengage und warf ihm den grauen Mantel über die Schulter. Dann flüsterte sie ihm zu: „Keine Angst."

„Ich wünschte, ich wäre da draußen gestorben. Ich wünsche, ich wäre nie nach Hause zurückgekehrt", schluchzte Mr. Greengage.

Einige Nachbarinnen und Nachbarn hatten ihre Fenster geöffnet, um sich die Szene neugierig anzuschauen. Clara warf ihnen finstere Blicke zu, doch sie wusste, dass sie das gleiche getan hätte, wäre so etwas in ihrer Straße geschehen.

„Jetzt wird alles gut." Sie tröstete den gebrechlichen, alten Mann, der abermals überhaupt nicht wie ein Mörder wirkte. Wenn sie seinen Wutanfall nicht erlebt hätte, hätte sie sich ihre eigene Theorie nicht geglaubt. Er war so ziemlich das genaue Gegenteil zu dem, was man sich unter einem typischen Mörder vorstellte.

„Los geht's, Sir, wir haben einen kleinen Fußmarsch vor uns." Alfie Ling packte Mr. Greengage am Arm und führte ihn aus dem Garten hinaus.

Der alte Mann bebte und kauerte sich bei jedem Geräusch zusammen – beim Klicken des Gartentors, beim Bellen eines Hundes, beim dumpfen Aufprall von Schnee, der von Ästen fiel – und er wirkte eher wie ein verängstigtes Kaninchen denn wie ein Mensch. Clara folgte ihnen schweigend. Sie fragte sich, ob Polizisten auch immer so schlecht wurde, ob sie sich auch so leer fühlten, wenn sie ihren Täter gefunden hatten, oder ob es nur ihr so erging. Vielleicht war sie doch nicht für diesen Beruf gemacht, wenn sich ihre dringende Suche nach Antworten als so schmerzhaft herausstellte. Gerechtigkeit schien ihr in diesem Augenblick weit entfernt zu sein.

Kapitel 29

„Kopf hoch, Schwesterchen." Tommy drückte ihre Hand.

Sie waren auf der North Street unterwegs, um die Stadt zu durchqueren und die Überreste der Felder jenseits der Stadtgrenzen zu erreichen. Tommy hatte endlich alle Rätsel gelöst, oder glaubte das zumindest. Für Claras Geschmack lagen noch zu viel Spielraum und Kompromiss in seinen Entschlüsselungen, doch die Arbeit daran hatte ihn beschäftigt, als die Schneedecke zu dick war, um ihn aus dem Haus zu lassen. Dafür war sie dankbar.

Seit der Verhaftung von Mr. Greengage war eine Woche vergangen und wärmeres Wetter hatte den Schnee zu einer eisigen Schicht von wenigen Zentimetern Dicke zusammenschmelzen lassen. Tommy wollte sich nicht länger im Haus festhalten lassen. Jetzt, da er die Rätsel entschlüsselt hatte, brannte er darauf, auf Schatzsuche zu gehen.

Annie war wie üblich entsetzt gewesen, angesichts der Entschlossenheit ihres Patienten, und hatte protestiert, dafür aber nur Tommys übliche hohle Phrasen geerntet. Er wollte dringender denn je aus dem Haus gehen und die Welt genießen. Er drohte sogar, allein im Rollstuhl aufzubrechen, wenn ihm niemand helfen wollte, und nachdem er beim Versuch, durch die Haustür zu gelangen, beinahe umgekippt wäre, hatten sich alle darauf geeinigt, seinem Wunsch nachzugeben, statt ihn zu ignorieren.

Jetzt war er in Pullover, Mantel, Handschuhe, Schal und Hut gehüllt – um Annie zu beschwichtigen, die zudem noch darauf bestanden hatte, eine heiße Wärmflasche an den Fußstützen seines Rollstuhls zu befestigen.

Tommy hatte für das größere Wohl, zu dem es auch gehörte, Clara aus dem Haus zu holen, seinen Widerstand gegen diese Maßnahmen unterdrückt. Seine Schwester war deprimiert und Tommy verstand sie, seit er die ganze Geschichte von Mr. Greengages Geständnis am Tag seiner Verhaftung gehört hatte. Was er nicht verstand, war, wie seine Schwester sich schuldig fühlen konnte. Sie hatte ihre Pflicht getan, sie war es nicht gewesen, die Mr. Greengage zum Mörder gemacht hatte, und der Mann war offensichtlich geistig instabil. Wie konnte sie Mitleid mit ihm haben? Das wäre, als würde Tommy die Schuld am Tod der Deutschen auf sich nehmen, die er im Krieg erschossen hatte. Er wusste, dass manche Männer genau das taten; er wusste, dass es sie innerlich zerriss; doch für ihn war das alles glasklar gewesen, von dem Augenblick an, als er den Schützengraben verlassen hatte. *Entweder man erschießt sie, oder sie erschießen dich.* Da war kein Platz für Schuldgefühle.

Vermutlich empfand Clara die Dinge als Frau so viel tiefer. Er hegte den Verdacht, dass sie kurz davorstand, ihre Arbeit als Privatermittlerin ganz aufzugeben. Wenn sie das täte, wäre es der größte Fehler ihres Lebens.

So diente seine Schatzsuche nur zum Teil der Befriedigung seiner Neugier, und zum Teil dazu, Clara aus n Haus zu holen, damit sie wieder freier denken konnte. Der einzige Nachteil war, dass sie darauf bestanden hatte, Mrs. Wilton von dem Plan zu unterrichten, die sich daraufhin selbst eingeladen hatte.

„Sie sehen trübselig aus, meine Liebe", sagte die Frau jetzt, als sie Tommys Kommentar hörte. „Man könnte ja glauben, dass Sie den Fall gar nicht aufgeklärt haben, statt einen Mörder der Gerechtigkeit zuzuführen."

„Ist es denn Gerechtigkeit?" Clara war halb in Gedanken verloren. „Er ist ein armer, alter Mann. Es kommt mir kaum gerecht vor, ihn wegzusperren."

„Er hat seine Ehefrau erschossen", sagte Mrs. Wilton mit ruhiger Stimme.

„Ich weiß, es ist nur ... oh, ich weiß nicht, wie es mir damit geht."

„Das ist das Wetter", sagte Mrs. Wilton mit der Gewissheit einer Unwissenden. „Wann werden Sie Ihre Arbeit wiederaufnehmen? Ich habe all meinen Freundinnen von Ihnen erzählt und sie wollen mit ihren Problemen zu Ihnen kommen."

„Ich bin mir nicht sicher ..."

„Sie wird ihre Detektei am Montag wieder öffnen", unterbrach Tommy seine Schwester. Clara funkelte ihn an.

„Wundervoll, ich werde es ihnen sagen. Ich muss sagen, das hier ist recht aufregend. Eine Schatzsuche! So etwas habe ich seit meiner Jugend nicht mehr gemacht. Ich hoffe, Sie haben die richtige Stelle im Sinn. Bestehen da noch irgendwelche Zweifel?"

„Keine", sagte Tommy zuversichtlich.

„Oh, das ist wirklich belebend."

Clara hätte andere Worte für ihr Abenteuer gefunden, inklusive kalt und langweilig, doch sie biss sich den anderen zuliebe auf die Zunge. Sie wusste, dass sie in jüngster Zeit recht niedergeschlagen gewesen war, und wollte Tommy den Tag nicht verderben. Er war so stolz darauf, diese Rätsel entschlüsselt zu haben; sie hoffte nur, dass sie irgendetwas finden würden und sich Mrs. Greengage nicht als die alte Hochstaplerin herausstellte, für die Clara sie hielt.

Sie hatten den Stadtrand und damit ruhigere Straßen erreicht.

„Wenn ihr jetzt einen Blick auf die Karte werfen würdet.“ Tommy zog sich mit den Zähnen einen Handschuh aus und faltete ein großes Blatt Papier auseinander. Annie machte tadelnde Geräusche.

„Ich habe die Stelle markiert, zu der die Rätsel meiner Meinung nach führen“, sagte Tommy, nachdem er den Handschuh ausgespuckt hatte. „Das ist die Kirchenruine, Rätsel Nummer sechs.“

Er deutete über das Feld hinweg.

„Ich werde die Hinweise auslassen, die mich zu diesem Punkt geführt haben. Sie verweisen auf verschiedene Orte in der Stadt. Ich habe Mrs. Wiltons Haus als Ausgangsort gewählt, da es mir logisch erschien, dass ihr Ehemann sie von dort aus führen wollen würde.“

Clara wollte irgendeinen Kommentar über die Unsinnigkeit dieser ganzen Unternehmung machen, doch sie würde nur gehässig klingen und hielt daher den Mund.

„Ein Stück weiter kommt das Feld der Muggetts.“ Tommy deutete auf rote Kreuze auf seiner Karte. „Danach müssen wir die Straße verlassen.“

Annie keuchte gereizt.

„Es ist nicht weit", versprach Tommy, während er sich umdrehte und in Annies Gesicht hinaufblickte.

„Immerhin wird mir bei all dem Geschiebe nicht kalt", murmelte Annie.

„Ich helfe Ihnen, Annie. Ich kann einen der Griffe übernehmen", bot Clara an.

„Oh, nein, Miss." Annie wirkte schockiert. „Das wäre nicht angemessen, nicht vor einer Besucherin."

Clara errötete, als hätte man mit ihr geschimpft.

„Das ist das Feld!", rief Mrs. Wilton aufgeregt und rannte beinahe die Straße entlang, um es zu erreichen. „Ich kenne diesen Ort. Mein lieber Ehemann und ich kamen oft her, als er um mich warb, um uns die Kühe anzuschauen, die hier gehalten wurden. Es waren Milchkühe und sie waren so zutraulich wie Hunde. Wir haben sogar einigen von ihnen Namen gegeben."

Mrs. Wilton starrte über das verschneite Feld und verlor sich in ihren Erinnerungen.

„Selbst wenn wir keinen Schatz finden, haben wir ihr einen tollen Tag beschert." Tommy zwinkerte Clara zu.

Sie brachte ein Lächeln zustande. Mrs. Wiltons Begeisterung zu erleben, hob langsam auch ihre Stimmung.

„Du musst wieder zu deiner Arbeit zurückkehren, Schwesterchen", fügte Tommy hinzu.

Clara warf ihm einen stechenden Blick zu.

„Ich erkenne düstere Stimmungen, wenn ich sie sehe. Ich erlebe sie oft genug." Tommy grinste sie an. „Aber du darfst ihnen nicht nachgeben. Mich würdest du doch auch nicht Trübsal blasen lassen, oder?"

Sie hatte keine Zeit, um diese Frage zu beantworten, da sie ein Tor erreicht hatten und Mrs. Wilton gespannt auf den nächsten Hinweis wartete.

„Wir gehen auf diese zerfallene Scheune zu", sagte Tommy, „bis wir einen großen Stein sehen; zumindest glaube ich, dass das Rätsel so zu deuten ist. Er wird uns ins Auge stechen. Und dann halten wir uns links."

„Das führt uns mitten durch ein Feld", grummelte Annie. Tommy gab vor, sie nicht zu hören.

Sie folgten einem ausgefahrenen, gefrorenen Weg, der von den Menschen in der Gegend als Abkürzung genutzt wurde, und hielten nach einem auffälligen Stein Ausschau.

„Ich glaube, ich muss mich mal mit diesem Mr. Wilton unterhalten", murmelte Annie, während sie den Rollstuhl über den gefrorenen Boden schob.

Clara merkte, dass sie schon wieder lächelte. Sie hatte ihren Spaß an der Sache.

„Ein großer Stein!", rief Mrs. Wilton aufgeregt. „Hier entlang!"

Sie marschierten über eine Weide, die auf den Frühling und ihre Tiere wartete, und Mrs. Wilton stürmte voraus, sodass sie schon zu weit gegangen war, als sie den nächsten Orientierungspunkt erreichten, den Tommy ausgemacht hatte.

„In Richtung des vom Blitz getroffenen Baumes!", rief Tommy ihr zu und deutete in die Richtung.

Mrs. Wilton hüpfte aufgeregt auf den zerstörten Baum am Rand der Weide zu, wie ein junges Mädchen. Sie war so übereifrig, dass sie in den hohlen Baum griff, um zu sehen, ob dort irgendetwas versteckt war. Doch als sie den Arm wieder herauszog, war ihr Handschuh bloß mit Erde und grünlichem Schmutz bedeckt.

„Ich fühlte mich so jung!" Mrs. Wilton lachte sie an, während sie ihre schmutzige Kleidung präsentierte. „Ich bin wirklich eine Närrin, nicht wahr?"

„Haben Sie Ihren Spaß", sagte Clara und meinte es ernst. Wenn doch nur jeder dank einem albernen Rätselspiel so sorgenfrei sein könnte.

„Ich glaube, wir werden graben müssen", warf Tommy ein.

„Ja, das vermutete ich schon, als ich die Schaufeln sah." Clara blickte trist drein, als Annie ein Bündel von der Rückseite des Rollstuhls löste. Sie schenkte Clara einen leidvollen Blick und legte zwei Schaufeln auf den Boden.

„Oh, ich mache das. Ich war früher eine fleißige Gärtnerin." Mrs. Wilton schnappte sich eine der Schaufeln und grub munter drauflos.

Clara beobachtete sie für einen Augenblick, dann seufzte sie und nahm sich die andere Schaufel. Der Boden war gefroren, doch Mrs. Wiltons Begeisterung trieb sie an. Sie sprach die ganze Zeit von den Ersparnissen ihres Ehemannes, von seinen Investitionen und davon, dass sie jetzt das alte Haus in Schuss bringen würde, sobald sie sein Geld hatte. Sie wollte endlich die Rohrleitungen reparieren lassen und in mehr als einem Zimmer ein Feuer im Kamin unterhalten. Sie sprach nicht einmal davon, Elaine zu entlassen, und Clara fragte sich, welche Geschichte die beiden verband.

Doch als die Erde Zentimeter um Zentimeter wich, ohne offensichtliche Anzeichen für einen Schatz preiszugeben, erstarb die Unterhaltung. Mrs. Wiltons Lächeln verblasste und wurde von einem entschlossenen Stirnrunzeln abgelöst, während sie mit Eifer weitergrub. Doch all die Anstrengung schien vergebens zu sein. Während das Loch tiefer und breiter wurde und selbst Annie sich am Graben beteiligte, ging ihnen langsam auf, dass hier nichts zu finden war.

Clara machte eine Pause, da ihre Arme brannten und ihre Hände Blasen hatten, stellte sich hinter Tommys Rollstuhl und betrachtete die Szene. Mrs. Wilton ließ sich nicht bremsen, obwohl immer deutlicher wurde, dass sie keinen versteckten Schatz finden würde.

„Ich war mir so sicher", sagte Tommy traurig.

„Du hast es wirklich geglaubt, nicht wahr?", fragte Clara gütig.

„Ja. Ich ... mir gefiel die Vorstellung, dass ein Muster hinter dieser ganzen Sache steht, dass am Ende doch das Gute obsiegen würde. Ich wollte glauben, dass im Himmel jemand über uns wacht, und wenn es nur unsere toten Verwandten sind."

Clara sah, wie sich schließlich Enttäuschung auf Mrs. Wiltons Gesicht abzeichnete, als auch sie begriff, dass sie nicht auf Gold stoßen würde. Plötzlich kam ihr dieses Abenteuer wie eine schreckliche Idee vor.

„Ich wünschte, ich hätte diesem Ausflug nie zugestimmt", seufzte Clara.

Mittlerweile wehte eisiger Wind über die Weide, der ihr den Schal von der Schulter wehte. Sie drehte sich um, um ihn zu fangen, und entdeckte jemanden bei der Hecke. Sie hielt inne und schaute genauer hin. Es mochte sich um einen Passanten handeln, oder um einen Arbeiter, der sehen wollte, welches Chaos sie hier anrichteten. Auf diese Distanz hätte es jeder sein können, doch der lange Mantel und das dunkle Haar schienen ihr ein zu großer Zufall zu sein.

Clara trat zwei Schritte auf das Feld hinaus und hielt
dann inne. Würde er wieder weglaufen? Warum war er
ihnen hierher gefolgt, obwohl Mrs. Greengages Mörder
gefasst war?

Sie schirmte ihre Augen gegen die tiefstehende Nachmittagssonne ab und musterte den jungen Mann am
Rand der Weide. Er beobachtete nicht sie, sondern die
kleine Ausgrabungstruppe. Auf diese Distanz konnte
sie seinen Gesichtsausdruck nicht ausmachen, doch er
wirkte interessiert. Sie nahm ihren Mut zusammen
und marschierte über das gefrorene Gras.

Sie hatte ihn beinahe erreicht, als er den Blick hob.

„Laufen Sie nicht weg." Sie blieb abrupt stehen, als
wäre sie einem wilden Vogel begegnet, den sie nicht
verscheuchen wollte.

Er war jünger, als sie angenommen hatte, stellte sie
jetzt aus der Nähe fest, doch um Mund und Augen
wirkte er ausgezehrt, was ihn älter wirken ließ. Sie
kannte diesen Blick. Sie hatte ihn oft genug bei Tommy
gesehen.

„Sie verfolgen mich", sagte sie behutsam.

„Ich habe keine bösen Absichten." Er drückte sich höflich aus.

„Ich weiß, aber warum tun Sie das?"

Sein Blick wanderte wieder über das Feld.

„Sie wissen nicht, wie es ist, sich in seiner eigenen
Stadt als Fremder zu fühlen. Menschen sagen zu hören,
dass man tot sei, und nicht wiedererkannt zu werden.
So etwas macht der Krieg mit einem. Manchmal will

man so gerne zurückkehren, doch die eigenen Füße weigern sich, weil man Angst davor hat, wie einen die Menschen ansehen werden, wenn man sie endlich wiedersieht."

„Wer sind Sie?", fragte Clara.

„Düfte ich mich Ihrer Gruppe anschließen?" Der junge Mann nahm den Blick nicht von den Grabenden.

„Ich weiß nicht. Ich bin mir nicht sicher, was Sie wollen."

„Ich werde Sie nie wieder verfolgen." Er sah sie an, während er ihr das feierlich versprach. „Das habe ich nur getan, um meinen Mut zusammenzunehmen. Verstehen Sie? Sie waren die engste Verbindung, bis ich endlich bereit war."

Er streckte ihr steif seine Hand entgegen.

„Ich bin Edward Wilton."

Clara gab ihm die Hand, während sie gleichzeitig überrumpelt und erfreut war.

„Mrs. Wiltons Sohn?"

„Ja."

„Man hielt Sie für tot."

„Das bin ich nicht." Edward seufzte. „Aber ich verbrachte zwei lange Jahre in einem deutschen Gefangenenlager. Jemand muss meine Erkennungsmarken verwechselt haben. Als ich endlich hierher zurückkehrte, wirkte alles so … so … so vertraut. Alles war so gleich geblieben. Ich fühlte mich wie ein Eindringling, mit all diesen finsteren Erinnerungen hier drin nach Brighton zurückzukehren."

Er tippte sich an die Schläfe.

„Ich hatte das Gefühl, nur zu stören; als würde ich das wenige Gute ruinieren, was noch von England übrig war. Verstehen Sie?“

„Ja.“ Clara verstand ihn nur zu gut. „Mein Bruder war auch im Krieg.“

„Der Gentleman im Rollstuhl?“

„Ja.“

Edward Wilton blickte plötzlich auf seine Füße und wandte sich ein wenig ab.

„Es tut mir leid, wenn ich Ihnen Angst gemacht habe. Ich war mir nicht sicher, warum meine Mutter an Sie herangetreten war. Ich dachte, sie würde vielleicht nach mir suchen, und hatte die Vorstellung, an Sie heranzutreten, damit Sie die Vorstellung übernehmen könnten, die ich nicht zustande brachte. Doch das hat nicht funktioniert. Ich habe die Nerven verloren.“

„Das spielt jetzt keine Rolle mehr. Sie müssen mit mir kommen und mit Ihrer Mutter sprechen.“

„G...glauben Sie, dass sie mich sehen will?“ Edward schaute zu seiner Mutter, die endlich ihre Niederlage anerkannte und die Schaufel ablegte. „Es ist viel Zeit vergangen und ich habe mich verändert. Will sie mich so überhaupt wiederhaben?“

Edward hatte große Angst davor, zurückgewiesen zu werden, und stand kurz davor, zu verschwinden und Brighton ganz zu verlassen, statt sich diesem Risiko auszusetzen. Clara nahm seine Hand.

„Sie will Sie sehen.“ Sie zog ihn durch die Lücke in der Hecke und führte ihn zu ihrer kleinen Gruppe, ohne seine Hand loszulassen.

Tommy hob als Erstes den Blick und wirkte verblüfft. Doch Clara zwinkerte ihm zu, daher sagte er nichts. Annie grummelte, weil sie grundlos ihren Mantel ruiniert hatte, und versuchte die belegten Brote zu finden, die sie vorbereitet hatte, während Mrs. Wilton ihre Schaufel in den Boden gerammt hatte und ins Loch starrte. Tränen rannen über ihre Wangen.

Edward löste sich aus Claras Griff.

„Mutter?“

Mrs. Wilton wurde aus ihren Gedanken gerissen. Für einen Moment schaute sie ihn ausdruckslos an, dann wurde ihr Gesichtsausdruck sanfter und ihr Körper sackte ein wenig zusammen.

„Edward? Kann das die Wahrheit sein?“ Sie trat vor, schien aber zu befürchten, dass er sich in Luft auflöste, sobald sie ihn berührte.

„Es gab eine Verwechslung, Mutter, ich bin nicht gestorben.“ Edward streckte eine Hand aus.

Mrs. Wilton bebte. Sie ergriff zaghaft seine Hand, dann warf sie sich schluchzend in seine Arme und presste ihn fest an sich.

„Du bist zurückgekommen! Du bist wieder da!“

Edward schlang die Arme um sie und spürte, wie seine Last von ihm abfiel. Er war akzeptiert worden.

„Kein Wunder, dass Mrs. Greengage ihn nicht kontaktieren konnte. Er war gar nicht tot“, sagte Tommy heiter, während er in ein sehr kaltes, mit Ei belegtes Brot biss, das Annie ihm gegeben hatte.

„Mrs. Greengage war eine Scharlatanin, wie diese Rätsel wohl beweisen“, entgegnete Clara mit Nachdruck.

„Wirklich?" Tommy grinste. „Mir kommt es so vor, als hätte Mrs. Wilton hier einen größeren Schatz gefunden, als sie es sich je ausgemalt hätte."

„Tommy!" Clara schnaubte verärgert. „Das war purer Zufall!"

Tommy schenkte ihr ein Lächeln, das sie zur Weißglut trieb; als wäre er in ein großes Geheimnis eingeweiht, das er ihr nicht verriet. Sie wollte ihn schlagen.

„Zufall ist nur ein Wort, das Zyniker nutzen, wenn sie nicht an das Schicksal glauben wollen, oder an Wunder."

Clara verdrehte die Augen.

„Na schön, dann glaub mir eben nicht." Tommy schmunzelte. „Aber hier stehen wir, nachdem wir einer Reihe willkürlicher Rätsel zu genau dieser Stelle gefolgt sind, in dem Augenblick, in dem Master Wilton aufzutauchen beschließt."

„Er ist mir gefolgt."

„In jüngster Zeit nicht mehr, also warum hat er heute wieder damit angefangen? Warum nicht gestern oder morgen?"

„Iss dein Brot", ächzte Clara. „Du verbringst zu viel Zeit mit deinen Büchern."

Tommy ließ die Sache auf sich zu beruhen, doch sie sah, dass er sie aus dem Augenwinkel beobachtete, als sie mit den Wiltons im Schlepptau den Heimweg antraten. Sie schloss, dass es sehr ärgerlich sein konnte, einen Bruder zu haben.

Kapitel 30

„Mr. Greengage hat kommende Woche seine erste Anhörung, aber ich bin mir nicht sicher, ob es je zur Verhandlung kommen wird. Verschiedene Ärzte sagten mir, dass sein Geisteszustand fragwürdig ist und dass er nicht in der Lage ist, eine Gerichtsverhandlung zu bewältigen. Und selbst wenn es dazu kommt, würde er in einer Nervenheilanstalt landen, statt im Gefängnis." Inspector Park-Coombs kratzte sich am Kinn, während er mit Clara plauderte. „Keks?"

Er hielt ihr einen Teller hin und Clara griff zögerlich zu. Sie hatte seit Mr. Greengages Verhaftung nicht mehr richtig gegessen und Annie lag ihr wegen ihres Gewichtsverlusts in den Ohren. Sie knabberte am Rand des Kekses.

„Ich fühle mich immer noch schuldig", sagte sie.

„Warum? Er ist ein Mörder. Ja, sein Verstand scheint nicht in Ordnung zu sein und jemand hätte sich früher darum kümmern sollen, aber das ist eine Privatangelegenheit, nicht unsere Aufgabe. Wir sind nur hier, um den Dreck aufzuwischen, nicht um ihn zu verhindern."

Clara sah ihn traurig an.

„Denken Sie das wirklich?"

Der Inspector seufzte und biss in ein Stück Shortbread.

„Man empfindet Mitleid mit diesem Kerl. Er wirkt sanftmütig und verletzlich, doch irgendwas ist in ihm zerbrochen und er hat eine Grenze überschritten. Wegen eines Papageien, wenn ich das hinzufügen darf." Er wischte sich Krümel von der Weste. „Meine Männer haben gehört, dass er manchmal mit ihm spricht, wissen Sie? Wenn niemand in der Nähe ist."

Clara schüttelte den Kopf.

„Waren Sie jemals verbittert, weil Sie die Wahrheit herausgefunden haben?", fragte sie. „Haben Sie sich jemals gefragt, ob Sie das Richtige getan haben?"

„Viele Polizisten werden Ihnen sagen, dass das nicht ihre Aufgabe ist; dass sie nur ihre Pflicht erfüllen." Der Inspector legte die Stirn in Falten. „Aber dafür muss man schon ein kaltherziger Mistkerl sein. Entschuldigen Sie meine Ausdrucksweise."

„Wie sieht die Alternative aus?"

„Sie denken stets daran, dass es bei all Ihrem Mitgefühl und Ihrer Sympathie für den Mörder eine andere Person gibt, die Ihr Mitgefühl weitaus mehr verdient hat – das Opfer. Weil das Opfer tot ist, neigen wir dazu, die Person nach einer Weile zu vergessen, während wir uns weiterhin um die lebenden Menschen kümmern. Doch das Leben der Opfer wurde verkürzt, ihnen entrissen. Sie hatten keine Wahl. Der Mörder hat immer eine Wahl."

Clara ließ diese Worte auf sich wirken. Hatte sie über diesem verwirrenden Fall wirklich Mrs. Greengage vergessen?

„Vielleicht wird Ihnen das hier helfen." Park-Coombs schob einen braunen Papphefter in ihre Richtung. „Das sind sämtliche Hintergrundinformationen, die wir über sie ausgraben konnten. Schauen Sie sich das an, während ich eine frische Kanne Tee mache."

Clara öffnete die Akte zögerlich, da sie das Gefühl
hatte, die tyrannische Mrs. Greengage gut genug zu
kennen. Immerhin hatte sie mit den Bundles gesprochen, mit ihren Nachbarinnen und natürlich mit ihrem
Ehemann. Was gab es da sonst noch zu erfahren?
Sie las den ersten Eintrag.

*1872 geboren, Tochter eines Spitzenklöpplers. Einziges von
zehn Kindern, das das Erwachsenenalter erreichte. Mutter
starb an Alkoholismus, Vater brannte mit einer anderen
Frau durch, als sie vierzehn war. Es ist unbekannt, wo sie
die Jahre verbrachte, bevor sie den Walzwerker Frederick
Greengage kennenlernte. Nach sechs Monaten geheiratet.*

Clara blickte erstaunt auf den Text. Konnte ein Leben
in so kurzer Zeit wirklich so dramatisch verlaufen? Sie
las aufmerksam weiter.

*1889 schwanger, Kind verloren. Frederick gekündigt; ehe-
malige Kollegen warfen ihm vor, zu stehlen, um sein Einkommen zu verbessern und für Martha zu sorgen. Sie
nimmt die Arbeit bei einem Hutmacher auf und soll Frederick dazu überredet haben, aufzutreten.*
*Von 1890 bis 1892 leben Frederick und Martha in Armut;
häufig ohne ein Dach über dem Kopf. Frederick ist hochver-
schuldet.*
*1893 tritt Frederick als „Gassy Greengage“ auf; als Komiker
und Magier. Kurz danach wird er verhaftet, weil er verdächtigt wird, seinen Anzug gestohlen zu haben; kann
nicht bewiesen werden. Martha bringt eine Tochter zur
Welt, Josephine. Frederick tritt weiterhin auf und die Finanzen der Familie verbessern sich.*

1894 – 1897 nimmt Fredericks Bühnenkarriere Fahrt auf.
Martha wird krank, Verdacht auf Phosphorvergiftung, da
sie zu Hause für ein zusätzliches Einkommen Streichhölzer
herstellt. Im Winter stirbt Josephine.
Frederick und Martha ziehen von Theater zu Theater. Frederick hat jetzt größere Auftritte, doch Martha soll es geistig sehr schlecht gegangen sein (Anm. Gerüchte von anderen Auftretenden), und sie ist nach ihrer Krankheit immer
noch schwach. 1900 bringt sie einen Sohn zur Welt, George,
doch sechs Monate später wird sie benommen aufgefunden,
nachdem sie anscheinend versucht hat, sich mit Laudanum
das Leben zu nehmen.
1905 reist die Familie immer noch umher, als George bei einem Kutschenunfall ums Leben kommt. Frederick soll
Martha die Schuld gegeben haben und von diesem Moment
an verbringen die beiden nur noch wenig Zeit zusammen.
Zwischen 1906 und 1912 soll Frederick mehrere Affären mit
Künstlerinnen gehabt haben. Eine Dame soll schwanger
geworden sein, doch es gibt keine Beweise. 1913 geht Frederick eine längerfristige Romanze mit einer Bühnenkünst-
lerin ein (Anm. wird als Olive bezeichnet, könnte aber ein
Künstlername sein), die schwanger wird, das Kind aber
nicht behalten will. Frederick versucht Martha zu einer
Adoption zu überreden, was bei ihr anscheinend das Fass
zum Überlaufen bringt und einen weiteren Suizidversuch
auslöst; dieses Mal durch Ertränken. Frederick beendet aus
Verzweiflung die Affäre mit „Olive“ und Freunde wollen gehört haben, dass er alles tun würde, um Martha zurückzu-
gewinnen.
Die Ehe bleibt unglücklich. Bei Kriegsausbruch äußert Frederick gegenüber Freunden, dass Martha ihn nicht mehr

ausstehen kann und er sich verpflichten will, um sich zu beweisen. Frederick zieht 1914 in den Krieg und kehrt erst 1917 zurück, nachdem er wegen Dienstunfähigkeit entlassen wurde. Von da an lebt er als Einsiedler und Martha muss sich Arbeit suchen, dieses Mal als Hellseherin.

Wie die Geschichte von dem Punkt an weiterging, wusste Clara. Sie legte die Akte wieder auf den Schreibtisch und dachte über die Einzelheiten nach. Frederick Greengage war also nicht der fromme, unterdrückte Ehemann gewesen, den sie sich ausgemalt hatte. Martha, deren Leben ständig von Armut und Verzweiflung heimgesucht worden war, musste sehr betrübt gewesen sein, als der Mann, den sie nicht ausstehen konnte und der sie entehrt hatte, als nervliches Wrack aus dem Krieg zurückkehrte und von ihr versorgt werden musste. Doch sie unterstützte ihn. Sie hätte ihn einfach verlassen können, dafür hätte ihr nach seiner Untreue niemand einen Vorwurf machen können, doch stattdessen sorgte sie für ihn.

Clara lehnte sich zurück. Das war eine ganz andere Mrs. Greengage als die, die sie zu kennen geglaubt hatte. Diese Informationen boten eine Erklärung für ihre schroffe, unbarmherzige Art. Sie hatte gelernt, mit allen Mitteln zu überleben.

Inspector Park-Coombs kehrte mit der Teekanne zurück, wobei er sich die Hände an den Seiten wärmte, da es so kalt im Raum war.

„Hat Ihnen das ein paar Antworten geliefert?"

„Definitiv", sagte Clara. „So sehr mir auch manche ihrer Taten missfallen, verstehe ich jetzt, warum Martha

Greengage so war wie sie war. Frederick war ein schwieriger Ehemann."

„Es könnte Sie noch interessieren, dass wir nach Erstellung dieses Berichts erfahren haben, dass ‚Olive‘ vermutlich Mrs. Bundle war. Sie scheint auf der Bühne aktiv gewesen zu sein, bevor sie ihrem Ehemann begegnete."

„Aber die Jahreszahlen ..."

„Ja, es scheint sich auch für sie um einen Seitensprung gehandelt zu haben, und eines ihrer Kinder ist vermutlich das Kind, über das Frederick mit seiner Frau gesprochen hat."

Clara schüttelte den Kopf.

„Dann waren all ihre Vorwürfe Teil einer schrecklichen Rache, doch gegen die falschen Leute."

„Der echte Übeltäter war tot." Der Inspector zuckte mit den Schultern. „Ich bezweifle, dass Mrs. Greengage bei klarem Verstand war. Ihr Ehemann war mit gebrochener Seele zurückgekehrt, sie musste kämpfen, um den Haushalt zu bewahren, und dann war da diese Frau, mit der er durchgebrannt war und die scheinbar alles hatte. Es war mit Sicherheit eine gemeine Tat, doch gegen irgendjemanden musste sie vorgehen."

Der Inspector goss ihnen beiden frischen, heißen Tee ein.

„Verstehen Sie jetzt, was ich damit meine, dass man sich an das Opfer erinnern soll, wenn man Mitleid mit dem Mörder empfindet?"

„Ich denke, schon. Ich sehe Mrs. Greengage immer noch als niederträchtige Frau, da sie mit anderen Menschen ihre Spielchen gespielt hat, doch sie hatte es nicht verdient, erschossen zu werden. Womöglich war der Papagei tatsächlich krank und sie versuchte nur, Güte zu zeigen.“

„Das werden wir nie erfahren.“ Der Inspector seufzte. „Nun, wenn wir schon bei dem Thema sind, würde ich gern noch unsere, sagen wir, Geschäftsbeziehung besprechen.“

Clara hob eine Augenbraue.

„Wie bitte?“

„Dieser Fall hat Ihre Reputation gestärkt und ich denke, Sie werden bald häufiger mit solchen Verbrechen zu tun haben.“

„Ich hege nicht die Absicht, einen weiteren Mordfall anzunehmen!“

Der Inspector grinste.

„Sagen wir einfach: Falls es dazu kommt, möchte ich hoffen, dass Sie mit der Polizei zusammenarbeiten, damit wir unsere Ressourcen kombinieren können. Manchmal kann eine Privatperson Details aus jemandem herauskitzeln, an die die Polizei nicht herangekommen wäre. Wir sehen so offiziell aus und die Menschen sprechen in unserer Gegenwart nicht frei.“

„Ich werde mich von jetzt an an schlichtere Fälle halten“, sagte Clara entschieden.

„Wie dem auch sei.“ Der Inspector lächelte. „Ich habe das hier anfertigen lassen, für den Fall, dass Sie es sich anders überlegen.“

Er schob ihr eine Karte hin, auf der stand:

Miss C. Fitzgerald. Private Beraterin der Polizei. Autorisierter Zugang, erteilt von Insp. W. Park-Coombs.

„Damit können Sie hier überall Ihre Nase reinstecken, sobald ich Ihnen die Erlaubnis erteilt habe.“

Clara drehte die Karte argwöhnisch hin und her.

„Sie glauben wirklich, dass ich noch weitere Mord-
fälle untersuchen werde, oder?"

„Nicht nur das. Raubüberfälle, Betrug, alles Mögliche."

Clara schüttelte den Kopf.

„Da irren Sie sich, Inspector. Ich werde von jetzt an
jeden abweisen, der mich bittet, in einem Kriminalfall
zu ermitteln", sagte sie mit Nachdruck.

Doch als sie den Raum verließ, entging dem Inspector
nicht, dass sie die Karte behutsam in ihrer Handtasche
verstaute.